喜弒臨門

THE LAST ONE AT THE WEDDING

傑森・雷庫拉克——著
JASON REKULAK

章晉唯——譯

好評推薦

雷庫拉克是一位天才的說故事者和出色的創作者。本書奇妙融合了懸疑、家庭倫理劇、階級矛盾、恐怖顫慄、幽默和真情摯意，是一部情感濃烈又布局縝密的驚悚大作，情節走向讓人猜不透，讀完最後一頁仍久久不能釋懷。

——《紐約時報》暢銷書《那些要我死的人》作者，麥可．柯瑞塔

兼具陰謀驚悚和家庭倫理劇，從第一頁就直奔毀滅性的結局，全場我都心臟狂跳，思緒翻騰。

——《紐約時報》暢銷書《請把門鎖好》作者，萊利．塞傑

本書是每個父親最可怕的噩夢。雷庫拉克很懂得如何讓讀者目不暇給，我完全無法放下這本書！

——《紐約時報》暢銷書《有人在說謊》作者，瑪麗．庫碧卡

最強中產老爸爲搶救女兒的靈魂，不惜拚上百分之一的可能性也要挺身而出！這是我今年讀過最棒的驚悚故事。好久沒看過這麼有趣的書了。

——《紐約時報》暢銷書《如何出售鬼屋》作者，葛瑞迪・漢醉克斯

比起作者上一本書，我更愛這本新作。主角是我近期最愛角色，這位五星級老爸試著搶救女兒，情節一翻再翻，讓人難以釋卷。

——凡妮莎・克羅寧，亞馬遜書店編輯

作者以高明的手法、驚悚情節提醒我們，原來不光只有金錢會使人盲目，忽視了階級惡行。

——《書單》雜誌

一名寡居的父親接獲女兒即將結婚的消息，逐步進入整場婚禮的陰暗面……作者以穩定步調把人引入徹夜難眠的驚駭中。

——《出版人週刊》

這本新書證明了雷庫拉克是此一類型的天才作家。

——史黛芬妮・絲基斯，The Novel Neighbor 書店

作者精心編織的謎團，簡直嘆爲觀止。

——米爾娜・維萊達，Timbre Books 書店

太有趣的故事，滿布疑陣陷阱，喜歡推理故事的讀者一定要試試，肯定一讀就停不下來。

——威廉・卡爾，An Unlikely Story 書店

熱愛解析曲折情節的讀者，肯定會迷上這本。

——雅德麗安・克魯茲，加州阿蘇薩市立圖書館

CONTENTS

目次

獻給各個角落偉大的老師——

尤其Ed Logue、John Balaban、Charlotte Holmes、Robert C. S. Downs、Shelby Hearon、T. R. Smith和Charles Cantalupo。

I

邀請

1

我的手機顯示「未知來電」，這通常是詐騙，但我一時心血來潮，還是接了：

「喂？」

「爸？」

我整個人瞬間彈起，膝蓋撞到餐桌，咖啡全灑在培根和蛋上。

「瑪姬？是妳嗎？」

她回答了，但我聽不清楚。她的聲音模糊，電話沙沙作響，好像隨時會斷線。

「等一下，親愛的。我聽不到妳的聲音。」

我整個家裡，廚房的訊號最差，頂多一格或兩格。我拿手機走進客廳，腳絆到了我最近在切塊、磨平和上色的木頭。那是我晚上殺時間用的勞作，這堆木頭最後會變成一張咖啡桌，但我一直提不起勁完成，所以地毯上全是螺絲釘和木屑。

我像跳房子一樣，跳過一地東西，快步穿過走廊，走進瑪姬以前的臥房。她房中有扇小窗，俯瞰著後院和拉克瓦納鐵路線。我靠到窗前，訊號馬上變三格。

「瑪姬？聽得到嗎？」

「喂？」她聲音仍像在一百萬公里之外，彷彿從海外打來，或從荒野中偏僻的木屋，或在廢棄車輛的後車廂，而且車子還停在地下車庫最底層。「爸，你聽得到嗎？」

「妳還好嗎？」

「爸？喂？你聽得到嗎？」

我把手機貼緊耳朵，大喊有，有，我聽得到。「妳在哪？妳需要幫忙嗎？」

電話斷了。

通話失敗。

這三年來，我們第一次對話，結果時間連一分鐘都不到。

2

但我現在有她的手機號碼了。我終於、終於有辦法聯絡她。我按下回撥，對方忙線中。我又試一次，再試第二、三、四次，結果都忙線、忙線、忙線。或許是她正在打給我吧。我好興奮，雙手不住發抖。我按捺住情緒，暫時不撥號，等待手機響起。我坐在床腳，不耐煩看著女兒的臥室。

她房中所有舊物仍放在原位。我不用接待客人過夜，所以沒理由丟。她高中貼的海報仍在牆上，像共和世代樂團和強納斯兄弟⊓，還有一隻掛在樹上傻笑的樹懶。旁邊大架子上放著運動獎盃，柳編大籃子裡裝滿了動物玩偶。房門我通常都關著，並努力忘記它的存在。但偶爾（我不想承認）我會進來，坐在她巨大的懶人椅上，回憶

⊓ 共和世代（OneRepublic）是美國知名流行樂團，強納斯兄弟（Jonas Brothers）是美國男子演唱團體。兩個團體都是二〇〇五年至二〇一〇年代當紅的藝人。

我們所有人都在的時光，假裝我們仍一家和樂。我記得柯琳和我會擠在小張的雙人床上，瑪姬會倒在我們中間，我們會一起讀《晚安，猩猩》，笑到停不下來。

我手機又響起。

一樣是**未知來電**。

「爸？這樣有好一點嗎？」

她聲音很清楚，彷彿就坐在我身旁，換好獅子王圖案的睡衣，準備上床睡覺。

「瑪姬，妳還好嗎？」

「我沒事，爸。一切都好。」

「妳在哪？」

「我在家。我是說我的公寓。在波士頓。一切都很好。」

我等她繼續說，但她不發一語。也許她不知該從何開口。其實我也是。我想像跟她說上話的這一刻多少次了？我淋浴時排練過多少次？現在對話終於發生，結果我唯一脫口而出的是：「妳有收到我寄去的卡片嗎？」

因為我寄給這孩子超多張卡片，包括生日卡、萬聖節卡及為送而送的卡片。卡片裡都有附上十或二十元零用錢，還有一張寫得滿滿的信紙。

「我有收到。」她說。「我其實一直想打電話來。」

「真的對不起，瑪姬。整件事——」

「我不想聊。」

「好。沒關係。」我感覺像《救援九一一》⊓中的人質談判專家。我的首要目標是不要讓瑪姬掛上電話，讓她多說話，於是我換聊更安全的話題。「妳還在奇能公司上班嗎？」

「對，我在那剛滿三年。」

瑪姬爲這份工作感到無比驕傲。她進奇能公司上班的那時，我們關係正好出現問題。當時根本沒人聽過這公司，它只是無數麻州劍橋市新創公司的其中一間，也立志要以祕密新技術來改變世界。現在他們有八百名員工，橫跨三大洲，並且剛製播一支超級盃廣告，演員是喬治·克隆尼和麥特戴蒙。我讀了關於這間公司的一切，一直在尋找我女兒的名字，或至少了解一下她的生活和職業。

「新雪佛蘭看起來好棒，」我告訴她：「只要價格下來——」

她打斷我：「爸，我有消息要說。我要結婚了。」

我還來不及消化，她便滔滔不絕說下去，彷彿再也忍不住了。她未婚夫叫艾登，

⊓《救援九一一》是一九八九年至一九九六年的劇情式紀錄片節目，再現了許多現實生活中撥打九一一的緊急情況。

二十六歲，他的家人會在新罕布夏州家中舉辦婚宴。她說這些時，我還沒從第一波轟炸中醒來。

她要結婚了？

「……雖然發生了那些事，」瑪姬繼續說：「但我眞心希望你能出席。」

3

我的名字叫法蘭克．扎托斯基，五十二歲。我成年之後，有大半的人生都在優比速公司工作，負責開包裹車。你知道那種棕色的大型貨車吧？裡面裝滿網購商品，在社區開來開去？優比速公司管那叫包裹車，不過嚴格來說，那是大型物流貨車。我年輕時一退伍就開始開車送貨，最近獲選爲「榮譽團」的一員，這是優比速公司的精英團體，裡面的運務員都達成了二十五年零意外的成就。

我生活過得不錯，也一直很喜歡這工作，但工作變得愈來愈困難。我入職是九〇年代末，包裹大多數仍是紙箱。最重的貨物可能是捷威電腦。現在，算了吧。無論排什麼班，都要拖床墊、搬檔案櫃、裝飾用聖誕樹、抬平面電視，甚至遇到過桌球桌。還有汽車輪胎，我的老天爺，這眞的最難搬。你知道現在能從網路上買汽車輪胎嗎？他們將四個輪胎捆成一組，裝進紙箱中，我們甚至不能用滾的搬那鬼東西。

不過多加班的話，我通常一年能賺進十萬美元。我的吉普車貸款全繳清了。我的房貸也快繳完了，我的Visa和萬事達信用卡都沒欠錢。我再過三年便能提早退休，領一筆不錯的退休金，並享有綜合醫療保險。以一個沒讀過大學的傢伙來說，混得算不差，對吧？後來妻子過世，我和瑪姬才出現各種問題。我以前一直說自己很幸運，覺得自己是世上最幸運的王八蛋。

那麼我就來說說接下來發生的事：

「婚禮是在三個月後，」瑪姬告訴我：「七月二十三日。我知道我最後一刻才打來，可是——」

「我會去。」我聲音哽咽，我快哭了。「我當然願意去。」

「好，沒問題。我們明天會寄請帖——只是我想先打電話問你。」

這時對話突然停了，彷彿她在等我開口，但我哽咽到說不出話。我握緊拳頭，重重搥了胸口三下，不讓自己嚎啕大哭。**好了，法蘭克。冷靜點！你是小孩子嗎！**

「爸？你還在嗎？」

「跟我說艾登的事，」我問：「我未來的女婿。妳在哪認識他的？」

「在一場扮裝派對上。萬聖節的時候。我打扮成潘恩，《辦公室風雲》「你知道嗎？艾登打扮成吉姆。所以他一出現，大家都要我們站在一起。我們開始演劇中的場景，他模仿得維妙維肖。」

我無法專心聽她說，因爲我忙著算日子。「你們是**去年**萬聖節認識的？六個月前？」

「但我感覺自己像認識他一輩子了。有時聊天，我發誓他能讀到我的想法。彷彿我們心靈相通。你和媽有過這種感覺嗎？」

「當然有吧，我想？可能在我們第一次見面的時候？」但後來我們年紀漸長，變得更有智慧，發現那只是年少時期熱戀的感受。我不想潑她冷水。我喜歡聽瑪姬開心的聲音，像一段悅耳音樂，散發希望和樂觀的態度。

「艾登是做什麼的？」

「他是畫畫的。」

「畫畫？油漆嗎？有加入工會嗎？」

「不是，不是油漆工，是做藝術的。」

我原本想要表示支持，但不得不說，這是讓人措手不及的變化球。

「他靠藝術賺錢？」

「對，他有幾件作品在藝廊展出，算吧？但他現在在經營自己，增加知名度。這行就是這樣。他也在麻州藝術和設計學院教課。」

「他教課有多少？」

《辦公室風雲》（*The Office*）是美國知名情境喜劇，描述辦公室白領階級的日常生活趣事，潘恩和吉姆是劇中一對情侶。

「什麼？」

「他賺多少錢？」

「我不要跟你說。」

我不懂爲什麼，但我聽到她深呼吸，似乎很生氣，所以我決定不要繼續追問。也許瑪姬是對的。也許她未來藝術家老公的薪水多少不干我的事。反正我還有許多問題要問：

「他第一次結婚？」

「對。」

「有小孩嗎？」

「沒小孩，沒負債，別擔心。」

「他母親是怎麼樣的人？」

「我好愛她。她現在似乎有些健康狀況？很常偏頭痛。但她換新藥吃了，已經好轉不少。」

「他爸呢？」

「很棒。很厲害。」

「他是做什麼的？」

瑪姬猶豫一會。「這有點複雜。」

「爲什麼複雜？」

「其實也不複雜。只是我現在還不想聊。」

這到底是什麼意思？

「這是很簡單的問題，瑪姬。他是做什麼的？」

「反正重點是我要結婚了，我希望你來參加婚禮。七月二十三日，地點在新罕布夏州。」

「但妳不能告訴我他父親是做什麼的？」

「我可以告訴你，但你會問更多問題，我要掛電話了，我十點要試禮服，裁縫師是個瘋子。我只要晚到一分鐘，她就會要我重新約時間。」

看來她只是想掛電話，但我忍不住追問一句：「艾登的父親在牢裡嗎？」

「不是，不是壞人。」

「他很有名嗎？是個演員？」

「他不是演員。」

「但他很有名？」

「我跟你說了，我不想多說。」

「就給我他名字就好，瑪姬。我會Google他。」

電話一時間彷彿斷線，好像通話暫時中斷，她可能把電話調爲無聲，和別人討論。不久她回來了。

「我想我們吃個晚餐，討論一下。你、我和艾登三人。你可以開車到波士頓嗎？」

我當然可以開到波士頓。如果瑪姬想的話，我可以一路開到北極去。她約週六晚上七點，在費里特街的愛爾蘭酒吧，靠近舊州議會大廈。這時她又強調自己要趕去試禮服，一定要掛電話了。「我們週末見。我真的很期待喔。」

我說：「我也是。」但這通電話結束前，我一定要再試著道一次歉：「聽著，瑪姬，我對一切都很抱歉，好嗎？過去這幾年，我十分難受。我知道自己搞砸了。我應該要好好處理這一切，我希望——」

這時我聽到輕輕的喀一聲。

她已掛上電話。

4

我妻子死於腦動脈瘤，那東西像定時炸彈一樣。柯琳在手工藝品百貨工作，前一秒，她還在幫學校老師找金蔥膠水，下一秒，她便倒在地上，昏迷不醒。她在送往神聖救世主醫院中途，死在救護車上，年僅三十六歲。等我說完我的故事後，你會發覺這怎麼看都是人生一大慘劇。因爲我妻子能一眼看穿謊言，她會比我更早發現事情不對勁。

母親過世時，瑪姬才十歲。她正值青春期，從女孩成爲女人，這個年紀遭遇喪親最慘。我當時好希望得腦動脈瘤的是我，因爲我妻子肯定能好好養育瑪姬長大，而我的工會退休金能讓她們安穩過日子。最後我不得不找我姊姊譚米來幫忙。她住我家十公里之外。她幫了我好多忙，她常開車載瑪姬看醫生和牙醫、配隱形眼鏡、做婦科和皮膚科檢查，處理了數不清的大小事，讓我專心養家糊口，付清帳單。那段人生充滿壓力，我承認自己犯下一大堆錯誤。當獨生女不和你說話，和你冷戰整整三年，你當然明白自己把事情搞砸了。但詳情容我之後再說。在我告訴你瑪姬所謂的前男友之前，我想先說說她最近這位未婚夫，以及我爲何一開始便起疑。

瑪姬宣布驚人喜訊後，隔一天再次打來，通知我計畫有變：「我們覺得你應該來我們的公寓。我們改在家吃好了。」

她沒提到艾登和她已同居，但我也沒太驚訝。波士頓的租金貴得要命，艾登多個室友，大概能省下一大筆錢。再說，反正瑪姬一直都很討厭她之前租的舊公寓。那是維多利亞式褐石房屋的地下室空間，裡頭又小又潮溼，處處都是蠹魚，一隻隻都長得像巨大的眼睫毛。每次瑪姬淋浴，蠹魚都會掉到浴缸淹死，她必須踮腳跳過牠們浮腫的屍體。她曾說自己週末都會待在奇能公司辦公室，不想回那個陰冷潮溼的公寓。能退租公寓，搬進艾登家，我相信她一定很高興。

但我還是想在餐廳見面。「這是特別的一刻。我不想麻煩你們下廚。」

「我不會煮。」

「艾登煮飯嗎？」

「我們會想辦法，爸。你只要來就好。」

我想我懂這是怎麼回事。我猜婚禮快到了，這兩個孩子拿著帳簿精算，想減少點開銷。我上網查過「藝術老師年薪多少錢？」，我跟你說，真沒多少。中位收入是四萬美元，那點錢在波士頓撐不了多久。四萬美金買幾罐焗豆罐頭就沒了。

我向瑪姬保證，餐廳他們選，我來請客。「中式、義式，你們想吃什麼都可以。我們好好吃一頓。」

但她執意要我去公寓。「九十三號州際公路上。在薩基姆大橋旁。」

「妳住在橋旁邊?」

「不是眞的橋旁邊。但從窗外看得到。」

「那裡安全嗎?我的吉普車不會有問題吧?」

「不會有事,爸。艾登住在這裡三年了,他從沒碰上麻煩。」

她覺得我的問題很白痴,但我們老實說吧,最近只要打開收音機,老是聽到謀殺、劫車或隨機開槍案件。「九十三號州際公路上」聽起來不像是什麼優質社區。公路一整天車水馬龍,只要有點錢,誰會想住在公路附近。

不過我還是只把顧慮放在心裡,並請瑪姬把地址傳給我。我要保持開放的心態。無論女兒在哪,我都要準備好和她見面。

5

除了在美國陸軍服役四年的日子，我一輩子都待在賓州的斯特勞茲堡。這座小鎮位於波科諾山脈，人口約六千人，是熱門的觀光景點，因爲我們那不只能滑雪、游泳、騎馬，還有數公里的健行步道，市中心有不少餐廳和商店。冬天我們會布置五彩燈飾，讓小鎮看起來像電視頻道上的聖誕電影。三月是一年一度的聖派翠克節遊行，街上會有消防車、風笛手和高中樂儀隊。每年七月，我們會舉辦斯特勞茲堡節，那是一場盛大的戶外音樂節，街上會有樂團現場演奏和舞團表演。我不會說這裡是世界一流的旅遊景點（我知道沃夫岡．帕克「沒打算來這裡開餐廳），但斯特勞茲堡環境乾淨，消費合理，學校優質。這年頭大家不時會聽到小城鎮破產，但我們還過得去。

波士頓路途遙遠，我一早便匆忙上路。開到康乃迪克州一半，我看到克萊斯勒反應爐和奇蹟電池的廣告招牌，這兩樣產品讓奇能公司聲名大噪。美國電動車中，它擁有最長的續航里程，充滿電能跑一千三百公里，甚至還開著音樂和冷氣。每個廣告招牌印著同樣的廣告詞：「未來開車，全無汙染」。我每次經過都感到一絲驕傲。因爲瑪姬在行銷部工作，我都覺得她有幫忙設計，或至少認識那些人。上百萬駕駛每天都會看到這些昂貴的巨型廣告，而我女兒參與其中。眞希望她母親能看到。

兩點多，我停在距離波士頓往西一小時車程的伍斯特，尋找便宜的旅館。高速公路旁有一家連鎖旅館，廣告上寫空房一晚上六十九元美元經理肯讓我提前入住，我就懶得四處去比價了。房間有點破舊，天花板布滿水痕，家具都有菸痕，但床墊紮實，廁所乾淨，所以我覺得算划算。

到市區的路上，我停在超市買花，收銀台旁邊常會擺漂亮的小花束。一進到店裡，我又忍不住買了米蘭餅乾，瑪姬一直很愛吃這款餅乾。我還買了兩個小型滅火器，因爲滅火器在促銷，十元兩件，這東西不嫌多。

這麼多禮物會太多嗎？也許吧。但我仍記得年輕剛出社會的感覺，我覺得瑪姬和艾登會謝謝我幫忙。

六點鐘，我到了查爾斯河邊，卻困在波士頓的車陣中。薩基姆大橋塞了一大段，一路走走停停，開得非常痛苦，但下橋之後，交通順暢多了。我下了第一個交流道，沿著河開一公里半左右，最後來到這條路的盡頭，面對一座鋼鐵和玻璃建成的巨樓：

⊓ Wolfgang Puck（1949-），奧地利名廚和餐廳老闆，多年來奧斯卡典禮晚宴都是由他安排。

燈塔山大樓。導航說我已到達目的地，但我馬上知道一定搞錯了。我面前的建築物像《終極警探》[1]裡的摩天大廈。我頭燈照亮一塊招牌，上面全是主要租戶：埃森哲公司、利寶集團、桑坦德銀行和一堆聽起來像法律事務所的名字。那是週六晚上，所以多數的樓層都一片漆黑。但我透過大廳玻璃窗，看到裡面有個女子，於是我將吉普車停到卸貨區，走進去問路。

我覺得自己像走進教堂一樣。大廳空間挑高，四周都是玻璃和光滑石面。若是平日，我猜想這裡會有成千上萬人往來，穿過大廳進到辦公室。但現在只有我，還有大廳中央的年輕女子，她站在像聖壇的櫃檯前。

「扎托斯基先生？」她問。

我不敢相信。「妳怎麼知道我的名字？」

「瑪姬跟我們說您會來。我只需要確認一下有照片的證件，先生。駕照就可以了。」

她一頭金髮，身材嬌小，穿著合身的藍色套裝，五官十分漂亮。我掏出破舊的褶式皮夾，邊緣已了脫線，隨時會分崩離析。「這是公寓大樓嗎？」

「這裡住商混合。大多是商用。但艾登和瑪姬住的高樓層都是住家。」

我給她賓州駕照，奧莉維亞（我靠近時看到她名牌）恭恭敬敬接下，彷彿我給她的是《獨立宣言》羊皮紙的複本。「謝謝您，扎托斯基先生。請搭乘右手邊編號D的電梯上樓。」

「我的車停在卸貨區，」我說：「這裡有——」

一名年輕男子出現在我左側，簡直像憑空出現。「我會幫您停好車，扎托斯基先生。大樓地下室有停車場。」

我不知道哪個更不可思議。大樓裡的每個人不但都知道我名字，發音還完全正確。除非你有波蘭血統，才可能知道我名字開頭的s不發音，唸「扎」托斯基。但一般人不知道，都會叫我「西扎圖斯基」，甚至亂唸一通。大家用多少種不同唸法糟蹋過我的名字，多到你都難以置信。

他向我要車鑰匙。但我禮物仍放車上，於是我和他到外頭去拿。年輕人給我一張吊牌，上面有他的電話，他說我準備離開時就打電話，他會把車開上來等我。我從皮夾拿出一美元給他，但他向後退開，好像我的錢有輻射汙染一樣。

「這是我的榮幸，先生。祝您有個愉快的夜晚。」

我回到大廳，奧莉維亞再次露出令人融化的笑容歡迎我。我不知道她週六晚上待

ㄇ《終極警探》（*Die Hard*）一九八八年的美國經典動作片，由布魯斯・威利主演，劇情描述一名警探來摩天大廈拜訪妻子，卻意外陷入恐怖分子劫持的危機。

在接待櫃檯幹麼。她明明可以去ＮＦＬ美式足球聯盟當啦啦隊，或去維多利亞的祕密當模特兒。「祝您有個愉快的夜晚，先生。」

「謝謝妳。」

我搭上Ｄ號電梯，黑色的電梯空間不大，牆面光滑。我第一次搭乘到無按鈕的電梯。電梯內沒有控制板，所以我不知道要怎麼讓它「動」。門關上之後，電梯自動運作，彷彿擁有自由意志一般。門上的小螢幕亮起，顯示經過的樓層：2、3、5、10、20、30、PH1、PH2、PH3。後來電梯緩緩停下，電梯門打開，瑪姬出現在眼前。她背後襯著一片夕陽景致，身穿黑色高領毛衣和黑褲，手中拿著高腳杯，杯中裝著白酒，好似站在世界之巔。

「爸！」

這是海市蜃樓嗎？我以爲自己會進到走廊，看到一道道公寓門和一個個盆栽。結果我瞬間移動到別人家客廳，裝潢豪華，巨大玻璃牆能俯瞰整座城市的天際線。一切讓人神昏目眩，暈頭轉向，感覺有點不眞實，我彷彿走進了電視節目場景。

「公寓在哪？」

她大笑。「這就是我們的公寓。」

「妳住這裡？」

「二月搬進來的。我們訂婚之後，艾登要我搬來。」電梯門正要關上，她用手擋住。「好了，爸。從電梯出來吧。」

我小心向前，不知所措，不確定地板能否支撐住我。我快認不出自己女兒了。小時候，大家都叫瑪姬「男人婆」。她喜歡穿連身工作服和運動服，還會穿我衣櫃裡的法蘭絨襯衫，她會把衣服在腰部打結，以免衣襬甩動。但到了高中，她搖身一變，穿起搖曳的長裙、碎花洋裝和各種二手衣店發現的衣服。現在她又換上全新風格，彷彿來自劍橋市常春藤聯盟，集結聰明、時尚、都會和成熟於一身。她留長了頭髮。長髮落在背後，層次飽滿，似乎花不少錢打理。她眼中閃爍光芒，是她長大後我不曾見過的。她彷彿迪士尼公主，隨時會引吭高歌。簡而言之，我女兒從頭到腳都散發著戀愛的氣息。

「瑪姬，妳看起來太美了。」

她聽了客氣擺擺手。「噢，別亂講。」

「我說眞的！妳怎麼這麼美？」

「只是公寓光線好。這棟大樓讓每個人看起來都像超模。先讓我抱你一下。」

她雙手環抱住我腰，臉靠到我胸膛，我高興到快哭了。因爲這孩子以前每天都會擁抱我。她六歲時，我們會玩一個遊戲叫「擁抱怪物」，她會在地毯爬來爬去，咆哮低吼，咬我腳踝，要讓她變回小女孩唯一的方法是突然將她抱起，讓她手腳飛舞離開地面。我可能有十年沒想起這遊戲了，但回憶在我腦海中湧現。

「眞高興你來了。」她頭埋在我肩膀溫柔地說。「謝謝你來。」

我感覺自己又哽咽了。我怕自己開口會破音，並像個大嬰兒一樣哇哇大哭。所以我只是放開手，將禮物交給她。看到滅火器，她一臉困惑，但她非常喜歡花。

「太美了。」她說。「我們把花放到花瓶裡。」

我從來不曾直接搭電梯進入公寓，所以花了點時間搞清楚方向和所在位置。「客廳」是一大片開闊的空間，位於大廈角落。客廳外牆全是玻璃窗，面對著城市的天際線。內牆掛滿黑白肖像照，一張張不同年紀的男女都回望著你。不會有人誤以爲他們是超模，因爲他們臉上有許多瑕疵，像皺紋、斑點、眼皮下垂、牙齒歪斜、頭髮稀疏和下巴戽斗。換言之，他們像普通人，像去超市購物或下班搭公車會見到的人。

「這些是艾登的作品。」瑪姬驕傲地說。我仔細看才發現每張照片其實都是畫作，專業表現出黑、白、銀、灰的層次。「他賣了一些，但這些是他最喜歡的，所以我們把畫掛起。你覺得怎麼樣？」

說老實話，我覺得有點毛骨悚然。每一張臉都面無表情望著前方，彷彿被迫拍照一般。但話說回來，如果畫幾張詭異的人臉就能租下豪華頂樓公寓，我絕對沒意見。

「太厲害了，瑪姬。他非常有才華。」

她帶我繞過角落，穿過正式的用餐區，進到時尚現代的廚房，裡面有兩個水槽，大理石檯四立，不鏽鋼器具琳瑯滿目，處處都設有小巧的電腦螢幕。一名短黑髮的女人站在爐檯前，攪拌著平底深鍋。她看見我，便放下手邊工作，向我打招呼。「你好，扎托斯基先生。我是露西雅。」

「叫我法蘭克就好。很高興見到妳。」

「露西雅非常會料理，」瑪姬說，「我看她做菜學了不少。」

露西雅一下就臉紅了，她仍非常年輕，我不知道她和這家人的關係。

「妳是艾登的妹妹嗎？」

她臉又更紅了，好像我是稱讚她一樣。「喔，不是，我今晚只是來服務大家，很榮幸爲你們準備晚餐。」

瑪姬解釋，露西雅在波士頓一家少數受米其林一星肯定的餐廳受訓，現在從事私廚，會受邀到客人家中準備餐點。我這時才明白，艾登雇用了這位女廚師來爲我們做晚餐。

「需要喝點什麼嗎？我們有啤酒、紅酒、雞尾酒、氣泡水——」

「最方便的就好。」我跟她說。

露西雅耐著性子露出笑容，有點不知所措，我發覺自己爲難到她了。

「啤酒怎麼樣？」瑪姬說。

「好。」我說。

露西雅要我們別在意她，說花交給她處理，待會再幫我拿啤酒過去。瑪姬又帶我回客廳，建議我們到露台等艾登。「他塞在車陣，但很快會到家。」

面向天際線的落地窗中藏了道玻璃門，瑪姬手輕輕一碰，門自動滑開。和公寓一樣，露台位於大樓角落，有各式各樣的長短沙發、桌子和火爐。但我目光情不自禁望向城市風景。我不曾從高處俯瞰城市，以神的視角重新欣賞波士頓。我看到芬威球場和法尼爾廳，港口停泊著一艘艘三桅帆船。一切像迷你模型一樣鋪展在我眼前。

「天啊，瑪姬，」我說：「妳沒跟我說艾登是——」我說到一半停下，沒說出「有錢人」三字。我不想妄下結論。「你們租金多少錢？」

「艾登覺得付租金很浪費錢。他買下這房子當投資。」

「二十六歲的藝術老師，怎麼會有資金投資？」

「哎呀，你看，這就是我想見面的原因。艾登姓葛德納。他父親是厄爾羅・葛德納。你知道他是誰嗎？」

我過去三年都在讀所有關於奇能公司的消息，當然對厄爾羅・葛德納瞭若指掌。他是公司執行長，也是奇蹟電池的幕後推手和「奇蹟工程長」。光是過去一年，他便登上《華爾街日報》和《華盛頓郵報》，甚至受拜登總統邀請到白宮。他也許不如傑夫・貝佐斯或伊隆・馬斯克知名，但有在關心美國汽車產業的話，厄爾羅・葛德納可是大人物。

「妳嫁的是厄爾羅・葛德納的兒子？」

「你一定會很愛他。他做人眞的很實在。」

「厄爾羅？還是他兒子？」

她大笑。「兩個都是！他們兩個都很棒。」

我抓住欄杆，穩住自己。這一刻之前，我以爲我理解瑪姬的未來。我想像她會走上傳統的道路，緩緩在公司晉升階梯上攀爬，同時忙於日間托嬰、幼兒園、家庭作業、接送小孩、往返舞蹈班和運動練習，並面對帳單、帳單、無止境的帳單。我想像自己要盡力幫助瑪姬和艾登，不時資助他們一百美元，多少幫忙一下。結果現在我站在查爾斯河上方四十層樓，以全新角度看著她的未來。我覺得自己彷彿站在火星，離家上億公里遠。

「太好了，瑪姬。妳怎麼沒早點告訴我？」

她比一下天際線，眼前上百棟高樓矗立，成千上萬人生活其中，無數渺小的燈火閃閃發光。「這一切很難在電話中說清楚。你得要親眼來看看。」

我回想她之前的公寓，浴缸都是蠹魚的潮溼地下室空間。「跟塔梅吉街那鳥地方比起來，確實好多了。」

我只是在開玩笑，但這句話卻讓她不大自在。

「那裡不鳥。只是有點小。」

「妳很討厭那裡。」我提醒她。「妳說那裡像監獄。」

「我只是說得比較誇張。」她聳聳肩。「沒那麼糟。」露西雅拿了一杯冰涼的啤酒給我，人一眨眼又消失。瑪姬舉起白酒杯向我敬酒。

「敬新的開始。」她說。

我們碰了碰酒杯，喝一口酒，我再也忍不住內心的歉意。「我好高興妳打電話給我，瑪姬。我們過去所有的問題——我希望妳知道，全是我的錯。」

她手一揮，打斷我。「爸，我不想為難你。我們一筆勾消吧，好不好？我們都犯了錯。但我不想花一整晚重新翻舊帳。」

「我只是想道歉。」

「我接受你的道歉。我們別一直想著過去。一切都解決了。」

我覺得還沒解決。我想討論過去發生的事，把一切攤開，但瑪姬想聊的是未來。「我寧可跟你說婚禮的事。我們能聊這個嗎？可以嗎？」

我說當然可以。我好想聽她說所有細節。瑪姬說葛德納家族堅持負擔所有開銷，因為他們希望婚宴辦在家族新罕布夏州的「夏日營地」，賓客人數將近三百人。艾登的母親雇了婚禮顧問規畫一切，但她讓瑪姬選擇風格：邀請卡、餐具、桌布、餐桌中央擺飾……有上千個小細節需要瑪姬決定，她感覺快招架不住了。

「我能幫上什麼忙嗎？」

她面露微笑，彷彿感謝他的心意，但可惜不切實際。「沒關係。你只要出席就好。」這時她似乎透過公寓窗戶看到未婚夫，於是彎身靠近我，壓低聲音。「他來了。他知道要見到你很緊張，對他好一點，好嗎？」

「我當然會——」

「別提到瘀青的事。他之前碰上搶劫，但他不想多談。」

「他之前碰上搶劫？」

她沒時間多解釋，玻璃門打開，艾登．葛德納走到露台上。我第一個想法是，他看起來太年輕，不像住得起豪華公寓。艾登胸膛和肩膀寬大，像成年人一樣，但他仍有張青少年的臉，留著一頭蓬亂的棕髮，可能只用手抓梳一下。他打扮休閒，但看來要價不菲。他穿著藍色運動外套，底下是一件白色V領T恤，就像我女兒房間牆上男團偶像愛穿的服裝。

他長得當然很帥，少了左眼瘀青的話。

「好慢喔！」瑪姬和未婚夫擁抱，並親了他一口。「我們都等到天荒地老了。」

艾登和我握手。他手勁紮實，要說這孩子緊張，我一點都沒感覺到。

「扎托斯基先生。很高興見到你，先生。」

「叫我法蘭克就好。」

「對不起，我這麼晚才到。高速公路有起車禍——其實現在還看得到。」艾登指向高速公路，有一段路上紅色的煞車燈不斷明暗閃爍。「我剛才卡在車陣裡。」

「沒關係，艾登。我還在欣賞風景。這裡景色太美了。」

「你想的話，我們可以在外頭吃晚餐？」艾登轉向瑪姬。「妳會覺得冷嗎？」

瑪姬覺得這主意很棒，艾登轉身敲敲玻璃窗，請露西雅過來。她快步到外頭。「什麼事？」

「我們想在這裡吃晚餐。」艾登說。

「沒問題。」

「幫我調一杯曼哈頓，用歐佛斯頓威士忌和不甜香艾酒。」他指向我。「法蘭克，你要再一瓶啤酒嗎？」

我興奮之下，不知不覺已喝完第一瓶啤酒。「好啊，但太麻煩的話，我可以自己拿。」

「露西雅會拿來。我們坐吧。」

我們走到陽台邊的四人桌。我們坐下之後，我又瞄他臉一眼。他臉上有道我剛才沒發現的傷口，就在髮線邊緣。艾登發現我在看他。

「真的很不好意思，」他指著瘀青說：「我知道很難看。」

瑪姬手放到他手臂上安慰他。「沒事，親愛的。我們不用聊這件事。」

「我第一次和妳爸見面，結果看起來像打完一場鐵籠格鬥賽。這一定得要解釋清楚。」

「想講再講，不用勉強，」我跟他說：「瑪姬說是遇到搶劫？」

艾登解釋，芝加哥有間藝廊展示了他五幅作品，他在開幕晚會不小心待太晚，要回旅館時已過半夜，正當他路經一條黑暗無人的街道，三名男子越過馬路逼近他，一人還拿著手槍。他們要他交出皮夾，艾登二話不說，馬上拿給他們。後來其中一人仍動手揍了他，把他打倒在人行道上，另外兩人順勢起腳踢他。

「好可怕，艾登。眞的太慘了。」

露西雅拿飲料來了，艾登頓了頓，喝一大口曼哈頓調酒。酒精似乎讓他冷靜一點。「原本可能更慘。我倒在人行道，努力用手護住頭時，聽到有輛車靠近。是一輛計程車。司機見義勇爲，開始按喇叭，那些人才跑了。」

「警方後來有抓到人嗎？」

他一臉難爲情。「我沒報警。我知道我應該報警。但那時眞的很晚了，我是隔天一早的飛機。我只想趕快回家。」

「你沒皮夾怎麼飛？」

「喔，我護照在旅館。剩下的用手機就行了。感謝Apple Pay。」

瑪姬牽起他的手，放到她大腿上，頭轉向我。「你聽完事發經過了，我們換個話題，好不好？聊比較開心一點的事？」

我很樂意換個話題。我稱讚艾登的作品，問他靈感是從何而來。他形容那些是他的「角色」，都是他在波士頓街頭看到的人物，像學校老師、優步司機、調酒師、保全人員、護理師和收銀員。他說自己擅長記臉，還解釋自己只要仔細觀察一分鐘，便能將臉「鎖」在腦中，接著他會用數天的時間，畫出他們的肖像。

「這些作品都好厲害，艾登。」

他舉起酒杯。「謝謝你。」

「我是說眞的。眞的畫得很好，看起來跟照片一樣。」

他笑容變得勉強，瑪姬移了移身子，不大自在。「爸，那其實不算是稱讚。」

「是稱讚啊。」

「那其實是艾登的地雷。他討厭別人說他的畫像照片一樣。」

「可是眞的很像！」

「沒有，眞的不像。你拿相機就拍不出這些畫面。而且你從艾登的角度想，如果隨手拿起iPhone，就能拍出一樣的畫面，他幹麼浪費那麼多時間作畫？」

「沒關係。」艾登跟她說。

我試著彌補：「我只是在說畫很逼眞，艾登。我覺得你好像捕捉到那些人的靈魂。」

「謝謝你，法蘭克。我沒不高興。我完全能理解。」

艾登喝完調酒，隔窗向露西雅比一下，請她再調一杯。他喝完第二杯酒，感覺又更放鬆了，但他要第三杯酒時，我有點驚訝。我不知道他是緊張，還是想到要跟我吃飯，單純不耐煩而已。

6

七點鐘，露西雅以小盤子端出一盤盤食物，讓我們自用。菜肴十分多樣，我記不得全部。瑪姬和艾登在試著吃純素，所以桌上沒有眞的肉，只有蘑菇、茄子、甜菜、烤櫛瓜、紅蘿蔔等等，全以我從未見過的方式料理。你無法想像一大盤蔬菜能讓人吃飽，但上到第六、七道菜時，我就飽了。

「露西雅，妳是魔術師吧。」我跟她說。「如果妳每晚幫我煮菜，我可以毫不猶豫吃純素。」

「謝謝你，法蘭克。」她又臉紅了。「記得留點胃吃甜點。」

整頓晚餐，大多是我女兒在說話。她給我看訂婚戒指，那是只華麗的金戒，戒台上有一顆梨形切割的巨大鑽石。她解釋那是家族傳家寶，以前屬於艾登的祖母。她興奮分享婚宴的一切。婚宴會是「鄉村風」和「田園風」，場地處處布置了野花，並準備許多戶外活動。我不時會望向艾登，看他的反應，但他似乎很開心讓未婚妻一人解釋。看來瑪姬負責主導，他只是被動順著她。我想許多年輕男子辦婚禮都有同樣的感覺，但我想和他聊聊天。

「你們的蜜月呢？」我問。「你們預備去哪旅遊嗎？」

「還沒決定。」他說。「你有建議嗎？」

我跟他說，柯琳和我一直都很愛搭乘嘉年華郵輪。我們新婚時花了六個晚上去巴哈馬，船員待我們像VIP。我試著描述所有不可思議的設施，像滑水道、伴侶按摩和百老匯等級的表演，但我一定說太久了，因爲我發現瑪姬沒在聽了。她查看Apple Watch上的訊息。那鬼東西在晚餐期間一直叮噹作響。

「對不起，」她突然起身說：「我要打個電話。工作的事。」

「現在八點三十分了，」我說：「誰八點半還在工作？」

「奇能公司永不停止。」艾登說，他引用了超級盃廣告的宣傳詞，還叫了她全名。「去忙吧，瑪格利特。別擔心我們。妳爸和我獨處一下沒問題。」

「五分鐘。」她承諾，然後快速親他額頭一下，快步走進屋內。艾登喝完最後一口曼哈頓酒，示意露西雅再來一杯。如果我沒算錯，那是他第四杯。

「她一直都像這樣嗎？」我問。

「一週只有七天會這樣吧。」他聳了聳肩，輕鬆打趣地說，好像已習慣她工作的方式。

這時我們對話停下了。我試著禮貌開了幾個話題，想讓艾登開口。我問他家人與麻州藝術和設計學院的事，但他的回答簡短又敷衍。他似乎只想默默喝他的酒。他沒問我任何問題，我記得自己很失望。我原本希望他會想多認識我一點，或至少問問瑪姬的童年。

結果我們只默默望著城市天際線，直到瑪姬拿著新倒的酒回到陽台。「我保證剛才是最後一次。」艾登問她是不是有狀況，她重重坐到椅子上。「一切都會沒事的。」

「妳也許能跟妳父親宣布這個好消息。」

她眼中閃過一絲驚恐——然後她緩緩搖頭。「還太早了。」

「可是他是妳爸——」

「我知道，可是我們已說好不提這件事。」

都說到這了，我很清楚瑪姬的好消息是什麼意思。交往六個月，男女雙方急著步入禮堂通常只有一個原因。我在心中發誓，保證不告訴任何人，然後我彎向瑪姬，讓她能壓低聲音。「什麼祕密？」

她深吸口氣。「總之，奇能公司開了一個新的航太部門？我會進那個團隊工作。」

「不只是進那團隊，」艾登說：「她升職主管了。她會有自己的團隊什麼的。」

我一定一臉疑惑，因爲瑪姬開始解釋一切。她說全電航空旅行最大的障礙是傳統鋰電池的重量。奇蹟電池真正的奇蹟不在驚人的電池容量，而在極輕的重量。這計畫會從小型貨機開始，慢慢推向大型客機。「接下來要說的，你聽了一定會很開心，」她說：「我們已經在和優比速公司討論。下個月，我們會跟亞曼多．卡斯達多見面，他全心支持這個計畫。」

我的老天爺。這個晚上充滿各種驚喜，這個是最大的驚喜。亞曼多・卡斯達多一九九〇年開始在優比速公司工作，他起初是理貨員和送貨司機，最後一路幹到執行長。我從沒認識哪個親自見過他的人。「妳是說妳跟亞曼多・卡斯達多說過話了？妳跟他待在同個空間？」

「對，我跟他說你是榮譽團司機。他眞心感到欽佩。他說他會記得你的名字。」她彈一下手指。「對了，我們有拍照！」她拿出手機，按了按螢幕，螢幕停在一張照片，她拿給我看。沒錯，照片上是我女兒和亞曼多・卡斯達多，還有十幾個面帶笑容的高階主管。

「我不敢相信，瑪姬。」突然之間，酒氣一湧而上，我震驚到說不出話。「我不知道該說什麼。」

「說你爲我高興就好，」她說：「因爲我非常、非常開心，爸。我很高興你會出席我們的婚禮。」

她繞過桌子，走到我身旁擁抱我。我情不自禁，又多流下幾滴眼淚。我拭淚時，艾登禮貌別開頭，這時露西雅爲我們端上咖啡，當然，那是我喝過最美味的咖啡。

原本今晚會收在最美好的一刻，但離開之前，我去了一趟廁所，露西雅剛好在化妝室，所以瑪姬帶我走過一條短走廊，進到主臥浴室，那間浴室可以從走廊或臥室進去。「我會替你外帶一些餐點，」她說：「待會來廚房找我。」

浴室大到誇張，像實境秀《貴婦的眞實生活》「中的豪宅一樣，浴室有兩個洗手檯，淋浴間十分寬敞，浴缸大到能讓NBA球星「詹皇」詹姆斯躺入。我用完馬桶，走到洗手檯洗手。檯面上有各種化妝美容用品，像阿茲特克神泥面膜、木炭牙膏、竹纖維牙線。我花一、兩分鐘端詳每樣東西，想搞懂爲何有人會花大把鈔票買義大利帕爾瑪之水刮鬍膏，而不用經典老牌刮鬍泡。但我心想，我對瑪姬的新生活一定會感到陌生和不習慣，就像她的電動牙刷一樣，那是最先進的款式，牙刷連接著USB線，插在洗手檯邊充電。

我東摸西摸，差不多準備離開時，發現馬桶水還在流。我又等一分鐘，看水會不會停。我這輩子修了不少馬桶，所以馬桶看來是出了點問題。可能是止水皮老化，需要更換，或（希望是）浮球要調低一點，畢竟調整浮球比較簡單。我打開馬桶陶瓷水箱蓋，放到一邊，發現問題其實出在進水軟管。那是一條細橡膠管，負責注水到溢流管。但它現在脫落了，於是我直接把它重新接回去，替孩子省下請水電工一百美元的工錢。

我重新蓋上水箱蓋，這時發現水箱底部有個黑色塑膠袋，並用好幾條膠帶緊緊貼死。那是廚房垃圾桶會用的黑色塑膠袋，剪裁成一個小袋子。我用手摸了摸，發現裡面東西硬硬的，大小差不多像我的支票簿。

這時廁所門口傳來敲門聲，聲音又大又急。

「爸？」瑪姬問。「你沒事吧？」

Ⅱ《貴婦的真實生活》是二〇〇六年起製播的真人實境秀節目，以紀錄片的形式，介紹住在某個城市或區域名流貴婦的個人和職業生活，其中最知名的系列是《比佛利嬌妻》。

7

週日早上，我開車回賓州，週六寄來的信都在門廊信箱裡。最引人注意的是一個奶白色的小信封，上面以優雅的黑色手寫字體寫上我的名字和地址。信封裡是一張卡片，內容如下：

誠摯邀請您蒞臨

艾登．葛德納

瑪格利特．扎托斯基

的婚禮

男方家長

厄爾羅 和 凱薩琳・葛德納

女方家長

法蘭克 和 柯琳・扎托斯基

時間：七月二十三日 週六下午三點

地點：新罕布夏州，哈普費瑞鎮州道一號

魚鷹灣營地

我還來不及看完內容，手機便響起。是我姊姊譚米，她歌聲飄來飄去，走音亂唱著：「我們要上教堂~她要結婚了~！我不敢相信，法蘭克！你一定超興奮！」

「妳有收到邀請卡嗎？」

「有，而且瑪姬剛才打電話給我。她說你們和好了，終於重新開始說話。」

譚米要我將波士頓晚餐的事仔細說個清楚，但我不知該從何說起。對於艾登馬桶水箱裡藏的黑色塑膠袋，我始終仍耿耿於懷。但除非撕破袋子，我才能知道裡面裝什麼，所以我後來就沒動，只把水箱蓋蓋上，趕緊出去。

只是我開車回家的路上，反覆想著塑膠袋和裡面的東西。我猜一定是錢。留點現金在手上，以備不時之需，我覺得是好習慣。但艾登幹麼把錢藏在馬桶水箱？把現金藏在書裡簡單多了吧，或藏在一罐麵粉裡，甚至藏在一件不穿的老舊運動外套裡都好。藏在馬桶水箱根本不合理，除非他是想不讓瑪姬發現。因爲要是他懂我女兒的話，就會知道她絕不會打開馬桶水箱，把手伸進去。

「所以你的感覺如何？」譚米問。「我們會喜歡這傢伙嗎？」

「當然啊，譚米，他看起來不錯。」

她大笑。「法蘭克，超市的冷凍披薩看起來也『不錯』。我們在說的是瑪姬未來的老公！」

「他叫她全名瑪格利特。」

「她喜歡瑪格利特這個名字，聽起來更專業。她在男性主導的產業工作。」

「我看不懂他這個人。他很有禮貌，但非常安靜。我不確定自己看到了眞正的艾登。」

「也許那就是眞正的他。也許眞正的艾登就是那麼含蓄禮貌，而且非常安靜。法蘭克，更差的你都見識過了。他一定比手機醫生好。」

手機醫生（那人叫奧利佛．丁翰）是我和姊姊心中的痛，我們至今無法理解那段關係對瑪姬來說有何意義。「她絕不准和奧利佛．丁翰結婚。」

「沒錯！所以我們更有理由接受艾登了。我猜他只是見到你很緊張。外表上，你長得非常嚇人——結果這可憐的孩子要娶你女兒。你要從他的角度想想。」

「他不怕我，譚米。他只是……很冷淡。我試著跟他聊瑪姬母親的事，他根本不在乎。」

「你只是誤解他了。」她說。

譚米十九歲結婚，二十一歲離婚，不曾有過自己的小孩。但她過去十年照顧過十多個寄養小孩，所以她覺得自己是親子關係的心理專家。可是，每個孩子在她家都沒待超過一、兩年，況且她絕對沒當過二十五歲女人的母親。不過她仍覺得自己有資格教訓我。

「法蘭克，我跟你說。你對瑪姬的男友一直都很嚴格。自從她上國中，開始約會，你女兒無論跟誰交往，在你眼中都不夠好。但我不知道這人有什麼好挑。他人長得帥，又聰明，還有藝術涵養，而且他擁有八萬股奇能公司的股票。」

「瑪姬跟妳說的？」

「我在網路上看的。我一直在網路上搜查這一家人。問我任何關於厄爾羅・葛德納的事，我都答得出來。」

「她要嫁的是艾登・葛德納。」

「但有其父必有其子。厄爾羅，葛德納很會照顧家人。他資助了他所有的姊妹，包括十個外甥子女。讓他們上私立學校、穿好衣服、去加勒比海度假。這些孩子過得像卡戴珊家族『一樣。」

「妳不該偷看別人的生活。」

「他們全都有抖音啊。」

「我不管妳怎麼說。如果被發現，眞的會很尷尬。」

「拜託，法蘭克。我用一大堆假名，絕不可能被抓到。我只是要確定你女兒安全。好比她有沒有簽婚前同意書，你知道嗎？」

我不得不說，我腦中確實有閃過這個問題，但我不敢提起。

「我不知道。」

「哼，我知道，因爲我問她了。」

「結果呢？」

「我人生有個簡單的道理，弟弟，你不問就不會得到答案。所以瑪姬打給我時，我直接攤牌。我說：『親愛的，我相信艾登是個好人，但妳要保護好自己的利益。妳有簽婚前協議書嗎？』」

「然後？」

譚米故意頓一下，製造懸疑效果。我姊最喜歡天大的八卦。她會回味好幾小時，拆解所有細節，從各種角度切入，像能把火雞腿啃個一整晚的狗。「你想猜猜看嗎？」

「我猜沒簽，所以妳才這麼興奮。」

譚米大聲發出錯誤的音效聲，好像我在電視節目問答中答錯。「錯！他們確實簽了婚前協議書，而且是最好的那種。離婚的話，無論情況爲何，他們會平分彼此的財產。」

「絕對不可能，譚米。」我不知道八萬股奇能公司股票値多少錢，但價値肯定是天文數字。「他幹麼同意？」

「因爲他愛上她了！完全神魂顚倒！愛得昏頭轉向！」

她說得像是天大的好消息一般，但我一點都不高興。我提醒她，他們才交往六個月。「爲什麼要急著結婚？」

ㄇ 卡戴珊家族（Kadashian Family）是美國在娛樂、實境秀、時尚和商業上享譽盛名的家族。

「閉嘴，法蘭克！史上沒有父親會問這問題。她在完美的年紀要嫁給完美的男人，你甚至不用出錢辦婚禮！你知道有多少父母巴不得能跟你一樣嗎？」

通完電話之後，譚米寄給我一封超長的電子郵件，裡面全是證據。信裡全是連結，打開都是科技網站、新聞報導、社群媒體文章和YouTube影片。讀得我都能幫葛德納家寫出家族史了。凱薩琳・葛德納（原姓瑞金絲）出生於休士頓，她是德州知名石油大亨的孫女。出身上流社會的她，參加過無數社交舞會和名媛初登場舞會，後來就讀威爾斯利學院，主修藝術史。她在那愛上厄爾羅・葛德納和新英格蘭，從此便成爲波士頓知名人士，將繼承的財產投入各種慈善事業。從波士頓兒童醫院到新英格蘭水族館，她在各式各樣慈善機構和非營利單位擔任董事。

厄爾羅・葛德納（根據奇能公司網站上的生平簡介）在「麻州洛厄爾這座藍領城市」出生長大，他在哈佛大學就讀兩年後，於一九八七年輟學，創立阿波羅公司，那是最早的網路服務提供商之一。他早期資金都來自年輕的妻子，七年之內，公司被美國線上公司以未公開的價格收購，傳聞金額是一億美元。從那時起，厄爾羅便涉足新科技，從電子商務網站到醫療器材無所不包。當然奇能公司是他目前最大成就，他現在是首席執行長，也是最大股東。

讀完這些，我不可能沒被嚇到。厄爾羅和凱薩琳顯然非常聰明，也非常成功，我擔心婚宴的錢我一點都沒出，他們會看不起我，覺得我貪小便宜。我當然辦不起三百人的婚宴。但我愈來愈覺得自己該做點什麼，讓我出席婚禮時抬得起頭。

於是我隔天打電話給瑪姬，問厄爾羅．葛德納的電話號碼。她馬上起疑。「你幹麼想要他手機號碼？」

「我想跟他自我介紹。因爲妳要嫁給他兒子了。這算合理吧？」

「對，可是——」

「而且婚禮我想要出點力。我覺得酒錢應該我來出。」

會在網路上做功課的可不只譚米。我去查了結婚網站，他們全都提醒，酒是所有婚宴上最大的開支。我在網路上找到試算，我只要輸入賓客人數（三百人），它就會幫我試算，目前初估大約是五千六百到八千美元。這筆錢眞的大到會讓人送醫院，但我努力工作了很久都沒放假，所以我輕鬆便負擔得起。只要能讓我抬頭挺胸出席女兒婚禮，這八千美元就花得值得。嘿，各位貴賓。酒是法蘭克．扎托斯基請的，我們給他掌聲鼓勵。

「爸，你不用付酒錢。」

「我一定要付點什麼。傳統上，父親要負擔女兒婚禮全部開銷。」

「現在又不是十九世紀。厄爾羅．葛德納不會拿你一毛錢。」

「爲什麼？」

「因爲他知道你的經濟狀況。」

「這什麼意思？」

「不要太敏感。他就是知道，從小到大，我們家都沒錢。」

「我帶妳去過迪士尼樂園！」

「對，是沒錯——」

「我們住過迪士尼樂園，瑪姬。妳知道和迪士尼人物吃早餐要花多少錢嗎？」

「爸——」

「而且我付錢讓妳上大學。妳不用負擔就學貸款。妳怎麼會跟他說我沒錢？」

「因爲錢是相對的，爸。跟厄爾羅．葛德納相比，你是沒有錢。我的意思只是這樣。」

「我眞的有錢，我想資助這場婚禮。現在我希望能得到他的電話號碼，麻煩妳。」

「好，你知道，這又是另一個問題。你不能直接打電話給厄爾羅．葛德納。他每一刻都與人有約。就連他的助理都有助理。而且他這週出國在外，現在人在橫山。他要和五十鈴見面。」

我不打斷她，她會再給我上千個理由，說服我絕不可能聯絡厄爾羅．葛德納。

「瑪姬，我只是想要跟這人聊十分鐘。因爲他兒子要娶我女兒。好吧，如果妳不給我他的電話，我會打到奇能公司，解釋現在的情況，親自去找他。」

她聽到我要親自去找，簡直嚇壞了，並答應我厄爾羅會在四十八小時內和我聯絡。隔天晚上，我坐在黑暗的客廳裡，喝著酷爾斯啤酒，看著費城人隊輸給響尾蛇隊的比賽。這時我電話響起，來電號碼隱藏。厄爾羅．葛德納先道歉這麼晚才打來，他人在大阪機場。他一定聽到我電視的聲音，因爲他問說現在投球的是不是薩克．賈倫。我說是，但他今天投得滿爛的。沒想到厄爾羅竟是棒球迷，所以我們馬上找到了共同點，這讓我感覺舒服了一點。

他對於「瑪格利特」讚不絕口。他說她很聰明，充滿自信，是奇能公司中「貨真價實的新星」。

「我一直跟艾登說他中大獎了。那女孩條件太好了。我相信高中時期，一定有一大堆男生到你家門口敲門。」

「最糟糕的是，連門都不敲，」我跟他說：「他們直接開車來，在外頭傳訊息給她。」

厄爾羅大笑。「喔，這種超討厭，法蘭克！真是辛苦你了！」

我覺得自己必須回禮，說些女婿的好話，所以我稱讚艾登非常有藝術家天分，前途一片光明。他父親聽了只大笑。「我只能說，他選了一條辛苦的路。你隨便舉五個美國重要的畫家。算了，說一個就好。」我承認我答不出來，我中學之後就沒再踏進過美術館。「正是這樣，法蘭克。你如果讀《紐約時報》會讀到上百篇關於人工智慧、基因療法、奈米科技的報導，全是改變世界創新科技。但是裡面不包括繪畫。我說一句難聽的，那些根本沒人在乎！努力也不會有成果。但艾登說那是他的人生志向，我又能怎麼辦？」

我覺得厄爾羅對兒子過於嚴厲，我跟他說，艾登開闢自己的道路，走出父親的陰影踏上不同的職業生涯，這是很勇敢的一件事。

「我告訴你養小孩最難的事，法蘭克。孩子到了某個年紀之後，你就再也無法控制他們。他們會吸毒、搶銀行或是畫奇怪的肖像畫，而我們完全無能為力。我們要麼接受他們的樣子，不然這關係就沒了。你說是不是？」

關於我和瑪姬這三年的冷戰，我不知道她向他透露多少。我聽不出厄爾羅是在迂迴暗示，還是我太疑神疑鬼。「葛德納太太身體還好嗎？瑪姬有說到她身體有點狀況。」

「平時都還好。但每個月有一、兩次，她偏頭痛會嚴重發作。感覺像被卡車撞到一樣。她唯一能做的是躺在黑暗的房間，等頭痛過去。但下週我們會去西奈山找新的專科醫生，我想在婚禮之前，她一定能痊癒。」

整通電話只聊了十五分鐘，但已讓我對這人有了清楚的印象。厄爾羅十分聰明，個性幽默直率，處處慷慨大方。聊到婚禮時，他說我想邀誰儘管邀。他說魚鷹灣（他們在新罕布夏州的營地）可以住一百人，其他人能住附近的汽車旅館。我覺得時機剛好，便趕緊說出我的提議。我說感謝他大氣包辦婚禮，但我堅持要分擔一部分開銷。

「我想要出酒錢。」

「喔，不用、不用、不用，法蘭克，我不能讓你出。我家人都是酒鬼。我姊妹會把你喝到破產。」

「我想出，厄爾羅。啤酒、紅酒、長島冰茶，你姊妹想喝什麼都行。」

「那筆錢太多了——」

「我堅持——」

「當然不行——」

「拜託——」

「絕對不行——」

我們在電話上推來推去一陣，兩個中年男子捍衛著自尊和名譽。厄爾羅辯說，酒錢會花多少根本「無從算起」，於是我告訴他網上找到的試算。我說我先出八千美元，婚禮後不夠再補。最後我們彼此妥協，金額就是「八千美元，但不能再多」，於是隔天早上，我將支票寄到他劍橋市的辦公室。這筆錢相當龐大，是我這些年來最大的開銷，我在支票簽下名字時，內心湧起一股驕傲。我知道這筆錢花得值得，感覺像穩穩投資了我女兒的未來。

8

一週週時光飛逝。就算瑪姬和葛德納一家負責了婚禮規畫，我仍有許多待辦事項。我走到閣樓，拿出我的舊西裝。我上一次穿西裝是在我的婚禮上，那已是二十八年前的事。衣服我穿不下，但我仍開心試套了一下，掏了掏每個口袋。我找到有柯琳口紅痕的紙巾，於是收到皮夾當幸運物。

我去男裝服飾店租一套淺灰色的夏日西裝，還有相稱的背心和領結。銷售人員有一頭粉紅頭髮，穿著眉環，他年紀輕輕，充滿幹勁，顯然是賺抽成的，所以我聽完他的推銷，租下了豪華九件組，其中包括皮鞋、袖扣和口袋巾。我的女兒要結婚了，我對全世界都充滿善意。

我著手準備起婚宴上的敬酒致詞，這是我那個週末唯一的職責。所有婚禮網站都說，理想的致詞長度是九十秒。上面建議：「直接說出心底的話，讓感情自然而然流露。」於是我試著寫出心底話，最後寫了十八頁。我有好多想說的，我不知該怎麼刪到九十秒。每次我坐下來要修，那鬼東西就變得愈來愈長。

我同時試探著女婿，希望能多了解他一點。我想買紅襪隊的比賽，找他一起去看，但瑪姬警告我，艾登不是運動迷，所以我提議和他一起去波士頓美術館。「你可以帶我逛一逛，跟我說說你最喜歡的作品。」艾登十分感謝我的邀請，但我們一直敲不定時間。每次我提議某個週末去，他都會剛好有事，或有別的藉口，我約他三、四次之後，便發現他其實就是不想去而已。我試著放寬心。艾登已經有個好父親，他不需要另一個父親。我們出身背景迥異，我想我們不大可能成爲朋友。

但瑪姬也沒時間理我，這我眞的很在意。我們現在會說話了，我急著想彌補過去錯過的時光。我隨時想打電話給她，問她近況，但大多數電話都直接進到語音信箱。我們少數通上話時，對話頂多維持幾分鐘。她同時籌備婚禮，又忙著奇能公司的新工作，她說自己忙到暈頭轉向。

「但我們到新罕布夏州會有很多時間相處。」她承諾。「你週四還是會來，對吧？」計畫是這樣。雖然婚禮是辦在週六下午，但他們週四便邀請親朋好友到魚鷹灣營地，這三天時間，大家能一起品嚐美食，享受各種娛樂，並在湖畔度假。瑪姬似乎十分期待讓我見識營地的一切。

「我們甚至可以去划獨木舟！」她說。「可以重溫我們的女童軍之旅。」

我跟她說，這聽起來太棒了，接著我找個藉口掛上電話，讓她繼續工作。時間已是七月中，我知道我不久便會見到她。我向自己發誓，婚禮之前不要再打擾她——差一點就成功了。

9

出發新罕布夏州的前一晚，我去了一趟「極剪理髮廳」，讓維琪替我剪頭髮。我頭髮不長，所以根本不費事，但維琪下刀十分仔細，有條有理，所以我們總是能聊很久。

我和她年紀差不多，但我發誓這女的看起來不超過四十歲。她留一頭烏黑長髮，棕色雙眼的眼神溫暖，笑容能照亮整間理髮廳。維琪的工作檯總會放著一本圖書館的書，無論她讀到什麼，她都喜歡和人討論。她最喜歡的是歷史言情小說，所以她對都鐸王朝、維京時代、埃及豔后瞭若指掌。這些書大多都有八百頁，但每次我見到她，她都在讀新的書。

維琪結婚兩次，離婚兩次，她工作檯的鏡子貼著兩個孩子笑容滿面的快照。她兒子陶德是她的喜悅和驕傲，他和丈夫住在布魯克林，爲《華爾街日報》寫文章。她女兒珍娜令她心碎。珍娜兩年前死於用藥過量。但她的照片依然和哥哥一起放在鏡子上，紀念著萬聖節、畢業舞會和聖誕節早晨的時光，因爲她是維琪生命中一大部分，這點永遠都不會改變。

過去幾個月，我告訴維琪，我之前和瑪姬疏遠，現在兩人意外和好，並準備去參加她的婚禮。她擅於聆聽，不會妄加批評，並總會問出發人深省的聰明問題。老實說，我有一度考慮邀請維琪陪我參加婚禮。後來我提醒自己，我不曾在理髮廳外和她見過面，所以這想法有點荒唐。

那天晚上，她花特別長的時間弄我的頭髮，因爲她知道我早上要去新罕布夏州，她說她希望我看起來很完美。她剪完之後，走到蒸氣機拿熱毛巾，敷在我脖子上，我舒服到快融化了。就憑這項服務，維琪應該要多收一美元，但她不曾向我收過，有時我在想這會不會含有別的意思。

她朝鏡中的我微笑。「你看起來很帥，法蘭克。你在婚禮上一定會玩得很開心，我好爲你高興。」

我不想從椅子站起，但我知道她後面還有客人，於是我跟著她走到收銀台結帳。剪髮正常是十八美元，我打算像平常一樣給她二十五美元時，她揮揮手。「我請客。」

「喔，幹麼——」

「這是結婚禮物。恭喜。」

我把錢放櫃檯，維琪直接將錢塞回我手上。她不收錢眞的讓我無比感動。我再次謝謝她，踏出店外，走向商場戶外停車場。理髮廳旁是墨西哥燒烤餐廳，那裡有兩個滑滑板的青少女，她們頭戴針織帽，身穿法蘭絨格子襯衫，在路緣做腳尖翻板。我看了她們一分鐘，考慮一會，又走回理髮廳。

維琪的下個客人已坐在椅子上，是個紅髮小男孩，大概七、八歲大，他坐在墊高椅墊上，披著滿是飛碟的圍布。維琪從鏡子看到我走近，便轉過身，一臉驚訝。「忘了什麼嗎？」

「妳想跟我一起去嗎？」

「去哪？」

「去新罕布夏州。」

「明天？」

「對不起，維琪，我知道很臨時。我原本打算早點問妳，但我不想害妳尷尬。」

「所以你現在來問？」

「葛德納家族房子很大，我相信妳能有自己的房間。瑪姬說空間很夠。我敢說妳會很喜歡那些人，他們全都讀一大堆書。」

圍著理髮圍布的小男孩從鏡子觀察維琪的反應，他突然對她的答案非常感興趣。她打開抽屜，從一堆玩具中拿了個塑膠恐龍塞到他手裡。「聽著，法蘭克。我知道這場婚禮對你來說很重要。你邀請我，我也十分榮幸。但我班表已排好——」

「對——」

「而且我們整個週末都超忙——」

「當然、當然、當然——」

「我不能突然把工作丟給其他同事。」

「當然不行。我應該早點問的。對不起搞得這麼奇怪。」

「你不奇怪。我很高興你邀請我。我向你發誓，法蘭克，如果我這週末放假，我可能會答應，」她思考一會又說：「也要我有適合的禮服和鞋子，還要準備禮物送給新人——」

「我明白。」

「但這樣吧。等你回來之後，我們一起去吃中餐。你可以給我看婚禮的照片，因爲我想知道發生了什麼事。」維琪手伸向名片，拿了一張塞到我手中。「我電話在上面，好嗎？」

我家裡已有五張她的名片了，每一張都用磁鐵貼在冰箱上，但我還是多拿了這張。我承諾會打給她，她說會等我的電話。

10

那天晚上，我大約八點開到家門口。走進家門中途，我停在信箱前，拉出裡頭的垃圾信，像是超市傳單、美國退休者協會邀請和慈善機構捐款廣告之類的。進到屋內，我把信件一封封丟到廚檯上時，發現有個文件大小的白色信封，上面沒有附上寄件者地址。我的名字和地址字跡斑駁，像用老式打字機打的，而且色帶上墨水不足。信封上看不出寄件者是誰。上頭只貼著美國國旗郵票，郵戳來自新罕布夏州哈普費瑞鎮。

我打開冰箱，拿一瓶酷爾斯啤酒，坐下拆開信封。裡面是一張紙，紙面中間印了一張五乘七的照片。我指的是，照片是對方在家自己印的，用的是買新電腦贈送的廉價噴墨印表機。色彩暗淡，但畫面清楚。照片中一男一女站在湖邊，兩人都很年輕。我差點認不出我女婿，因爲艾登在照片中比現在還胖六、七公斤，笑容輕鬆友善，和晚餐時判若兩人。拍攝者捕捉到他和人說笑的一瞬間。那女的是個陌生人。她很年輕，和瑪姬年紀相仿，穿著緊身牛仔短褲，黑色低胸上衣。她望著鏡頭外大笑，並靠向艾登側邊。他手臂繞過她腰，手放在她腰際。頁面底部有一排手寫大字：

朵恩、泰格在哪？？？

就這樣。用黑色麥克筆寫下的六個大字。我手伸進信封，用手指撐開，檢查裡面有沒有別的東西。

沒有。

我打開啤酒，喝一大口，仔細看那張照片。在這之前，我對艾登一直有所保留，他那個瘀青的鬼扯故事我根本不買帳，我也不喜歡他把東西偷藏在馬桶水箱。但我願意給他機會。我對女兒的判斷有信心。瑪姬聰明又成熟，很有責任感，我何必懷疑她的決定。

但現在——

朵恩、泰格在哪？？？

我猜朵恩·泰格是照片中大笑、身材姣好的女孩。但艾登在她旁邊幹麼？

誰寄給我這張照片？

我拿起手機，打給我女兒。通常我電話都會直接進到她語音信箱，但今晚，不知爲何，她接起了電話。

「嘿，爸。怎麼了？」

「妳最近好嗎，瑪姬？」

「再三天就婚禮了啊。」她語氣有點惱怒，好像在說我應該知道才對。「你還好嗎？」

「我很好，但我剛才收到一封奇怪的信。其實不算信。有人寄給我一張照片。」

「什麼照片？」

「艾登的照片。他站在一個女生旁邊。在湖邊。底下寫著『朵恩·泰格在哪？』」

她沉默好久——久到我以爲我們斷線了。

「瑪姬？妳還在嗎？」

「上面還寫了什麼？」

「就這樣。『朵恩·泰格在哪？』我不知道是誰寄的，但蓋著哈普費瑞鎮的郵戳。」

瑪姬嘆口氣。「不敢相信。」

「誰是朵恩·泰格？」

「爸，我要請你幫我做一件事。我要你把信和信封，全部放到塑膠袋裡。用那種夾鏈袋。明天帶來新罕布夏州。你可以幫我這個忙嗎？」

「幹麼？」

她深吸口氣。「好啦，聽著，我應該早點跟你說這件事。因爲你可能在婚禮上會聽說，然後聽起來好像很嚴重？但這是小事，好嗎？因爲艾登什麼都沒做。他和這事無關。」

我逼自己閉嘴。這是我從妻子柯琳身上學到的策略。她以前說過，如果你希望孩子和你分享事情，不要用問題打斷他們。你必須閉上嘴，讓他們自己說。

「去年艾登和一個女孩約會，後來她失蹤了。她的名字叫朵恩・泰格。去年十一月她去健行，結果再也沒回來。沒人知道她去了哪裡。」

瑪姬說其實也沒多少線索。朵恩一輩子都住在哈普費瑞鎮，失蹤時是二十三歲。警察在新罕布夏州森林停車場發現了她的車子，車停在公共廁所和步道起點。之前下過大雨，地面都是水，搜救隊進度因此受到影響。沒人知道朵恩是走入了森林，還是單純坐上另一輛車離開了。

「所以這跟艾登有什麼關係？」

「沒關係。這就是我的意思。警方馬上排除了他的嫌疑。朵恩失蹤那天，艾登人在三百公里外。他在波士頓。但朵恩的母親還是怪罪他。」

「爲什麼？」

「因爲她是個瘋子！艾登跟這女生根本不熟。」

「妳剛才說他們在約會。」

「一次而已！他們出去約會一次。他們不曾認眞交往過。」

我看著桌上的照片。艾登摟著朵恩的腰，手擱在她腰上。他們看上去很自在，像一對情侶，已越過戀愛初期的尷尬階段。

「所以照片是誰寄的？」

「朵恩的母親，可能是她。她一直在騷擾葛德納一家人，現在也找上你了。所以你明天要把信帶過來。葛德納一家可以把證據交給律師。」

「律師都請了？」

「廢話，爸。這整件事就只是想要錢而已。朵恩的母親想要葛德納家族付錢給她。」

「她這麼說嗎？她眞的有要錢嗎？」

「還沒明說。但律師說那是她的目的。相信我，爸，如果你見過這女人，你就懂了。她總是醉醺醺的，整天都穿著睡袍。而且她臉上塗了可怕的橘色大濃妝。像在《菲爾博士》上會看到的人。」

「誰？」

「那個談話節目，在鏡頭前瘋狂吵架的節目，知道吧？這女的很適合。她住在森林裡。住在一輛拖車上。」

瑪姬這點很好笑。我覺得她常忘記我小時候就是在拖車上長大，我許多朋友也是，我們的父母都不像實境電視節目上的那些瘋子。我們大多鄰居都是刻苦耐勞又正直的好人，他們生活樸實，會準時繳清帳單。

「重點是，」瑪姬說：「她唯一在乎的就是錢。所以你必須把照片帶來，交給厄爾羅，好嗎？」

「好。」我跟她說。我沒多問，並希望自己聽起來贊同她。如果要選邊站，我不想站錯邊。「艾登面對這些還好嗎？」

「他很難接受。他們全家人都很難過。他們甚至雇用了私家偵探，想找到朵恩，解決整件事。但你知道嗎？偵探覺得朵恩是故意逃走的。爲了逃離她母親。他說每年美國有六十萬人失蹤，許多人都不想被找到。他覺得朵恩現在可能在拉斯維加斯端盤子。或去了西嶼之類的。離家數百萬公里，但非常安全。」

她說得胸有成竹，彷彿事已成定局——而我應該要把這說法當成事實。但我仍記得年輕時談戀愛是怎麼回事，愛令人盲目，會讓我忽視妻子最大的缺點。例如，我以前常稱讚柯琳，我每次話才說一半，她都能接著幫我說完。但結婚之後，我只感覺她一直在打斷我。所以我擔心瑪姬看不清未婚夫的眞面目，但我當然不想反駁她，所以只好將擔憂埋藏在心裡。

通完電話，我坐到電腦前，打開Google，搜尋「朵恩」加「新罕布夏」。我在《哈普費瑞通訊報》上找到一篇簡短的報導，失蹤的事和瑪姬說的差不多。朵恩的豐田車停在州有林地自然步道的停車場，但她下落依然不明。報導沒提到艾登．葛德納。網路上也都沒有，至少就我看來。

於是我照女兒的吩咐，將照片和信封放入夾鏈袋，然後拿著袋子到臥房，放入我的行李箱。這趟旅行，我心情十分興奮，早早收拾好大部分的東西。我黑色牛津皮鞋已擦得光亮，西裝收在防塵套裡，我甚至帶了新的泳褲，因為瑪姬說湖邊有個沙灘。我迫不及待想去新罕布夏州，見見我的新家人。我好想牽著女兒的手步上紅毯，拿著香檳向大家敬酒，並和新娘跳舞。我想慶祝她結婚，祝賀新人永浴愛河。所以關於朵恩．泰格的事，我逼自己接受瑪姬的解釋，忽略我腦中微小的聲音——那聲音說，事情不對勁。

II

抵達

1

我將鬧鐘設在週四早上五點，結果我三點半便在一片漆黑中醒來。自從我跟瑪姬大吵過後，就開始會失眠了。每次我晚上醒來，腦中就充滿焦慮，開始細數我讓女兒失望之處。有時我會好奇，不知其他父母會不會也這麼做。身爲父母，你曾半夜輾轉難眠，回想所有自己搞砸的事嗎？我有，因爲我大概犯過幾百個錯誤。

像有一次，瑪姬七歲生日，我們開車去布希花園遊樂園玩，她把「熊貓先生」留在高速公路休息站。我們開下州際公路兩小時，她才發現它不見了，回頭的話，來回往返必須多花四小時。妻子和女兒一直求我回頭，最後我們所有人都在大吼大叫。我不願意爲了六美元的動物玩偶毀了一整天行程。我向瑪姬保證，我們到了布希花園，我會買給她一隻新熊貓——更大的熊貓！我以爲她看到巨大的雲霄飛車，馬上會忘記塡充玩偶的事。結果她整個週末都擔心不已，認定可憐的熊貓先生一定會被扔進垃圾桶，埋在油膩的紙巾和滿是番茄醬的漢堡包裝紙下無法呼吸。我女兒週末幾乎沒和我說半句話，整趟旅行都毀了。我覺得這件事，她從沒原諒過我，而我當然也沒原諒自己。

但相對於每個像熊貓先生那麼糟的故事，我都能再舉出十件我做對的事。我幫瑪姬油漆房間五次。她常發現新顏色，想爲房間換上大膽的新裝。我教她將窗戶貼上膠帶，用滾輪上漆，以免油漆滴到窗框。我教她基本的防身術，教她怎麼握拳和出拳，我讓她清楚知道，男人蛋蛋被踢會有多痛苦。由於我以開車維生，當然能教瑪姬考到駕照。她一次就考過，車輛管理局的小姐開玩笑說，瑪姬已準備好去優比速公司上班了。

我努力回想快樂的回憶，想讓自己平靜，繼續睡覺。信不信由你，但有段時間，瑪姬會向我吐露心事，並能自在分享她的希望、夢想，甚至祕密。我給你們舉個最好的例子。瑪姬九年級時，她心情變得非常不好，晚餐時都悶悶不樂，我們收拾完碗盤後，她都直接回房，關上門，大聲播放拉娜·德芮「關於死亡、凋零和心碎的歌曲。我問她有沒有心事，她都不肯說。於是隔天早上，我帶她去鬆餅屋，試著哄她說出來。

到鬆餅屋吃早餐，是我們共有的小傳統。我妻子柯琳以前在這工作，比較老的服務生仍記得她，也因此我總會得到VIP待遇，瑪姬也受大家寵愛。他們會免費幫她續杯，多拿蠟筆送她，她要什麼都依著她。

那天早上，我們點了和平常一樣的餐點。我點農夫蛋捲和熱咖啡，瑪姬點鮮奶油草莓鬆餅。我們起初話都不多，等食物到了，我才慢慢溫柔盤問她。

「學校都好嗎？」

「很好。」

「班上都沒事？」

「對。」

「有人找妳麻煩嗎？」

「沒有。」

「因爲妳有點心不在焉。」

她聳肩。

「妳確定沒人找妳麻煩？」

「你啊，」她說：「可以不要煩我嗎？」

好吧，我確實沒料到這答案。我舉起雙手，像投降一樣，不再審問她。但我突然沉默，似乎讓她心情更糟。

「爸，一切都沒事。你可以放心。」她身體向前彎，靠向我，壓低聲音。「只是我月經來了。」

⊓ Lana Del Rey（1985-）是美國知名歌手，音樂充滿詩意和畫面，歌詞談論浪漫悲劇、逝去的光輝和憂鬱，風格復古懷舊，往往會將人帶回五〇和六〇年代美國。

在那之前，我都不知道她有月經。

「什麼時候來的？」

「我不知道。聖誕節吧？」

我不敢相信。聖誕節已是快四個月前。我過去兩年都在準備這一刻。我甚至買了圖畫書，想拿來解釋為何她身體會流東西。

「妳為什麼不跟我說？」

她手揮一下，要我小聲一點。「我不想大驚小怪。」

「但這是大事！妳有跟妳譚米姑媽說嗎？」

「我只跟我朋友說。」

「『那個』妳都有嗎？妳從哪買的？」

「我跟正常人一樣去藥局買。我所有朋友也都來了，所以我知道該怎麼做。」

這是瑪姬長大最經典的例子。多年來，我一天天看她愈來愈獨立，現在她已不需要我或我姊幫忙，自己便能處理這重大的里程碑。我很驚訝，同時也感到十萬分驕傲。

「妳『那個』應該讓我出錢，」我告訴她：「別用零用錢買。跟我說多少錢就好。」

「好，但你不要再說『那個』了。那叫衛生棉。」

「我會帶妳去大賣場，」我承諾她：「我們去買店裡最大箱的衛生棉。」

我們吃完之後，我朝服務生招手，表示要結帳。瑪姬看我計算小費和總額。她現在長大了，對金錢更有概念，也許自己買衛生棉也有幫助。

「小費給百分之二十五不會太多嗎？」

「算多，但妳母親一直都這樣。她說服務生值得拿這麼多。我以前常抱怨她在浪費錢。」

「那你為什麼現在還給這麼多？」

我聳聳肩。「以免她在看。我覺得這能讓她開心。」我用筆指著她。「妳和妳的大突破，絕對會讓她很高興。她會為妳感到無比驕傲，瑪姬。」

2

我跟姊姊說我想早點出發，她答應會在早上六點準備好。譚米住在一棟公寓大樓，公寓名叫「鞍溪渡口綠意花園」。公寓大樓乾淨寧靜，住戶工作正常，家家戶戶都很早就寢。她住兩房公寓，大門在一樓，就在停車場旁邊。

我按門鈴，一個小女孩打開門，她穿著T恤和短褲，年約九、十歲左右，剪了像阿兵哥的小平頭，彷彿才在傑克遜堡基地完成基礎訓練。「嗨，法蘭克先生。」

我姊姊許多寄養的孩子都不會唸我的姓，所以她要他們叫我法蘭克先生。但我很確定自己從沒見過這孩子。她長得很奇怪，臉又圓又扁，雙眼分得太開。好像有人拿擀麵棍壓過她五官。

「妳是誰？」

「艾碧蓋兒・格林（Grimm），有兩個m。」她打開紗門鎖，將門推開。「譚米小姐說你最好先進來。她說她還沒準備好。」

我姊的公寓給人的感覺像是一家擁擠的雜貨書店。她總會點香氛蠟燭，讓房子充滿香草或南瓜派的香氣，牆上還布置許多裱框的標語，像「你很特別」「這裡就是你的家」「我的餐桌永遠有你的位子」。這些可愛的句子會讓寄養小孩有歸屬感。但這個夏天，譚米應該不用照顧任何孩子。瑪姬的婚禮要到了，她已把自己的行程清空。

艾碧蓋兒坐到沙發上，注意力回到電視上，她在看賓州艾倫敦市當地的新聞台。她腳邊有個小巧的黑色行李箱，和我的一模一樣。那是我妻子以前的行李箱，但柯琳過世後，我送給姊姊。現在譚米把它給了艾碧蓋兒．格林。

「妳在等人來載妳嗎？」我問。

「什麼意思？」

「有人要來接妳嗎？帶妳去另一個寄養家庭？」

她搔搔腦側，像個滿頭問號的四格漫畫人物。「譚米小姐沒提到這件事。她說我們在等你。」

女孩繼續搔頭皮，然後觀察指尖，好像在看什麼。我越過客廳，朝二樓喊：「嘿，譚米小姐？妳可以下樓來嗎，麻煩一下？」

天花板傳來沉重的腳步聲，像在移動家具一樣。「我只需要五分鐘，」她回喊：「你怎麼這麼早到？」

「我沒早到。」

「有，你有。」

「譚米，我跟妳說我想在六點出發。但我有慢慢來，因為我知道妳一定會慢，現在都六點十五分了，結果妳還是沒準備好。」

沙發上，艾碧蓋兒笑了笑，露出一口歪七扭八的黃牙。

「喝點咖啡，」譚米說：「廚房有。」

我不想喝咖啡。我們還有快六百公里的路要趕，而且我不想一直上廁所。於是我只坐到沙發上，和艾碧蓋兒．格林一起看當地新聞。艾倫敦一棟屋子失火，兩兄弟遭濃煙嗆死。新聞主播解釋，美國平均每天有九人死於火災意外。他訪問唯一生還者，是個中年女人，身上裹著毛毯。可憐的女人灰頭土臉，好像剛從廢墟中爬出，她聲音顫抖。「這是我這輩子最糟的一天。」她不斷發抖哭泣，擠出這句話。「今天眞的好可怕、好可怕。」

我轉頭找遙控器，發現在艾碧蓋兒手中。「妳可以把電視關了嗎？」

「爲什麼？」

「這太可怕了。我不想看。」

電視上的女人轉向鏡頭，無助望著我雙眼。「從今以後，一切都不一樣了。」她說。

艾碧蓋兒關了電視，螢幕瞬間變黑。她望向我，眼神充滿期待，好像我現在要負責娛樂她一樣。但我只想默默坐著等待。

「法蘭克先生，給你派，要嗎？」

「不要，謝謝妳。」

「你說要比較好笑。」

「什麼？」

「這是個笑話。你說要才會好笑。」

「要？」

艾碧蓋兒搖搖頭，好像我沒搞懂。「我們必須重新開始，好嗎？現在聽好，法蘭克先生，給你派，要嗎？」

「要。」

「三點一四一五九！」她還沒說完就笑個不停，整個人笑倒在沙發上，手抱雙膝，全身發抖。「π這樣夠了嗎？還是你要更多？」

我向樓上的姊姊喊：「譚米！妳可以下樓來嗎？」

「我記得π前三十個數字，」艾碧蓋兒解釋：「但只說五個比較好笑。我們到新罕布夏州時，我要跟瑪姬說這個笑話。」

「是喔？」

「譚米小姐說瑪姬很有幽默感。」

我姊的行李箱從樓梯翻滾而下，撞來撞去最後停在牆邊，譚米匆忙跟在後頭。「下面小心喔。」她說得也太晚了。她是梨形身材，無比矮短，有一頭黑鬈髮，還有她絕對是我這輩子認識最熱心善良的人。譚米是居家護理員，長年負責照顧年長者和重病患者。她會替他們準備餐點、更換衣服、訓練腦力和測試記憶，讓他們無力的肌肉維持活動，並在大小便後替他們清理私處。她的工作極爲辛苦。這種事我一週都撐不下去，你可能也是。老實說，我不知道譚米還能做多久。年過五十之後，她感覺愈來愈疲憊，彷彿辛勞終於追過她的體力。

但那天早上，她笑容滿面，容光煥發。「早安，我的弟弟呀！」她穿著藍色罩衫，衣服上布滿白色蝴蝶圖案，搭配卡其工裝褲，腳上是全新的白色帆布鞋。這全是她爲這週末買的新衣服。她向來很重視自己的打扮，所以我第一件事就是稱讚她打扮好看。

「謝謝你，法蘭克。所以你跟艾碧蓋兒認識了？那你有聽說這個好消息嗎？她要跟我們一起去！」

「這我們討論一下。現在加入有點晚了。」

「我原本想早點跟你說，但她才剛來這裡。最扯的是，國土安全部沒留行李箱給她！她沒有大衣、球鞋，只有背包裡那幾件衣服。所以昨天晚上，我們花三小時去大賣場買東西——」她被廚房傳來的一小聲「叮」打斷。「喔！瑪芬好了。」

「什麼瑪芬？」

「我幫大家做了早餐。來，你可以幫忙。」

我跟她進廚房。譚米戴上隔熱大手套，手伸進烤箱。瑪芬烤得剛剛好，外表黃金酥脆，上頭放著香甜多汁的藍莓。譚米拿牙籤戳入一個瑪芬，牙籤抽起之後，看到上頭乾乾淨淨，不禁眉開眼笑。「小寶貝烤好了，」她說：「妳想吃一個還兩個？」

我不理她，並關上廚房和客廳間的滑門。「譚米，聽我說。妳不能帶那孩子去婚禮。」

「我別無選擇，法蘭克。荷丹席亞無計可施，求我幫忙。她原本安排另一個家庭收養她，但他們在最後一刻反悔。」

「爲什麼？」

「因爲有的人就是很蠢，法蘭克。艾碧蓋兒明明就沒問題。她是個可愛的孩子，只是人生遭遇到一些困難而已。」

每個寄養小孩進到她家，我姊都會說一樣的話，哪怕是最棘手的情況也一樣。例如艾瑪努，這女孩曾大便在我浴缸裡，因爲她害怕「男生的馬桶」。還有麥可．傑克森（說眞的，哪個天才父母會把孩子取名叫麥可．傑克森），他是六年級的男孩，尖銳的物品只要到他手中都很危險。有天晚上，他找到譚米的圖釘，我們只好叫了救護車。我的重點是，譚米帶回家的孩子從不像孤女安妮[ロ]一樣乖巧，從不會唱「太陽

[ロ]《孤女安妮》（*Little Orphan Annie*），美國一九二〇年代經典漫畫，故事描述小孤兒安妮的各種冒險，曾改編成廣播劇、音樂劇和電影。

明天會再次升起」之類的歌。她專門接受緊急短期寄養，孩子通常面臨十分危急的情況。他們父母是吸毒犯、罪犯、白人種族主義者，甚至更糟。不少孩子在貧困中長大，遭遇性虐待的數量高得可怕。但譚米總認爲他們都沒問題。

我懂她的意思，但你也懂我的顧慮，對吧？這婚禮對我來說很重要，我不希望譚米傻傻的愛心毀了一切。

「請老實告訴我，」我跟她說：「爲什麼另一個家庭不要她？」

「她有一點點的蝨病。」我盯著我姊姊，逼她解釋這到底是什麼意思。「頭蝨啦。」

「喔，老天！譚米！」

「她已經接受過治療了。」

「我不管。我們要見的是我女婿的家人！」

「卵都完全脫水了。如果有新生頭蝨。我馬上會發現，用美乃滋殺掉。」

我雙手用力抱著頭，以免腦袋爆炸。「拜託，譚米，妳聽聽自己在說什麼。我們不能帶美乃滋去婚禮。我們不能這樣。」

「我要說多少次？我別無選擇。她已經歸我照顧了。所以要麼我帶著她，要麼我就不去婚禮。但我絕不會錯過這場婚禮。瑪姬是我姪女。她也是我的家人。」

我腦中靈光一現，想到最後的漏洞，奮力一搏。「可是婚禮是在新罕布夏州，」我提醒她：「帶寄養孩子跨州旅行是違法的吧？」

「通常是這樣沒錯，但荷丹席亞替我們申請了特許。她主管批准了。只要我們週日回家，大家願意睜一隻眼、閉一隻眼。」

「但如果出問題，妳就再也不能收容孩子了。妳會失去執照。我不敢相信妳願意冒險。」

她用紙巾包住一個瑪芬，放到我手中。「如果你聽了艾碧蓋兒的故事，就會懂了。這可憐的孩子吃了許多苦頭——」

我舉起雙手，打斷她。「我不想聽她的故事。我們已經晚了。」

「那我替你省點時間，法蘭克。柯琳過世時，我有陪著你，記得吧？我幫你將瑪姬一路帶大到高中。你忙著賺錢時，我帶著她，該去哪都沒少去。你們大吵一架時，我不曾質疑過你。我不曾離開你身邊。現在我要你幫我一件事。這對我來說很重要。可以拜託你答應我嗎？」

讓她這樣求我，我覺得自己真是個混蛋。我當然會答應。我絕不會拒絕我姊姊。她一路上不離不棄幫助我，我下半輩子都會努力回報。

「沒問題，譚米。對不起。我昨晚睡得不好。」

「看得出來。你看起來真的很累。」她打開冰箱，拿一瓶美乃滋給我。「把這放到我袋子裡，好嗎？」

3

這趟路具備完美公路旅行的所有條件：蔚藍的天空清澈，白雲飽滿、三線道交通順暢，剛保養完的吉普車油箱也已加滿。譚米是個好旅伴，她懂得讀地圖，也選了我能忍受的廣播頻道。她還準備了一個小保溫箱，裡面裝滿汽水、零食、能量棒、止痛藥、薄荷糖、衛生紙和溼紙巾，我們需要的東西應有盡有。

問題是坐在後座的嘰哩呱啦小姐。一般而言，我姊照顧的寄養小孩能分兩種。第一種是根本不說半個字。這些孩子因爲運氣不好，碰到父母不當教養，再加上各種心理創傷，最後他們學會閉嘴，只要沒人問話，就不開口。他們不會主動問任何問題，也不會主動提供任何資訊，彷彿害怕說錯一個字，便會大難臨頭。

艾碧蓋兒顯然是第二種。這些孩子一開口就沒完沒了。他們會一直說、一直分享、一直尋求注意和關愛。這些孩子似乎比沉默的孩子快樂，但譚米警告我，別光看表面。她解釋多話的孩子內心也一樣深受創傷，有時甚至更爲嚴重。他們只是把痛苦藏得更好。

艾碧蓋兒對瑪姬和艾登有上千個問題：他們幾歲？在哪相遇？他們何時知道下半

輩子注定要一起生活？問了一小時後，我大聲吁口長氣，暗示她到此為止，但那孩子仍繼續問：婚禮邀請多少賓客？他們會有什麼蛋糕？婚宴有現場樂團嗎？她把答案和大腿上的厚書交叉比對，書名是《伊芙琳夫人的完整婚禮禮儀指南》。這本二手書是我姊姊在圖書館二手書攤買的，價格一美元。她鼓勵艾碧蓋兒認眞讀，在婚禮上才能表現得體。書封上的新娘彷彿來自一九六五年，書頁泛黃破碎，散發牛奶酸臭味。

「你會牽瑪姬走紅毯嗎？」

「會。」

「你要站在她左邊，法蘭克先生。如果你走在她右邊會倒楣。」

我望向姊姊。「眞的嗎？」

她聳聳肩。「伊芙琳夫人都這麼說了。」

艾碧蓋兒埋頭看書，拿著削尖的鉛筆畫下重要的段落。「你應該把第七章讀完。裡面完整敘述父親要做和別做的事。你想聽其中一個嗎？」

「不用，謝謝妳。」

我想伸手把廣播轉大聲，但譚米把我手推開。「我想聽一個，」她說：「我敢說裡面有一些好建議。」

「要告訴女兒她很美，」艾碧蓋兒唸：「別批評女婿。著重於他的正面特質。」

我說：「我有啊。」但譚米嘴裡發出：「嗯哼。」好像在說她可沒那麼確定。

「要和對方的家人進行友善的深度交談。別提到爭議話題，像黑鬼的處境。」

「老天，譚米，這書多老了？」

「親愛的，我們不會用那個詞了。那個詞不禮貌。」譚米補充表示，不過書裡的建議都很有用。「我們可以聊些安全的話題，像食譜和星座。」

「我有件事不懂，」艾碧蓋兒說：「如果新娘家要負責主辦婚禮，我們爲什麼要去新罕布夏州？爲什麼不是艾登家來找我們？」

「瑪姬想要這樣，」譚米說：「她一手規畫婚禮，我們沒有幫忙。」

「爲什麼？」

「說來話長，親愛的。總而言之，婚禮所有開銷，都由葛德納家族負責。」

我從後視鏡看一眼艾碧蓋兒。「我負責出酒錢，」我跟她說：「總共八千美元。」

「八千美元？眞的假的？」

「很大一筆錢，對吧？酒錢是婚禮最貴的支出。這部分都是我出的。」

「你一定很有錢，法蘭克先生。」

譚米哼一聲。「他不有錢。」

「我過得還可以。」

「親愛的，聽著，」譚米說：「艾登很有錢。艾登的父親超級有錢。但我和法蘭克先生，都只是中產階級。」

「像一般人？」

「沒錯。有人擁有得多，有人擁有得少。我們剛好在中間。」

「我想要超級有錢。」艾碧蓋兒說。「艾登的父親怎麼變超級有錢的？」

「他在學校非常認眞，」譚米說：「他科學和數學成績都非常好，然後他去讀哈佛大學，最後創立自己的公司。」

「用他太太的錢。」我補充。

「那有什麼差別，法蘭克？你幹麼這樣說？」

「因爲那是事實。大家都講得好像他是白手起家的億萬富翁，但事實上，他最初是用她的錢起家的。她家族有錢到不行。她祖父是蓋油井的。」

「好，法蘭克，你說得對。厄爾羅和凱薩琳和多數夫妻一樣，分享彼此的財產，然後厄爾羅把錢愈滾愈多。」

「多了多少錢？」艾碧蓋兒問。

「好多好多錢。」譚米說。「比妳所有認識的人財產加起來還多。但我的重點是，只要妳夠努力，妳也可以跟他們一樣。不要像我和法蘭克，在學校裡打混。」

天啊，她眞的煩死了。「我在學校從沒打混過，譚米。妳爲什麼要亂講？」

「我只是在說你從不是讀哈佛的料。」

「我是讀哈佛的料嗎？」艾碧蓋兒問。

「是！這正是我說的。妳唯一要做的就是好好努力。」譚米手伸進保溫箱，拿了包小金魚餅乾，向後丟給艾碧蓋兒。「妳變有名有錢之後，記得來找我。記得我有好好照顧妳。然後開加長型豪華轎車載我出去玩，好嗎？」

4

瑪姬說我們可以十二點半到營地吃中餐，但我們十一點才進到新罕布夏州，所以我知道速度要加快。我們沿著九十三號州際公路經過湖區，開上兩線道的高速公路。公路穿過美麗遼闊的森林，數公里內全是白松、紅楓和鐵杉，中間每十分鐘會遇到一座小鎮。鎮上會有加油站、運動酒吧、電子菸店、釣魚用品店和農產品攤販。許多居民會把木柴堆在前院草坪上供人購買，每拿走一捆，便自己放五美元。

不久，導航說我們離目的地還剩四十五分鐘。一方面，我全身疲倦，想趕快下車好好伸展雙腿；另一方面，愈接近魚鷹灣，我心情愈緊張，不禁慶幸還有一段距離。路旁有一輛拋錨的小型廂型車，引擎蓋已打開，冒著白煙，但四處不見駕駛和乘客。彷彿人已憑空消失。這讓我想起早上在新聞裡看到的女人，她裹著緊急毛毯，在大火中失去一切。

譚米手放到我手臂上。「別緊張。」

「我沒緊張。」

「你在撥自己的指甲，法蘭克。你只有緊張時會這麼做。」

好吧，也許我有一點緊張。過去幾個月，和厄爾羅、凱薩琳及三百個朋友見面只是抽象概念，現在一切將化爲現實，我覺得自己還沒準備好。

「今早新聞有場火災，有個女人的房子被燒光。她在廢墟中，說出好可怕的話。」

這是我這輩子最糟的一天。

今天眞的好可怕、好可怕。

從今以後，一切都不一樣了。

「她望著鏡頭的樣子，讓我覺得她好像在對我說話，像某種預言。」

「這叫婚前怯場，」譚米說，「這完全正常。我也會，法蘭克。我從沒去過夏日營地。我不知道他們怎麼安排大家睡覺。而且這裡這麼潮溼，我頭髮一定亂七八糟。但我們只要出席，做自己就好。再糟還能怎樣？」

我最大的恐懼是做出、說出讓瑪姬尷尬的事，害她特別的日子沾上汙點，毀了父女和好的機會。我擔心自己無法融入，無法給她朋友和新家人留下好印象。我還擔心自己帶著個黃牙歪斜和染上頭蝨的寄養小孩。

但我望向後視鏡時，發現艾碧蓋兒在等我解釋。「我不想再聊了。」

「你不會有事的。」譚米說。「大家都會喜歡新娘的父親。你本身就是ＶＩＰ，你什麼都不用做。只要對女兒微笑，眼眶泛淚就好。」

十二點三十分，我們越過一座巨大山丘，俯瞰周圍的鄉村景色。白山山脈在地平線那頭，下方湖水湛藍，湖面停著點點帆船、愛斯基摩式和加拿大式獨木舟。路旁出現一塊老舊木牌，歡迎我們來到歷史悠久的哈普費瑞鎮，小鎮設立於一九〇三年。我們經過郵局、理髮廳和許多窗戶骯髒的空店面。一塊塊牌子寫著**長租**、**短租**、**可供租用**。不像前一座城鎮，這個小鎮已凋零。

譚米按下車窗，東張西望。「我們可以停車上個廁所嗎？」

「我們再十分鐘就到了。」

「所以我才想停車。我不想一到他們家就馬上跑去上廁所。很丟臉耶。」

但所有的商店看來都空空蕩蕩。我們經過一間燒烤店，廣告版宣傳著週三晚上有火腿和豆子晚餐（退伍軍人免費，其他人六美元），還有一家修船外機的店，最後我們到了一家路邊餐廳，門廊上都是搖椅和棋盤，算是一間像樣的早午餐連鎖餐廳。餐廳名叫「爸媽的店」，招牌寫著提供冰啤酒和新鮮三明治。我開進停滿車輛的停車場，將車熄火。

「馬上回來。」譚米說。艾碧蓋兒從後座跳起，跟著她去了。我看兩人越過停車場，也下車伸展雙腿。門廊上有雨遮，我正要走去時，看到有個男人坐在搖椅，便打消了念頭。我這輩子沒這麼緊張過，再十分鐘便會見到我女婿的家人，我不想和陌生人聊天。

於是我走向停車場邊的公告欄，上面貼滿傳單和社區公告。上面有宣傳舊物拍賣的、賣二手車的、賣嬰幼童家具的、保母服務、墨水匣更換服務和到府按摩治療。公告欄最下方有張尋人啓示，失蹤者是一個叫朵恩．泰格的女子，年紀二十三歲，身高一六二公分，體重四十七公斤，棕髮，棕色眼睛。最後一次見到她是十一月三日。只要提供和她失蹤有關的任何資訊，都能得到一百美元獎金。尋人啓示下半鬆脫破爛，在風中擺蕩。我將紙壓平，好好端詳她的照片，那是一張朵恩臉部近照。她看起來充滿自信，長相美麗，不怕反抗一切。她不像是會束手就擒的那種女生。

我聽到腳步聲接近，轉過身。門廊的男人走下階梯。他和我年紀差不多，大約五十或五十五歲，穿著牛仔褲和黑色T恤，上面印著美國國旗。他手上拿著大罐酷爾斯啤酒，上面還貼著橘色已結帳的貼紙。

「你見過她嗎？」

我搖搖頭。「我不是這裡人。」

「我從你車牌看得出來。但你看起來像是認得她。」

「沒有，我從沒見過她。」這是實話，嚴格來說，我沒見過朵恩．泰格本人。「難道你認識她？」

「她是我外甥女。」

「很遺憾。這太令人難過了。」

「基本上，這件事就是司法不公。」他看來正想解釋，但卻停下來，伸出手。「我是布洛迪．泰格。」

「叫我法蘭克就好。」

「你怎麼會來哈普費瑞鎮？」

我說我要去參加家庭聚會。我有點不安，感覺告訴他事實不大妙。

「跟你太太和兒子？」

「其實那是我姊姊。還有她暫時收養的女兒。」

布洛迪頓了頓，思考這段話，似乎無法理解。「我想現在女孩子打扮都不大一樣了。但是朵恩，我那個外甥女，她就愛留長頭髮，經典的美國甜心女孩。只要有機會打扮絕不放過，那怕只是去漢堡王也一樣。」

布洛迪放下啤酒，開始整理公告欄上的通知。他撕掉過期的廣告，好比教堂野餐和慈善洗車，然後用顫抖的雙手將朵恩的尋人啓示移到公告欄中間，讓所有人都看得到，並將四角固定好。中午十二點半不到，但他顯然已喝茫了。

「以前這國家還正常時，」他繼續說：「一個下午就能處理好這件事。你找一群朋友，敲幾個人家門，馬上能搞清楚事情眞相。但現在誰都不能信了。背後牽扯太多錢。律師、警察和傭兵，大家都想分一杯羹。你有聽到我說的嗎？這年頭，你錢夠多，就可以為所欲為。你可以把美麗天眞的女孩帶走——」他彈一下手指，然後露出空無一物的手掌，像魔術師把硬幣變不見一樣。「噗！她就消失了。」

叮鈴一聲，餐廳門打開，我姊姊和艾碧蓋兒走出。她們走下階梯才看到我，這時譚米興奮揮著報紙。「法蘭克，我的天啊，你絕對不會相信！你看我在裡面看到什麼。我跟他們說我是誰？為什麼會來？他們給我這個！」

她給我看當地小報，只有薄薄黑白的十六頁，上面印著《哈普費瑞通訊報》。頭版印著瑪姬和我女婿訂婚的照片。頭條寫著「艾登．葛德納將和瑪格利特．扎托斯基結婚」。

「我們的小寶貝，」譚米說：「全都在報紙上，好像梅根王妃。你敢相信嗎？你的名字也在上面，法蘭克，看！」

「我晚點再看，譚米，我們該走了。」

我想將她拉向吉普車，但太遲了。布洛迪站到我面前，近到我能看到他頭皮屑和紅眼中彎曲的血絲。「等一下，你認識葛德納家族？」

「我們從沒見過他們。」

「拜託，法蘭克，別不好意思！」譚米說。「我們根本是一家人了！」她拿起報紙給布洛迪看，並讓他去讀第三段。「你聽聽這個：『新娘是法蘭克．扎托斯基的女兒，扎托斯基是美軍退伍軍人，並在優比速公司服務二十六年。』

布洛迪不敢置信轉向我。

「你要讓你女兒嫁給艾登．葛德納？你他媽瘋了嗎？」

艾碧蓋兒用力倒抽口氣。這不可能是她第一次聽到髒話。我覺得她只是很害怕，因爲那人聽起來精神不穩定。我手放到她肩膀，輕輕示意她躲到我身後。

「這家人的事，你完全都不知道嗎？你不知道他們幹了多少爛事，卻一點事都沒有？」

譚米一頭霧水。「有誰能跟我說說現在是怎麼回事？你是誰？你怎麼說得這麼難聽？」

布洛迪把尋人啓示從公告欄扯下，拿到她面前。「這是我外甥女。她懷了艾登．葛德納的孩子，結果他把她殺了。」

「孩子？」譚米問。

餐廳門打開，一臉鬍子的男人走到門廊，他身上穿著油膩的白圍裙。「別煩那些人，布洛迪。讓他們離開。」

「這是自由國家，」布洛迪跟他說：「我想說什麼都可以。」

那人走下階梯，並解開圍裙。「在我停車場就不行。我要你滾，我不會再說第二次，你聽到了嗎？」

布洛迪從碎石路向後退，雙手舉起表示：嘿，別激動，冷靜點。他邁步離開，但不肯閉嘴。「你們不知道自己惹上什麼麻煩。你們全都以爲艾登多棒、多完美。大家搞得他像是白馬王子一樣。但你們信我一句，他是他媽的黑暗王子。」

「夠了，布洛迪——」

「去看尋人啓示，」他跟譚米說：「看我外甥女的臉。她去營地找艾登幫忙，只要一點錢資助就好，結果那是我最後一次見到她。他殺了她——」

「什麼——」譚米說。

「——把她屍體埋在營地。我敢保證，她被埋在那營地某個地方。」

「閉嘴，布洛迪。別說了。」

「相信你的直覺，」布洛迪說，「在心底最深處，你知道那孩子不對勁。有哪裡怪怪的。你在他眼中看得出罪惡感——」

一陣煞車聲打斷他，布洛迪正好轉身，看到一輛警車衝向他。他剛才急著走開，不小心退到馬路上。警車揚起一陣飛塵，汽車保險桿停在布洛迪膝前幾公分處。他笑得像個瘋子，彷彿剛才發生了某種詭異的奇蹟。「你看，法蘭克？你看警察多快就來了？不到一分鐘？你何時見過警察一分鐘內出現？」

身穿制服的警察打開車門，走下車。「發生什麼事？你爲什麼走到車道上？」

布洛迪繼續後退，最後他走到公路另一邊，走入寬廣的松林。「我警告你們。你們完全不知道自己惹上什麼麻煩。」

警察走向他，布洛迪終於轉身背對我們，拖著腳步走入樹林，向下到溪谷中，消失在視線裡。這時警車後面已排了幾輛車，等著要通過。警察簡短朝我們揮個手，表示不好意思，便回車上離開了。

譚米仍望著樹林，彷彿期待布洛迪會再次出現，繼續長篇大論。「那是怎麼回事？」

「對不起讓你們聽到這些，」圍著圍裙的男人說：「布洛迪算是我們鎮上的白痴。」

「他去哪了？」

「他住在溪谷裡，和他姊姊一起。他姊姊在高山溪邊有輛拖車。」

譚米仍拿著那張尋人啟示。我沒告訴她我信箱收到的照片，也沒說我和瑪姬的對話。

「誰是朵恩．泰格？」她問。

「布洛迪的外甥女。我算認識她。她是個好女孩，個性非常好。去年十一月，她去健行便一去不回。警方在南方離這裡三十二公里的州有林地找到她的車。這對他們一家人來說很可怕。確實是場悲劇。我很同情他們，眞的。但明明是自己不幸，卻把過錯全怪到艾登身上，這根本沒道理。只要有點理智，一定會知道他和這件事無關。」

「對啊，當然和他無關！」譚米說。

「我跟你講問題在哪，大姐。我們鎮上有一、兩個害群之馬，他們喜歡把一切都怪給葛德納家族。車太多？葛德納家族的錯。雨下太多？雨下太少？頭髮掉了？垃圾桶有浣熊？全都是葛德納家族的錯。他們很有錢，所以他們要負責，對吧？」那人搖搖頭，彷彿人性讓他感到無奈。「同時間他們對社區的所有貢獻，卻沒人給予肯定。像新的樂齡中心和溜冰場。他們還有為小學建新的圖書館。我可以列出他們改善的地方和幫助過的鎮民，包括我自己。如果你問我，我說會魚鷹灣營地是這座城鎮最好的改變。」

「我們完全同意。」譚米說。她發覺艾碧蓋兒貼著她，緊抓著她手臂。這女孩顯然被剛才目睹的一切嚇到了。「親愛的，聽我說。我要妳忘記那個壞人剛才說的一切，好嗎？」

「為什麼？」

「因為他瘋了。他腦袋不清楚。艾登是個非常、非常善良的人，他絕不會傷害任何人。」

艾碧蓋兒似乎不相信。她望著譚米手中的尋人啓示，看著朵恩．泰格的照片。「那她發生什麼事了？失蹤的女生？」

譚米驚訝看著尋人啓示，好像忘記自己拿在手裡。她將紙揉成一團，表示不想也罷。

「大家都不知道，親愛的。我們唯一確定的是艾登跟這件事無關。」

5

我們離開城鎮，沿著公路又開了一公里多，重新回到樹林間，濃密的枝葉遮擋住陽光。這時導航要我們向右急轉彎，開進一條狹窄的單線道路。那是條無名路，沿途也沒有指示牌或任何標誌告訴我們方向是否正確。但導航堅持是這條路，要我「沿著不明道路走一公里」。

我說：「這條路感覺不大對。」但譚米要我繼續走。我們開下一長段陡坡，深入荒野之中。柏油路全是裂縫、坑洞和塌陷。路面起伏讓車子的懸吊系統不斷受衝擊，我踩煞車，將時速降到三十公里。路中間有塊大石頭，大概像籃球一樣大，差點弄壞我前軸。我繞過時輪胎險些卡進坑裡。

「我們走錯路了。」我說。「葛德納家族絕不會住在這種路上。」

「我來告訴你有錢人的事，」譚米解釋：「他們不是每個人都像貓王，會把豪宅買在市中心，讓所有人目瞪口呆在那看。有錢人會把錢藏起來。他們不希望你發現他們到底有多少錢。他們絕對不希望你看到。所以你要很努力才找得到他們的房子。相信我，我看很多這種節目。」

導航計算著我們離目的地有多遠，八百公尺、六百公尺、四百公尺，但四周仍看不到半棟房子。我眼前只看到昏暗的森林不斷延伸。我放慢速度，最後停在路中間，並聽到導航說：「你已到達目的地。」這句話讓我大笑，因爲我們顯然迷路了。

「我跟妳說了，譚米。我們應該要掉頭。我們趕不及中餐了。」

我將方向盤打到底，開始三點迴轉，艾碧蓋兒敲敲車窗。「那裡，」她說：「你有看到嗎？」

天啊，這超容易錯過的。松林間有個小開口，那裡有一條狹窄的碎石路，一路蜿蜒到樹林更深處。那條路簡直像公共設施的巡檢通道，但通道口有一串金色氣球，這是我們仍在正確道路上的唯一線索。

「賓果！」譚米說。「眼睛眞好，艾碧蓋兒！」

碎石車道比剛才的路更多坑坑洞洞。樹林和矮樹雜草叢生，一路上翠綠的樹葉不斷刮著車窗。但時不時，我們又會看到一串金色氣球，給我們勇氣向前。我眞不知道冬天冰天雪地的，路都不見了，到底要怎麼開進來。

後來道路變寬，樹林分開，眼前豁然開朗，我們開進一大片如足球場大的草坪。路旁有好幾排太陽能板，一面面光滑黑色的方形大板朝向天空。草坪另一頭，我們抵達一棟小木屋，旁邊有道低矮的鐵門，像是州立公園入口一樣。一個高大魁梧的男子走出小木屋，他一臉茂密的灰鬍子，手中拿著平板電腦，招手要我們過去。他和我年紀差不多，頭戴藍色的水手帽，身穿米白色麻花針織毛衣，好像剛從海上航行回來。

「歡迎來到魚鷹灣營地，扎托斯基先生。」

我不禁笑了出來。去艾登公寓的那一幕再次重演。「你怎麼知道我的名字？」

「這是我的工作，先生。我叫雨果，我是物業經理。」他有個奇特的腔調，每個字都隨之起伏。瑞典人？瑞士人？我不確定。「這一趟路順利嗎？」

「還可以。」我說。

「喔，雨果，太棒了！」譚米歡呼，她彎過我身上，大聲和他說話。「今早太開心了！」

「那眞的太好了，扎托斯基小姐。」他右耳戴了個耳機。我想是助聽器，或也許是通訊設備。雨果手伸進汽車，在擋風玻璃貼上藍色方形的貼紙。「這是停車許可。希望您別撕掉，不勝感激。」

「我們需要停車許可？」

「這樣我們才知道您是家人。我們週末要招待許多賓客，有許多車輛停放。」

小木屋中還有另外兩人，他們穿著黑色上衣和褲子，身材壯碩。其中一人手臂刺著海軍陸戰隊的格言：「Semper Fi（永遠忠誠）。」就算沒有那刺青，我也覺得他以前是軍人。軍人服役時間一長，會有種特殊的眼神，若退伍之後直接投入警力或保全，那眼神不太會消失。

同一時間，雨果繼續魚鷹灣營地的迎賓介紹：「好，有人跟你們說過這裡時間不一樣嗎？請把時間往後調十五分鐘。我們稱之爲葛德納標準時間。因爲厄爾羅・葛德納喜歡在比賽時提早十五分鐘開跑。」

我以爲他在開玩笑，但他給我看他手錶，時間確實是十二點五十三分。「我保證不會有問題。你們現在就可以調整，而且最棒的是，不會有時差的症狀！」

譚米迫不及待調整好時間。她問雨果要怎麼調整iPhone的時間，他熱心走到她那側，手把手教她設定。然後他伸出手，想幫我調整手機。

「我的就算了。」我跟他說。

雨果警告我後果。「其實很多人都這樣，你知道嗎？自己在腦中加十五分鐘？但大家遲早會忘記。你不會想在瑪格利特的婚禮遲到吧！」

「我不會遲到。」我向他保證。「我保證那絕不會發生。」

艾碧蓋兒從後座靠過來，擠在我和譚米之間。她戴著廉價的米老鼠手錶，看來像扭蛋轉的。「能幫我調嗎？」

「妳不想調的話，」我跟她說：「就不用調。」

「我想調。」她說。

「當然要，」譚米說，「妳這週末想融入大家，感覺自己也是一家人。」她按著艾碧蓋兒手錶的小旋鈕，調整指針。「法蘭克先生只想困在過去。」

「這個叫東部標準時間，」我解釋：「我相信總統用這個。」

「但我們不在白宮。我們在瑪姬的婚禮。你不要煞風景。」

有道理。我戴著柯琳在結婚五週年送我的數位天美時手錶，我按了按鈕，將時間調到十二點五十三分。「大家都滿意了嗎？」

「這週末一定會玩得非常開心。」雨果保證，他給我一張紙本地圖，上面畫著全湖區的小屋和設施。「瑪格利特和艾登在魚鷹小屋等你們。沿著這條路直走到底。但走之前，我還需要你們簽保密協定。」

「保密什麼？」

「只是個聲明書，你們在這裡聽到的資訊都必須保密。這樣你們才不會偷走葛德納先生的祕密，自己去開電池公司。」雨果說完笑話，露齒一笑，並從窗戶遞來他的iPad。「用手在格子處簽名就好。」

「我們是來參加婚禮的。」我說。

「我了解，扎托斯基先生。這只是形式上的。每個人都要簽保密協定。」

我低頭看iPad，上面密密麻麻都是法律用語，總共有五十六頁，像行動通訊公司或健康保險條款同意書。我滑過頁面，發現我一個字都看不懂：

本協議的保密條款將在本協議終止時持續有效，法蘭克．扎托斯基先生對保密資訊的保密義務將永久有效，或直到根源七號有限責任公司對法蘭克．扎托斯基先生發出書面通知，解除法蘭克．扎托斯基先生對本協議義務，兩者以先發生的情況爲準……

「什麼是根源七號有限責任公司？」

「喔，煩死了，把iPad給我。」譚米說，她把iPad從我手中搶走，手指用力劃過螢幕。「艾碧蓋兒也要簽嗎？我暫時收養的女兒？」

「不用，成年人就好。」雨果說。

「我可以替我弟弟簽嗎？比較快？我們中餐遲到了。」

「不好意思，他必須親自簽名。」

「我想知道我在簽什麼。」我跟他們說。小時候，父親曾告誡我絕不要在我不懂的地方簽字，但現代不可能嚴格遵守這原則。你不同意上千個條款和條件的話，連有線電視或甚至超市折扣卡都申請不到。「我沒參加過婚禮居然要簽……你說那叫什麼？」

「保密協定，先生。」雨果說。

「爲什麼有五十六頁這麼多？」

「我不知道，先生。老實說，我想不曾有人仔細讀過。」

我從後視鏡看到一輛銀色特斯拉緩緩停在我後頭。我忽視那輛車，專注看著螢幕：「雙方同意，若法蘭克・扎托斯基先生違反或有違反本協議之虞，根源七號有限責任公司和／或葛德納家族成員有權向任何具有管轄權的法院尋求禁制令，以及任何有效的法律或衡平法上的救濟措施」，這幾句話到底是什麼意思？譚米在我耳邊尖叫，我很難專心。她已打給瑪姬抱怨。

「對，親愛的，我們剛到。我們在那個像小收費站的地方？但妳老爸問題一堆。他超在意那個保密協定，怎麼講都講不聽。不是，就保密協定。在iPad上。對啊！我知道！我知道！我就是這樣說的。但妳跟他說好了。他會聽妳的。」

她把電話砸到我耳朵上。

「爸，那完全沒關係啦。」瑪姬說。

「我只是稍微看一下。如果妳姑媽閉嘴兩分鐘，我搞不好早看完了。」

「拜託不要小題大作。那甚至跟你無關。」

「那為什麼我要簽？」

「每個人都要簽。你不簽的話，他們不會讓你通過。」

「瑪姬，我是妳父親。妳是說，我不簽這契約，厄爾羅・葛德納會不讓我參加我自己女兒的婚禮？」

「那不是契約！」

「這是律師寫的五十六頁文件。沒人能跟我解釋內容。我只是想找人問清楚。」

「你認眞的嗎？這週末你眞的想這樣開始？先跟奇能公司法律團隊開會？可以拜託你正常一點嗎？」

我從後視鏡看到一輛黑色奧迪停到特斯拉後頭。雨果略帶歉意朝兩輛車揮個手，默默請他們稍等。我盡我所能讀快一點——「本協議對我、我的繼承人、執行人、管理人及受讓人具約束力，公司、其繼承人和受讓人均享有協議中權益」——但這才只到第四頁，我發現自己絕對看不完，於是我胡亂簽下名字，並勾起「我同意」的格子。

譚米鬆口氣。告訴瑪姬我們弄好了。「好了，親愛的。我們待會見。」

雨果拿回iPad，向我們確認一切都完成了，並露出笑容。「非常好，先生。現在你只要繼續沿著這條路開。這條路我們叫魚鷹大街，中間會經過幾間小屋，但你們只要繼續往前，就會到大間的屋子。」

「我要怎麼知道哪個是大間的屋子？」

「我想你看得出來。祝你們婚禮玩得愉快。」

大門打開，我沒道謝便開進大門。我姊姊覺得我在擺臉色。「你不用這麼沒禮貌，法蘭克。他只是在做他的工作。」

「我們應該不用簽文件。妳根本不知道我們同意了什麼。」

「瑪姬說那跟我們無關。」

「那我們幹麼要簽？」

她雙手一揮，這是全天下共通的手勢，表示我不想再說了。

我們繼續向前開，我又看到身穿黑色的保全。他們在樹林裡，沿著約三公尺高的鐵絲網巡邏。那看起來簡直像《侏羅紀公園》中防止恐龍逃出的設施。我只看到其中一段，但感覺鐵絲網深入樹林兩端。

這時譚米打開地圖仔細研究。那張地圖像遊樂園地圖一樣，景物都已卡通化。所有建築都有編號，下方附有說明對照各個設施。有五間小屋能看湖景，而樹林中還有九間小屋，另外還有遊戲廳、水療養生中心和船屋，幾間比較小的木屋標記為「員工專用」。每棟建築用不同的鳥命名，像單層一房的小屋都取名叫蜂鳥和鶯鳥，兩層樓較大的建築則取名像鷹隼、白頭海鵰和朱鷺。

譚米唸出地圖後面的歷史簡介：「『一九五三年，路德教會買下溫德姆湖附近三百畝土地，創立了基督教營地魚鷹灣，營運三十年後陷入困境，並在一九八八年關閉。營地荒廢了十多年，後來厄爾羅·葛德納於一九九九年買下。在他、妻子凱薩琳和兒子艾登重新構思下，魚鷹灣現在是世上最創新的思想家、領袖、藝術家和企業家的聖堂。我們邀請你沿著我們十公里的步道探索美好的想法。或在我們設備齊全的寬敞小屋放鬆充電。在溫德姆湖畔划船，尋找未來的靈感。』喔，艾碧蓋兒，這聽起來是不是很棒？」

艾碧蓋兒雙手和臉貼在車窗上，充滿好奇看著前方幾棟小屋。葛德納一定把原本的小屋都拆了，因爲這些木造小屋看來十分現代，有著大面玻璃窗，處處都是手工打造，造價不菲。每棟小屋門旁都有塊木牌寫著名字，如翠鳥、潛鳥、啄木鳥和海鸚。

「哪個是他們的房子？」艾碧蓋兒問。

「每間都是。」譚米說。「你看得到的都屬於他們。這些人都替他們工作。」

我們望向各處，員工都在清洗窗戶，甩動地毯，修剪樹枝，油漆欄杆，清掃門廊落葉。我們經過一名身穿藍色房務員制服的女人，她推著滿車的白色床被單。三個男人汗流浹背，跪在路邊，鋪蓋造景木屑。他們全穿著綠色Polo衫和淡色卡其褲。

「喔，搞屁啊。」我說。

「怎麼了？」

「妳看他們，然後看我。」

譚米發現我也穿著綠色Polo衫和淡色卡其褲。「我相信他們會需要人手，法蘭克。也許你可以靠邊停車，加入他們。」

艾碧蓋兒笑到打噴嚏，一團水霧噴到車窗上。但我來不及抱怨，魚鷹大街便轉了彎，魚鷹小屋頓時出現在面前。房子外觀設計讓我想到黃石國家公園的老忠實旅館。魚鷹小屋是一棟三層樓的巨大建築，以木頭、玻璃和石磚建造，陽台無比寬敞，長長的欄杆是採用瘿木手工打磨製成。

路盡頭便是小屋入口圓環，我們減速停下。我看到艾登伸手握住我女兒的手，瑪姬打扮得像營地輔導員，身穿粉紅色T恤搭卡其短褲，腳上穿運動鞋，我一下吉普車，她馬上擁抱我。「我好高興你來了。我們這週末會玩得很開心！」

艾登穿著長袖運動衫，寬大的褲子上有些顏料斑點。我說他看來工作得很認眞，他微微一笑，沒多說話。婚禮是週六，但他看來已是神經緊繃，十分緊張。

「這裡好棒！」譚米歡呼。「像是伊甸園。」她深吸口氣，讓肺裡充滿醉人的新鮮松香。「我們家裡可沒這種空氣。每一口都好乾淨！」

艾碧蓋兒仍坐在吉普車後座，不確定自己能否融入，也不確定自己該不該加入。譚米透過車窗朝她招手，要她打開門。

「這是艾碧蓋兒，」她解釋：「她要和我待幾天，這是她第一次參加婚禮！」

我姊之前一定先知會過大家，因爲瑪姬歡迎艾碧蓋兒時，給她一個大大的擁抱，她們頭靠在一起時，我身子縮一下。我好想警告女兒別靠太近。

「幸好妳來了，」瑪姬說：「我們遇到一個大問題，艾碧蓋兒，妳是唯一能幫我們的人。」

小女孩眨眨眼。「我？」

「艾登的表妹原本要當我的花童，但她得了咽喉炎，不能來了。但妳們身材差不多，我猜妳穿得下她的小禮服。如果妳願意的話，妳能幫所有人一個大忙。」

艾碧蓋兒嘴巴張大，露出她泛黃的小虎牙牙尖。「妳希望我當花童？」

「我保證超簡單，」瑪姬說：「妳唯一要做的是——」

「在新娘前面走過紅毯，在紅毯上撒上花瓣！」她說。「我知道！我有一整本關於婚禮的書！」

「所以妳答應了？」

艾碧蓋兒望向譚米，我姊姊朝她比個大拇指。「好！我一定會做好。我會照書上做！」

她鑽入吉普車找她的書，我靠近女兒。「妳不需要這麼做，瑪姬。我知道妳想對她好，但這是妳的大日子。妳不用委屈自己。」

「我沒有委屈自己，」瑪姬說：「我想替她做些事。」

艾登不發一語，看來不大自在，我不知道是因爲聽到她的想法，還是單純因我們一家人在場。「艾碧蓋兒是寄養小孩。」我跟他解釋，想趁機確認。「我完全不知道她要來。譚米今早才把她扔給我。」

「瑪姬告訴我了。沒問題。」

但他語氣不像是沒問題，更接近心浮氣躁，好似在做家事，有千萬個不情願，卻不得不做。艾碧蓋兒拿著禮儀書從吉普車下來，用大拇指翻到花童的章節。瑪姬開心地和她一起看，我們其他人圍在四周。這時一輛小型電動高爾夫球車開上了鋪好的走道，像來自古老科幻電影的月球車。

兩人坐在前座，艾登說他們來拿我們的行李。我說：「喔，不用麻煩。」但太遲了。一人已從後車廂拿出行李，另一人則是用塑膠套把駕駛座位包覆好，以免他的身體弄髒了車。「扎托斯基先生，能跟你拿車鑰匙嗎？」

我不想把鑰匙交給他們，但每個人都表現出這一切完全正常。保密協定的事之後，我不想再惹麻煩。「那我要怎麼要回車子？」

兩人大笑，好像我說了個笑話。我想之後有人會解答吧。

他們開走車，我以為我們會直接進到魚鷹小屋，和葛德納夫婦見面。結果艾登帶我們走上一條石板路，繞過屋子。「我們會走一條風景優美的小路到你們的小屋。中餐在那邊吃。」

我問他父母會不會加入，瑪姬說不會。她解釋厄爾羅和奇能公司董事會在視訊，因爲他們即將發布第二季財報。但她沒提到凱薩琳．葛德納，所以我直接問艾登：「你母親呢？她身體還好嗎？」

「不大好。」他坦承。

「壓力大大影響了她的身體，」瑪姬說：「讓她的症狀比平常更嚴重，還會頭痛、脖子痛、背痛。」

偏頭痛的症狀我是不懂，但我姊姊頭點個不停，好像剛剛講的全是典型的狀況。

「我跟妳說，瑪姬，如果有三百個賓客要來我家，參加我孩子的婚禮？我也會被壓得喘不過氣。我一定會嚇成一灘爛泥！」

「她晚餐應該會好一點，」艾登說：「要和你見面，她十分興奮，法蘭克。」

他大步向前，我加快腳步跟上他，走到他旁邊。第一頓尷尬的晚餐後，再加上已有三個月沒見，我準備重振旗鼓。我不期待當他第二個父親，但我希望他能把我當可靠的盟友，會站在他身後為他加油。

「你感覺怎麼樣，艾登？」我問。「緊張嗎？」

「我還好。」他語氣聽起來不大好，但不想多談。「謝謝你關心。」

魚鷹小屋側邊每一扇窗的窗簾都已拉上，聽不到裡頭的動靜。我們穿過一小塊松林，我聽到遠方傳來船外機的聲音。我聞到剛割好的青草氣味和溼潤泥土的清新香氣。石板路從樹林間穿出，溫德姆湖出現在眼前，景色壯麗，如詩如畫，我這輩子只在明信片上見過。

「我的天啊！」譚米驚呼。「太美了吧！」

我們走到一塊精心整理的寬闊草坡上緣。柔軟草坪緩緩延伸，最後化為一塊沙灘，那裡有L型的木碼頭和一座船屋。王室藍的湖水鋪展在眼前，面積約二十六平方公里，湖面上點綴著五彩的愛斯基摩式獨木舟和帆船。三座青山躺臥在地平線那端，棉花糖般的雲朵滿布天空，讓這幅美景更臻完美。

「艾登在這求婚，」瑪姬解釋：「情人節的時候，那時湖仍結著冰。四周都是美麗的白雪，像一片不可思議的冬日仙境。我以爲我們要去雪地健行，結果突然之間，他便拿著戒指下跪了。」

「好浪漫！」譚米說。「我想不到更適合求婚的地方了。」

艾登勉強擠出笑，我發現那是我在照片中看到的沙灘，他和朵恩．泰格當時就在這裡。

「週六儀式之後，我們會在這裡舉辦婚宴。」瑪姬繼續說。「我們的攝影師很愛這裡，因爲傍晚黃金時分光線非常美。」

草坪兩旁有大片的森林。新英格蘭茂密的樹林中，有一條條鋪好的步道和狹窄的泥土小路，瑪姬警告我們森林很容易迷路，尤其晚上。我給她看雨果給我們的地圖，她不以爲然。「半夜之後，這根本沒用，你連舉在面前都看不到。我的建議是永遠都帶著手機，這樣才能有手電筒。」

在我姊同意下，艾碧蓋兒跑向沙灘，我們全都跟過去。沙灘潔白柔軟，沙質細緻。艾登說這是從威基基海灘運來的，但我聽不出他是不是開玩笑，我也沒追問。這時間，沒人在游泳或做日光浴，但沙灘上有二十四張空躺椅和陽傘，代表還有許多賓客會來。

艾碧蓋兒停下，看著一小排愛爾基摩式、加拿大式獨木舟和帆船。「法蘭克先生，你想划獨木舟嗎？」

「我們才剛到。」我提醒她。

「也許吃完中餐之後吧。」譚米說。

沙灘邊緣有另一條石板路，這條路沿著湖岸經過船屋，走了一分鐘，我們來到一棟兩層樓的小屋，小屋用鋼骨、玻璃和石磚打造而成，四面都有寬敞的門廊，還有無數巨大的窗戶能眺望湖景。

「這棟叫黑鳥小屋。」瑪姬說。「我覺得這是營地最可愛的一棟小屋，我希望你們住這裡。」

艾登解釋，營地每棟小屋都採用免鑰匙系統，所以我們能用藍牙科技開門。譚米和我把手機給艾登，讓他下載安裝App。營地的無線網路非常快，過程不到一分鐘。「我把你們加入家庭帳號，」他解釋：「這樣你們能出入營地內所有主要建築。現在走到小屋門口，看會發生什麼事。」

我走上門廊階梯，門喀一聲解鎖，向內打開，彷彿有彈簧一樣。我迎面就看到一個寬敞的空間，地面是硬松木地，四周木牆風格粗獷，石砌的壁爐向上延伸，穿過兩層樓的中庭。室內布置是鄉村風，牆上有加拿大馬鹿角、復古木槳和當地地形地圖。小屋內有好幾張椅子和沙發，足以招待十幾個客人。

「這棟要住多少人？」

「就你們三個。」艾登指向樓上陽台和兩道門。「你們的行李應該放在臥房裡了。」

你住主臥，在左手邊，但譚米的房間和主臥其實格局一樣。我想你們會住得很舒服。」

我姊姊和艾碧蓋兒跟著我們進門，譚米手摀在胸口。「老天爺，看這屋子！艾碧蓋兒，妳有見過這種屋子嗎？」

那孩子繞圈子跑，假裝暈倒在地。「眞的假的？這是我們的旅館？」

「房中所有東西都能自由使用。」瑪姬說。「如果你找不到什麼，直接拿起電話按零，會有專人處理。」

我很確定小屋應有盡有。衣櫃裡有毛毯、枕頭、毛巾、急救包、防蚊噴霧、手電筒和水上活動便鞋，還有巨大的平面電視、雙聲霸音箱、打撲克牌專用的大圓桌和一整櫃的桌遊，像《老鼠與超司》《蛇梯棋》《美國十字戲》和《有口難言》。

但我的快樂很快被澆了冷水，因爲艾登說他要走了。「哥倫到了。」他跟瑪姬說，他給她看手機訊息。「我最好去幫忙。」

「沒問題。」她快速親他臉頰一下。「替我打招呼，我們晚餐見。」

艾登要我們把行李拿出來，好好放鬆享受一下，說完就走了。我們到營地才不過十八分鐘而已。

「他要去哪？」

「大學朋友。」瑪姬說，彷彿這解釋了一切，彷彿我剛才沒開六百公里來和女婿吃中飯。

譚米一定聽出我語氣中的憤怒，她換了話題。「我聞到的是肉桂捲嗎？還是我在幻想？」

「我帶你們去看。」瑪姬說。

她帶我們穿過餐廳，進到非常現代的廚房中。廚檯上放著琳瑯滿目的食物。一籃籃新出爐的麵包、一盤盤小三明治、一整盤切好的水果、堆積如山的酥餅、餅乾和布朗尼。份量足夠讓我們三人吃一整個週末，但瑪姬說這自助大餐只是「中餐」。

「我猜你們會想馬上吃點東西，」她說：「這樣可以嗎？」

譚米大笑。「瑪姬，妳開玩笑嗎？這比我們復活節吃得還多！」

艾碧蓋兒得到允許，便伸手拿個盤子，裝了雞肉小漢堡、培根生菜番茄小三明治和三大匙馬鈴薯沙拉。「慢慢來，」我跟她說：「食物沒有長腳。」

「她只是餓了，」譚米說：「我也餓了。」說完她拿個盤子給我，自己也拿了一個。

「開動吧，」瑪姬說：「我給你們一點時間整理，我過幾小時再回來。」

我不敢相信。「幾小時？」

「爸，我有婚禮要忙。」

「我以爲我們要一起吃中餐。」

「沒有，我是說會爲你們準備好中餐。但在你們到之前我們就吃飽了。因爲我還有幾百萬件事要做。」

我把盤子放回廚檯。「那我來幫忙，孩子。讓我工作。有什麼要做？」

她搖搖頭，好像我不懂婚禮規模多大，策畫起來多複雜。「爸，我們週末有三百人要來。六十人吃素，二十六人吃純素，十一人要無麩質飲食。有一百個賓客要住在營地，兩百人住旅館，我需要安排三輛高級巴士來回接送。」她語調愈來愈高，因爲她沒停下來呼吸。「但是方圓兩百公里內唯一的巴士公司剛才取消了我的訂單。沒說理由，沒道歉，沒解釋。只有『對不起，小姐，我們沒辦法了』。所以除非你認識三個巴士司機，不然我想你幫不上忙。」

我還眞的認識三個巴士司機。優比速公司司機送膩貨物後，許多人當了巴士司機，但沒人擁有自己的巴士，當然也沒開過葛德納家族想要的奢華巴士。

「喔，親愛的，那眞的太慘了！」譚米說，「妳有向商業改進局申訴嗎？他們會負責調查這些公司。巴士公司要負全責。」

瑪姬耐著性子點頭，等我姊說完她的意見。「眞是好主意，譚米姑媽，但我已經把一切都計畫好了，現在只剩執行。如果你們想幫上忙，就待在這裡，好好整理行李和休息。」

我看得出她累壞了。我知道規畫婚禮工作繁重，我不想增加女兒負擔。所以我努力裝作理解，但她仍看出我的失望。

「聽著，爸，我會試著在三點前回來，然後帶你們逛逛，好嗎？這樣如何？」

「聽起來很棒。」譚米說，她手勾住我，然後把我從女兒身邊帶開。「去做事吧，瑪姬，我們沒事。妳不用擔心！」

6

艾碧蓋兒吃太多吐了。我早就料到了。這一定是她第一次吃自助吧，她好像覺得自己每樣都必須吃，我說：「嘿，餅乾怪獸，別吃太多！」結果我姊罵我。

「別說這種話，法蘭克。」

「爲什麼？妳看她！」

艾碧蓋兒衣服上眞的全是餅乾屑。現在她正在吃水果沙拉，速度快到來不及吞，雙頰塞滿綠葡萄，還沒咬，又繼續塞。

「她對食物有不安全感。」

「妳會噎到，艾碧蓋兒。吃慢一點。」

「不要管教她。那不是你該做的事。」

「她看起來像倉鼠。我不想她在葛德納一家人面前吃成這樣。」

「我會處理。你吃你的中餐。一切都會很順利。」

後來艾碧蓋兒衝進廁所，趴在馬桶上，大吐特吐。我拿了一把聖女番茄，扔一顆到嘴裡。「眞意外，」我酸溜溜說：「誰想得到她會吐啊？」

譚米皺起眉頭。

「你答應我不會有意見。結果你現在一直找麻煩。我不知道你幹麼這麼煩躁，但不准你再這樣。」

她去幫艾碧蓋兒，讓我一人吃中餐。

我知道她說得對，我確實在找麻煩。我不知道我爲何煩躁。也許因爲睡眠不足，又或是我打從一開始就知道這營地有點不對勁。

沒錯，中餐大失敗，但我們上樓整理行李時，心情大大好轉。

我的媽啊，你絕對不敢相信主臥室多大。我都能繞著房間慢跑了。裡頭有張特大雙人床，我的個人衛浴還有一個巨大平面電視，裡面有Netflix、Hulu、Amazon、Apple等各種影音平台。我有專屬小陽台，所以我可以拿啤酒坐在外面，欣賞溫德姆湖的夕陽。

譚米隔壁的套房和我房間一模一樣，艾碧蓋兒的兒童房在走廊尾端，房間設計是航海風格。壁紙上全是五彩繽紛的魚，迷你上下鋪漆成像帆船一樣。艾碧蓋兒不敢相信她有上鋪和下鋪能選擇，我想她原本以爲自己要睡地板。

我拿出行李只花了一分鐘，然後我換了衣服，以免又看起來像景觀維護人員。我的房間窗前有張寫字小桌，有人放了一張行程表給我：

瑪格利特 & 艾登

婚禮行程表

七月二十一日 週四

12：00 － 17：00　整理行李、放鬆、休息和探索環境！
17：00　歡迎雞尾酒會（主草坪）
18：00　晚宴（主草坪）
20：00　營火烤棉花糖（沙灘）

七月二十二日 週五

11：00　散步到鸕鶿角
12：00　於鸕鶿角午餐
16：00　彩排（圓形會場）
18：00　彩排晚宴（主草坪）
20：00　卡拉OK大賽（沙灘）

七月二十三日 週六

11：00　戶外早午餐（主草坪）
15：00　結婚儀式（圓形會場）
16：00　婚禮雞尾酒會（主草坪）
17：00 －？？？　晚宴、跳舞和繼續跳舞！（主草坪）

行程表上強調要「放鬆、休息和探索環境」，但我焦慮不已，我無法睡覺或在搖椅上躺著，獨自去逛營地也覺得不自在。我一想到要和厄爾羅和凱薩琳．葛德納見面，就緊張不已。見面的時候，我希望瑪姬在場。

於是我乾脆坐到寫字小桌，準備自己的致詞。我已濃縮到兩頁，過去幾週，我都在不斷修改。我會試唸句子，劃掉，然後換個方式表達：瑪姬，現在的妳讓我好驕傲。還有：瑪姬，妳一直是個善良、貼心、大方的人。還有：如果瑪姬的母親在天堂看著我們，我知道她會很欣慰。

我想句句發自內心，但每次唸稿，句句都只感到俗氣、老套和虛假。我改得愈多，感覺愈糟。我眞希望我認識專業作家，能給我建議，這時我想到維琪。她不是專業的作家，但她兒子是，而且她讀的書比我認識的任何人都多。

我撥了她理髮廳的號碼，櫃檯幫我叫了她。「法蘭克？」她問。「你還好嗎？」

「還好，抱歉打擾妳。我想請妳幫我個忙。」我解釋我擬稿遇到的問題，問她願不願意幫我看，給我一些意見。當然她可以說個價格，我願意付錢。

「你不用付錢給我！我很樂意幫忙。」她要我把致詞稿傳給她，早上再回覆我。

「我相信你寫的比想像中好。大家寫東西時都會很沒自信。」

我請她實話實說。我提醒她四十八小時後，我必須站在三百人面前，唸出整封信。「如果很爛，我需要妳老實說。」

「如果很爛，我保證我們能一起改好。你把稿傳來，我明天打給你。」她聽起來心不在焉，她解釋有個孩子在等她剪頭髮，並形容那孩子像個定時炸彈。「如果五分鐘不幫她剪完，她會爆炸。」

我再次感謝她，讓她回去工作。然後我把致詞稿打好，傳送給她。我感覺好多了，因爲我知道維琪能幫我把致詞搞定。但我高興沒多久，因爲艾碧蓋兒突然尖叫。

7

我一聽到恐怖刺耳的尖叫，嚇得從椅子跳起。她聽起來像被人攻擊。我打開門，譚米已衝出房間，我們一起跑過走廊去找艾碧蓋兒。她門關著，但我們聽得到她在門另一頭，叫得像踩到捕獸器一樣。我們進門看到她躲在角落，雙眼睜大，全是恐懼，瘋狂比著空牆。

「艾碧蓋兒，怎麼了？」譚米問。「發生什麼事？」

她激動到無法回答。她只是一直指，手指不住搖晃，彷彿面對無可名狀的無形恐懼。譚米小心靠近她，舉起雙手，表示她沒有惡意。

「沒事了，沒關係，妳在這裡很安全。沒人會傷害妳。深呼吸，親愛的，深呼吸。」

艾碧蓋兒臉向下朝著地毯，好像想把頭藏進地下。她無法平靜，手腳亂揮亂踢，我覺得她也許不只是「對食物有不安全感」。也許她患有重大行為障礙。也許她會在婚禮上大發脾氣，把所有花瓣都扔向面露驚恐的艾登父母。

但我心灰意冷環顧她房間時，發現空牆其實不是空牆。那裡有道衣櫃門，門仍開著一條縫。我走近去看時，艾碧蓋兒發出尖叫，像煮沸的茶壺。

「不要，法蘭克先生！不要！」

「親愛的，沒事！我們在這裡。」譚米說。她這時已抱住艾碧蓋兒，並用手掌輕撫她頭髮。「怎麼了？妳看到什麼？」

她搖著頭，不願回答，彷彿說出她的發現會賦予恐懼更多力量。

「喔，搞什麼。」我打開門，只看到空蕩蕩的松木櫃。裡面只有一層高櫃、一條木桿和幾個金屬衣架。我彎身進去，頭頂一盞燈閃爍亮起，照亮架上一團毛絨絨的東西。

我看一眼，以爲是頂假髮。一團深棕色的長鬈髮。後來我仔細去看，發現那團東西在顫動，彷彿有微弱的脈搏。

「什麼？」譚米問。「法蘭克，你看到什麼？」

我拿起一個衣架，用一頭輕輕撥動那團假髮。一隻幽靈蛛從中爬出，接著又一隻，突然十幾隻幽靈蛛四散。我發現那不是假髮，那是個巢穴，上百隻幽靈蛛爲了安全和溫暖，在黑暗衣櫃中聚成一團。現在遇到攻擊，牠們爬過牆面，四處竄逃。一隻大的幽靈蛛落到我手上，我不禁放聲尖叫。我眞的忍不住。我亂拍自己身體，想把牠撥掉。

「關上門！」艾碧蓋兒尖叫。

我將櫃門甩上，然後低頭發現門底下有半吋的縫。我從床上抓了一條毛毯，塞住縫隙。「是蜘蛛，」我說：「幽靈蛛。」

「幽靈蛛不是蜘蛛，」譚米說：「兩種是完全不同的物種。」

我跟她說我不在乎。以我來看，只要有八隻腳，又看起來像蜘蛛，那牠就是蜘蛛。「牠們一定有產卵。」

我一提到產卵，艾碧蓋兒發出慘叫，我拜託她別再尖叫了。「反正妳頭髮大概早就有一堆蟲卵了，反應不要那麼大。」

她倒到地上，雙手抱膝，捲成一團，我姊姊皺起眉頭。「你說這幹麼。」

「對不起，但她一尖叫我就無法思考。妳可以想辦法讓她閉嘴嗎？」

譚米溫柔用手摸著艾碧蓋兒的背，想安慰她。「我們打給葛德納他們，說明我們遇到的問題。我相信我們可以換間小屋。」

「不要，我不要。」

「爲什麼？」

「這聽起來很可悲。什麼樣的人會打給厄爾羅·葛德納，抱怨衣櫃裡有蜘蛛？」

「這是嚴重的寄生蟲問題，法蘭克。我覺得他們需要請專人來除蟲。」

「請那些人來是浪費錢。他們會收三百美元，噴一堆毒藥，但我唯一需要的是一隻鞋子。」

我讓譚米和艾碧蓋兒在門廊等，並用一隻牛津皮鞋解決此事，這雙鞋我是爲了牽瑪姬走下紅毯買的。我不希望蜘蛛逃走，所以我把自己關進衣櫃，開始打牠們。那是殘暴可怕的工作。裡面有上百隻蜘蛛，牠們的屍體飄出一股惡臭，像擠出膿瘡的氣味。但我勇往直前，在惡臭中抽氣，直到最後一隻死去。接著我走下樓，拿一盆溫水和廚房海棉，擦乾淨松木牆面和天花板，清掉所有斷腳和碎屍。「整理行李、放鬆、休息和探索環境」個屁。

結束之後，我走到小屋外頭，告訴譚米危機解除。我們花了整整十分鐘說服艾碧蓋兒，現在可以回室內了。她覺得我一定沒殺乾淨，說她週末寧可睡在門廊。我提醒她大多數蟲子活在戶外，樹林裡都是甲蟲、蟑蟲、黃蜂和蜈蚣。還沒說完，她又開始尖叫。

「我不要回到屋子裡。」艾碧蓋兒說。「我辦不到，譚米小姐。拜託不要逼我回去。拜託、拜託、拜託、拜託、拜託──」

於是我覺得算了，就這樣吧，讓那孩子睡門廊上。那裡有幾張舒服的靠背椅，我們只要用毛毯把她裹好。或用電話按個零，請他們送個睡袋來。但我姊姊說她有個好主意，她請我進小屋。「我想跟你聊一下。」

我們走進廚房，譚米用雀巢小型咖啡機爲我們倒了兩杯咖啡。她知道我的喜好，在我那杯加入牛奶和兩顆糖。接著她將杯子放到我面前，說出判決：「我覺得你應該和艾碧蓋兒交換房間。」

「不要。絕對不要。」

「只是睡覺的地方。我們週末大半都在戶外活動。」

「好，那妳跟她換。」

「我不能跟她交換，法蘭克。你知道我怕蟲。」

「蟲子都殺光了。」我仍拿著牛津皮鞋，我給她看鞋底。「我剛才殺了上千隻蟲。我在裡面像約翰．維克『一樣。』

「對，但你不可能真的殺光。我確定那房間有更多蜘蛛。如果我們逼艾碧蓋兒住進去，她半個晚上都會在尖叫。我們連睡一下都沒辦法。」

我怒火中燒，卻又發覺譚米說得沒錯。我必須選擇在奢華套房中一夜無眠，還是在兒童雙層床上，好好睡八小時。

「這就是我不想帶她來的原因！我明明跟妳說過會有問題！」我指著二樓。「那房間比我見過的任何旅館套房都豪華，我應該要住在裡面的。」

「別怪到我頭上，法蘭克。我想打給葛德納，換一間新小屋。但你說你會自己解決。結果你唯一做的是把蜘蛛趕回巢穴。這怎麼會是我的錯？」

門廊上，艾碧蓋兒在前窗來回踱步，雙手瘋狂搔頭。

「拜託，譚米。她想睡在外面。」

「法蘭克，那可憐的女孩整個三、四月都睡在戶外。她和母親住在美墨餐廳後面。我絕不會再讓她露宿街頭。我希望她睡在正常的床上，有乾淨的被單和枕頭，就像你我和葛德納家族，你能理解嗎？」

我唯一理解的是，這場架我吵輸了。又輸了。於是我把臭紙杯扔到臭水槽，走上樓去搬東西。

⊓ 約翰・維克是《捍衛任務》（*John Wick*）中的主角，是一名技術高超、冷血無情的傳奇殺手，由基努李維（Keanu Reeves, 1964-）飾演。

8

除了小巧的「說故事區」之外，我的新臥室沒地方坐，但那區堆滿胖胖的枕頭和彩色的圖畫書。我將東西儘快放好，下樓到廚房，一人坐在自助吧餐點前。休息時間快把我逼瘋了。我好想去戶外走走，看看整個營地。我想去游泳、健行和划獨木舟。我最想要的是和女婿的家人見面。

我想這是我焦躁不安的眞正原因。我不敢相信厄爾羅和凱薩琳至今都沒前來歡迎我們。艾登立刻跑去找他大學朋友，讓我好不爽。後來瑪姬又說要去鎮上忙，甚至不讓我跟去。我努力提醒自己，她非常忙碌，有時要幫上忙，最好的方式是別礙事。但我充滿不安，感覺我們不受歡迎，受邀純粹是因爲義務。

三點鐘一到，我便到外頭等我女兒。艾碧蓋兒坐在門廊搖椅上，彎身看著西洋跳棋棋盤，和自己下棋。

「謝謝你跟我換房間，法蘭克先生。」

「沒問題。」

她敲敲棋盤。「你想下棋嗎？」

「不行。瑪姬隨時會來。」

「你要去哪？」

「她想帶我看營地。」

「我可以去嗎？」

「感覺不會多有趣。我們只是要去看每一棟建築，聊聊這地方的歷史。」

她還是站起來了。「沒關係。」

「還有另一件事，瑪姬想跟我單獨相處。因爲我們彼此不常見面。」艾碧蓋兒只盯著我，仍沒聽懂重點，我發覺必須明說。「妳待在這比較好。」

她一屁股坐回椅子上。「好吧。」

「譚米在幹麼？」

「她在洗泡泡浴。她浴室本來好像沒有泡泡，但她用電話撥了零，有個小姐拿了一點過來。有三種不同香味可以選。」

「去跟她說妳很無聊。」

「我不無聊。我只是想一起去。」艾碧蓋兒注意力回到棋盤上，拿紅色棋子跳過兩個黑棋。我望向四周，尋找瑪姬的人影，期待她現身，讓我逃離這尷尬的對話，但她仍不見蹤影。於是我站在原地，看艾碧蓋兒和想像的對手下棋，後來我手機響了。螢幕顯示「**瑪姬♥♥♥**」，我馬上接起。

「嘿，怎麼樣？」

「對不起，我還在鎮上。」

「出了什麼問題嗎？」

「全都有問題。」她說完馬上講了一長串災難：花店搞錯餐桌花飾、攝影師新冠病毒確診、巴士的問題也還沒解決。她面臨的問題感覺不斷增加。

「妳的婚禮顧問呢？她不是應該要處理這些事嗎？」

「大家是團隊合作，爸。我們全都盡力了。我應該來得及回去吃晚餐，好嗎？」

來得及回去吃晚餐？「妳是說六點嗎？」

「爸，聽著。你參觀營地不需要我陪著。你拿著地圖。四處去逛一逛。見見大家。營地可以玩套馬蹄鐵，還有遊戲廳和幾百萬種不同的活動。」

她那口吻活脫脫像我是來過暑假的小孩，少了朋友，不知該玩什麼。她似乎不懂我來新罕布夏州是爲了和家人相處，不是來跟陌生人玩套馬蹄鐵。但聽得出她聲音充滿煩惱，我不想讓她更困擾。所以我只說：「好吧，待會見。」便掛上電話。

艾碧蓋兒仍彎身盯著棋盤，假裝沒在偷聽。但我很小心，沒洩漏我計畫改變了。

「我要走了。」我跟她說。

「瑪姬在哪？」

「我要去小屋和她碰面。」

她朝我比個大拇指，我突然覺得自己很蠢，居然騙一個十歲的女孩。但我不想讓別人知道我被放鴿子了。艾碧蓋兒說：「晚點見，法蘭克先生。」就這樣。

從小屋出發，有好幾條步道能走進樹林，但我只循著來的路走回去，沿著溫德姆湖岸走一、兩分鐘，回到沙灘上。躺椅上仍空無一人，湖中沒人在游泳。但主草坪靠近魚鷹小屋的地方，穿著白色外套的男女將圓桌滾過草坪，並搬出一張張摺疊椅。雖然現在才週四，但他們已在為婚宴準備。我看到一個身穿達特茅斯學院連帽運動衫的木工拿釘槍固定木框。他在建造一塊巨大的舞台，我問他需不需要幫忙。我想我仍希望自己能有所貢獻。他瞄我一眼問：「你在這工作嗎？」

我解釋我是瑪姬的父親，來鎮上參加婚禮，他馬上站直身子，放下釘槍。「沒關係，扎托斯基先生。你可以放輕鬆，好好享受營地的一切。」

為何每個人都叫我要放鬆，享受營地一切？

「我很意外你們這麼早就在準備，」我說：「週六之前下雨怎麼辦？」

「這不是婚禮舞台。」他比著大圓桌，大家已鋪上白布，排好摺疊椅。「這全是為了今晚的活動。」

在這之前，我以為週四晚餐只有家人和葛德納一家人。但工作人員放上上百人份的玻璃杯和餐具。即使這不是為了婚禮準備，也比我見識過的任何婚禮豪華。

木工繼續工作，拿釘槍在舞台打了一排長釘。我站在原地，猶豫接下來該去哪，艾登從小屋後面走出，他身旁有個紅色長髮的女人。我揮手叫他名字，但被釘槍聲響蓋過，他沒聽到。他和女人走上一條狹窄的步道，走入樹林之間。我快步越過草坪，左右穿梭過餐桌和工作人員，努力跟上他。等我到步道口，他們已消失在樹林裡。

反正大家都要我探索營地，我決定索性沿著步道走。到了樹林裡，四周更爲涼爽陰暗，也意外安靜。營地的聲響漸漸消失，不久我只聽到蟬鳴和偶爾傳來的鳥叫。我不時看一下地圖，想搞清楚方向，但這條步道沒在地圖上。我在魚鷹小屋西側，這座樹林標記爲「想像力森林」，步道帶我走向營地的邊界。我漸漸發覺地圖不可能是按照比例畫的。地圖上的樹林一定比實際上小得多，營地才放得進一頁地圖。

也有可能單純是我迷路了。

我在美國陸軍服役四年期間學到最有用的一件事是所謂狀態意識。這概念是指要隨時評估環境，注意威脅、風險和任何騷動的跡象。一九九一年波斯灣戰爭，一個十九歲的孩子內心害怕，卻要巡邏伊拉克村莊。對這孩子來說，狀態意識非常有用。後來這習慣也一直跟著我，甚至到現在，我走進餐廳都會習慣先確認緊急出口。沿著步道走了數分鐘，我停下腳步，轉身觀察四周，我沒看到任何人。身處開放的樹林，四面八方視線都很清楚，我應該沒理由感到緊張。但我卻十分不安，覺得一轉彎就會有埋伏，彷彿我走進某種陷阱。

步道帶我走上一條維護不佳的陡峭小徑，接著我看到遠方有棟建築物。那棟建築像老舊的工具房，和營地所有現代化建物顯得格格不入。這棟建築木牆破爛，窗戶滿是灰塵，灰色木屋頂一片斑駁，長滿海綿般的綠苔蘚。我看一下地圖，想確認位置，但這棟建築沒標記在地圖上。我走到屋側，牆面平整，毫無特色，只有兩個生鏽的通風口和上推窗。窗簾都已拉起，窗戶也打開，所以我聽得到裡面的聲音。

一個聲音是艾登，但說話的大多是另一個女人。我聽不清楚她說的每句話，只能分辨對話的感覺。她很生氣，艾登在努力安撫她。

「這不公平。」

「我知道。」

「這對我不公平。」

「我知道。我了解。」

「不要說你了解，艾登。因爲如果你眞的了解，眞的同意我說的，你就不會做這種事。」

他的回答我聽不清楚，我又鼓起膽子靠得更近，輕輕踏過乾葉，來到窗口。

這時他說：「妳希望我怎麼做？」

「說出眞相。」

「這個之外。」

「我會幫你。我還是很在乎你。我們可以一起——」

「不行、不行、不行。我們沒有要做任何事。根本沒有我們。」

這時他又說了句我聽不清楚的話。那女的很難過，艾登的語氣穩定、固執又堅定。我望向周圍，擔心有人抓到我在偷聽。但就我觀察，目前只有我們三人單獨在森林裡。我橫著走，繞到小屋後側，那裡有面較大的窗戶，更容易聽到內容。

「……你沒看清全局。」

「也許我應該去跟瑪格利特說。」

「不准去跟瑪格利特說。」

「我只是覺得——」

「妳他媽的不准接近瑪格利特。」

「老天，艾登——」

「她不能知道這段對話。如果妳敢對她說一個字——」

接下來的話他壓低了聲音。

「你在威脅我嗎？」

「沒有，我只是——」

「確定？那聽起來像威脅。」

「別緊張，好嗎？來。」

後窗掛的是褪色的窗簾，尺寸也不夠長。我臉靠到紗窗上，從縫隙瞇眼望進屋內。裡頭十分擁擠，一片昏暗。帆布畫板堆在牆邊，大約六、七塊。工作檯上充滿顏料和用具，一旁還有個巨大的木畫架。艾登背對我，女人和他擁抱。她和我女兒年紀差不多，身材高大，一頭長紅髮，臉上有雀斑，我們瞬間四目相交。她身體挺直，甩開艾登的手。

「有人來了。」她說。

太陽在我背後。我發現自己在窗簾上投下一道人影。艾登轉過身，我馬上從窗前跳開。他走過來，朝外頭看。「法蘭克？你在這裡幹麼？」

我說出腦中第一個冒出的答案。「我只是在探索營地。」我給他看我的地圖，希望能讓我說詞更可信。「感覺我迷路了。」

「你沒迷路。這是我的工作室。來前門，我帶你看看。」

我繞到前面時，艾登等在門口。「你發現我的小祕密了。我原本想在小屋畫畫，但根本辦不到。有太多事讓我分心。工作人員不斷進進出出。但這裡很完美。這是原本夏日營地唯一留下來的建築物。這裡超安靜，沒有任何一張地圖標記了這裡。大多數人甚至不知道有這地方。」

我跟著他進門。空氣散發霉味和化學物質的氣味，像礦物油、松節油和亞麻仁油。四處都是畫作，有不少張像他頂樓公寓裡的陰森黑白肖像畫。但更多是未完成或放棄的作品，畫布上只有一部分的臉，像張開的嘴、細長的脖子或被頭髮遮一半的耳朵。我覺得僅有臉部的畫比完整的肖像畫更令人不安。

紅髮女人靠在艾登的工作檯上。她身穿米白色的罩衫，綠色長裙，棕色皮涼鞋。她所有衣服和珠寶都是手工製作，略顯粗糙，她彷彿是來自文藝復興的市集一般。

「法蘭克，這位是格溫德琳。」艾登說，我發現自己之前聽錯了。原來他趕著去見的是格溫，不是哥倫。「我們是藝術學院的同學。她現在和我一樣是老師。」

她爲這對比感到好笑。「艾登喜歡讓別人聽起來很厲害。我週二會去幼兒園上課，教手指畫，或拿冰棒棍做勞作。其他幾天，我都在送外賣。」

「不用感到丟臉。」我跟她說。「我替優比速公司送貨二十六年了。」

「開車？」

「很辛苦，但我保證我們待遇比外賣公司好。」她似乎眞心有興趣，於是我多說了一點工會福利，像退休計畫、健康保險和參加工會的好處。「另外他們非常想雇用多一點女生。因爲MeToo什麼的。但要看妳的地點，妳眞的很有機會。」

「我可能之後會去了解一下。」她說。「你們怎麼認識的？」

「法蘭克是瑪格利特的父親。」艾登解釋。

彷彿被撥動了開關，她臉色一瞬間變了。

「等一下，你是瑪格利特的父親？」

「對，我是法蘭克．扎托斯基。」

「那我想你馬上會高掛棕色制服退休了，對吧？送完最後一個包裹了嗎？」

她不是第一個開這種玩笑的人。我許多同事都說過同樣的話。他們期待瑪姬拿到一大筆錢，讓我搬到西嶼，或去夏威夷度假，一輩子和葛德納的親戚悠閒生活。但我不打算從我女兒那拿半毛錢。我一直認爲家庭財產流動只有一個方向，從父母傳向子女，不該反過來。

「我生活過得非常快樂。」我跟她說。「我不會改變。」

她情緒全寫在臉上，無論是此時的不相信，或是突然間的鄙視。「那艾登會叫你爸嗎？還是你覺得讓他叫你法蘭克就好？」

「我們沒聊過這件事。」我轉向艾登。「但既然格溫德琳提起，兩種叫法我都可以。只要你覺得自在就好。」

「我知道，法蘭克，謝謝你。格溫德琳只是想挑事。這是她的風格。」

她對這評價嗤之以鼻，自嘲說：「是啊，艾登。怎麼有人敢說眞話啊，好尖銳喔。我跟你說，我瘋起來我自己都怕。」說完她靠近我，瞇眼看著我的手錶。「跟我說，法蘭克。現在幾點了？」

「三點半。」

她賊賊朝艾登一笑，彷彿證明了什麼。「好了，我要去找個懸崖跳了。但很高興見到你，法蘭克。我相信你週末會玩得非常愉快，替我祝福瑪格利特。」

說完她走出門，回到樹林之中，也許是我想像，但我覺得她故意扭腰擺臀，好像知道我們在看一樣。

「不好意思。」艾登說。

「我有說什麼冒犯她的話嗎？」

「跟你無關。她只是對錢的事特別敏感。」

他解釋格溫德琳七歲時失去了父母，由祖母撫養長大，她祖母是愛爾蘭移民，從事房務員。格溫德琳想辦法以全額獎學金擠進紐約大學斯坦哈特學院，並和艾登意外成了朋友。他們四年來感情深厚，無話不說，畢業後各自發展。艾登搬進波士頓的頂樓公寓，格溫德琳回到麻州勞倫斯市，和八十一歲祖母住在一起。艾登說，因爲世界不公平，要以視覺藝術家的身分爲生幾乎不可能。

「這跟我有什麼關係？」

「這跟你無關。她每次來營地都變得很奇怪。批評東、批評西，她討厭奇能公司。邀請她來可能是個錯誤，但我們以前是好朋友。」

我想問他我偷聽到的對話，但問了等於承認自己偷聽。

這不公平。

說出眞相。

也許我應該去跟瑪格利特說。

我提醒自己，我沒聽到整段對話，所以他們可能在討論任何事。可是：

你在威脅我嗎？

他在等我開口。在這場詭異的遊戲中，他等著看我會下哪一步棋。但我需要時間思考這一切。我環顧工作室，發現遠端角落有座金屬螺旋樓梯，樓梯向下深入地下。

「那會通到哪？」

「核爆緊急避難空間。」

「眞的假的？」

他點點頭。「這營地建於一九五四年，當時是紅色恐慌⊓最激烈的時期。那時政府

⊓ 美國有過兩次紅色恐慌，此處說的是第二次。一九五〇年代初期，共和黨參議員麥卡錫大肆渲染共產主義對美國的滲透，煽動政界和藝文界相互揭發，引起人民恐慌，政府也因此實施了多項政策。

有防空洞補助，每個人都在建造防空洞。」他說到一半，口袋傳出鈴聲。艾登拿出手機，看了螢幕。「我爸打來了。我最好接一下。」

他背對我，想保有點隱私，於是我仔細去看螺旋梯。狹窄的格柵金屬板一圈圈繞著中央黑色鋼桿，向下沒入黑暗之中。感覺彷彿在看一口深井。「對，我現在其實和他在一起……我們在我工作室。」艾登聽了一會，轉身面對我。「爸想知道你有沒有空喝一杯。」

「當然好。」

艾登說我們馬上過去，並掛上電話。我們離開工作室時，他將門關上，我發現門上裝有藍牙鎖。艾登說他父親在魚鷹小屋等我們，我請他帶路，但他卻朝湖的方向走去。「還有一件事，法蘭克。瑪格利特提到你有收到一封信？好像是照片？」

「對。照片在我行李箱。」

他擠出尷尬的笑容，先道了聲歉，因爲他要麻煩我一件事。「我們去喝一杯前，可以先去拿嗎？我爸想親眼看看。」

9

厄爾羅．葛德納看起來像威而鋼廣告裡的男人。他身材高大，膚色曬得黝黑，肩膀寬闊，一頭濃密的波浪灰髮。據我研究，他今年五十七歲，每天早上會先在跑步機跑一小時，做五十個伏地挺身和捲腹一百下，喝四百八十毫升的小麥草冰沙。我知道他有標準的穿著打扮，除了細節變化，每天幾乎一致：棕色西裝外套、白色排扣襯衫和藍色牛仔褲。GQ訪談問到他個人風格時，厄爾羅說這身打扮「夠俐落，能坐進波士頓董事會；夠扎實，不怕走進工廠；夠帥氣，下班喝酒也行。」

「法蘭克．扎托斯基！」他喊出我的姓時，像在說笑哏，彷彿光發音就能讓人發笑。「終於見到你了。路途還好嗎？」

「輕鬆。」

「太好了、太好了。這樣講我就放心了。你的小屋呢？舒服嗎？」他轉向兒子。「你讓他們住哪？」

艾登說：「黑鳥小屋。」厄爾羅點頭同意。

「選得好。景色非常美。我不敢相信你眞的來了，法蘭克。我爲此等了好幾個月。

進來吧，別客氣！」

魚鷹小屋十分巨大，艾登催著我上樓，所以我沒機會參觀。厄爾羅．葛德納的辦公室全是原木裝潢，整間辦公室彷彿是用一棵巨木雕製而成。他辦公桌比一般的餐桌更大，桃花心木表面鑲嵌著各式各樣的飾紋，像飛鳥、樹木、花朵和森林的動物。辦公桌旁有個相稱的檯座，上面展示著一個細金屬圓柱，大概和小型熱水瓶一樣大。厄爾羅稱之為超小燃料電池：「這是奇蹟電池的奇蹟之處，」他解釋：「你想的話，可以拿拿看。」

我手裡拿著一瓶巴頓單桶波本威士忌，這是我要給厄爾羅的禮物。「我看到《新英格蘭生活》雜誌對你的介紹，你說你最喜歡這款。」

他笑容滿面接下這瓶酒。「喔，法蘭克，我恨透那訪談了！記者把所有事情都寫錯了——唯一對的就是這瓶波本威士忌！她寫的那篇文章，只有這點是真的！」他望向我身後。「你喝過嗎，蓋瑞？」

我發現這裡不只我們三人。窗邊有第四個人，他坐在沙發邊，身穿合身的灰色西裝，打著栗色領結。「我還沒機會喝到。」他說。

「這是我最好的朋友，蓋瑞．雷文森。」厄爾羅說。

那人起身來歡迎我。蓋瑞比厄爾羅．葛德納老一個世代，幾乎能當艾登的祖父了。他滿臉皺紋，走路稍微跛腳，但握手的勁道意外扎實。「能見到你真是太好了，法蘭克。瑪格利特跟我們說了許多關於你的事。」

厄爾羅打開牆上櫥櫃，裡面是個隱藏的小酒吧。他打開巴頓威士忌，倒了四杯酒。然後他敬了新郎新娘，我們四人彼此敲杯。威士忌非常美味。只喝一小口，我心情就緩和不少。我從早上六點從家裡出發，想到要跟厄爾羅見面，一路都緊張得要命。現在彼此終於認識，我心情漸漸放鬆。我又喝一口，厄爾羅大笑。「很香，對吧？」

「非常好喝，」我說：「你沒誇張。」

我們四人拿著酒，聚在咖啡桌前，厄爾羅繼續稱讚瑪姬，說她十分聰明，充滿企圖心，又認眞努力，是「少數有才華的人」，他說艾登能找到她十分幸運。「她這麼出色，全靠你和妻子養育。我這週末唯一的遺憾是扎托斯基太太不能和我們在一起。」

我聽到不禁十分感動。他提到她，我覺得十分貼心。「柯琳一定會很愛這營地。她非常喜歡戶外活動，也喜愛大自然。我們年輕時會去健行，像波科諾山、卡茲奇山和五指湖。但從沒來過這麼美麗的地方。」

我一說起柯琳，便很難停下來。我講到我們是國小同學，高中時是朋友，但一直沒愛上彼此。後來波斯灣戰爭前後，我加入陸軍，在中東待了六個月，當時柯琳一週會寫兩封信，她會鉅細靡遺記錄家鄉發生的所有事情（這正好在電子郵件盛行之前）。所以無論是當地百視達關門，或教區牧師因爲貪汙遭到逮捕，或我們共同朋友懷孕或被關，柯琳都會寫信告訴我。我仍留著她寄給我的每一封信。如果你曾當過兵，就會知道家鄉的訊息有多重要。六個月後，她的信變得愈來愈個人。她說斯特勞茲堡所有男生都是白痴，我是唯一有點腦袋的人，她很氣我離開，請我一定要小心，時時保持警戒，安全回家。等我退伍，我已瘋狂愛上她。

一定是威士忌讓我徹底放鬆了，因爲我本來沒想分享這些事。我向大家道歉，覺得自己太多話。「我只自顧自一直說，都沒問候你太太。凱薩琳還好嗎？」

厄爾羅鎮定自若的態度有所動搖，彷彿我發現他盔甲的缺口。「不好意思，她今晚恐怕無法加入我們。她自週二便一直發作，我們希望她明天會進入症狀後的階段。」他從我表情看出我完全聽不懂，於是他繼續解釋。他說凱薩琳偏頭痛發作後會進入「症狀後階段」，也稱之爲偏頭痛宿醉，時間會長達二十四小時。宿醉時，她通常會感到昏沉和虛弱，但她決定用意志力撐住，和厄爾羅一起陪兒子走紅毯。

「眞難過，」我說：「我不知道她情況這麼糟。」五月的那通電話裡，他曾說凱薩琳復元良好。

「我想這代表我多無知，法蘭克。偏頭痛是很可怕的疾病，殘酷無情、消磨人心，波士頓最好的醫生都找不出方法治療。我們看了十幾個專家，他們建議十幾種治療計畫。但到今天下午兩點二十分，我妻子仍躺在床上，窗簾緊閉，無法動彈。」

這話題痛苦萬分，艾登因此不發一語。他雙手抓著玻璃杯，目光望著威士忌。他坐在父親身旁，感覺比我印象中更嬌小，他比父親矮幾公分，也輕幾公斤。

蓋瑞打破沉默。「美國食品藥物管理局有個新藥——」

「那會是她試的第六種新藥，」厄爾羅說：「事到如今，我已對製藥公司不抱希望。我成立了自己的實驗室，研究自己的治療法。我猜我再怎麼樣，也不會比其他公司糟。」

「一定有很多方法能治好。」蓋瑞安慰他。「但我們現在要先慶祝婚禮。這件事值得高興一下。我們保持樂觀，好嗎？」

厄爾羅友善點點頭，舉杯敬保持樂觀，我們又一起敲杯。

「凱薩琳現在在嗎？」我問。「在小屋嗎？」

艾登點點頭。「樓上，在三樓。」

「你覺得，方便的話，我能簡短打個招呼嗎？只是介紹一下自己。」

蓋瑞臉色一沉，厄爾羅搖搖頭。「她會很難爲情，法蘭克。她對自己外表感到丟臉。我可憐的太太精疲力盡了。規畫婚禮讓她心力交瘁。再加上朵恩，泰格那鳥事，她受到言語和精神上的騷擾，讓她壓力倍增，完全被壓垮了。」

朵恩．泰格的名字讓對話突然中斷，我慶幸手中有杯酒。大家沉默，尷尬一陣，蓋瑞清了清喉嚨，輕柔小聲說：「瑪格利特跟我們說，你收到一封信。方便的話，我們想看一下。」

我手伸到運動外套口袋，拿出裝著信封的塑膠袋。我交給蓋瑞，他謹慎檢查，透過塑膠袋觀察信封，彷彿在找線索。

「郵戳是七月十七日，」他說：「地點是這裡，哈普費瑞鎮。」

「這些人一點都不謹慎。」厄爾羅說。「我們把信打開，我想看裡面內容。」

蓋瑞從他公事包拿出一雙乳膠手套，小心套上他細長的手指。接著他將信封中的紙拿出，攤在桌面，讓大家看。艾登看一眼照片，馬上從椅子彈起。

「這是假的！我從來沒帶她來這裡。」

「這當然是假的。」厄爾羅說。

蓋瑞點點頭。「朵恩的母親一定是在網路上找到艾登的照片，然後把她女兒合成上去。」

接著三人望向我，看我是不是有同樣的結論。「我不懂合成，」我說：「但我覺得滿真的。」

「就是這樣，」蓋瑞解釋：「這本來就要看起來很真，法蘭克。懂得用軟體的人非常厲害。但你只要像我一樣看過一堆合成照片，你就能認出合成的破綻。法院絕不會把這照片當證據。」他指向朵恩腳下的沙灘。「例如她影子這裡。一點都不自然。」

厄爾羅附和。「你看朵恩頭髮邊緣。有看到頭髮有點一格一格的嗎？那是複製貼上的瑕疵。」

我靠近到鼻子都碰到紙了，但我看不出任何鋸齒狀的痕跡。我覺得那是一張非常正常的照片。

蓋瑞抽走照片，重新放到塑膠袋中，彷彿這事解決了。但厄爾羅似乎發現我沒被說服。「法蘭克，我相信你有許多問題，你明說吧。瑪姬跟你說了多少？」

「不多。只說這事和艾登無關。」

厄爾羅大笑。「哎呀，我們不能相信她說的話，對吧？她是戀愛中的女人！她有偏見，一定不公平。你聽完來龍去脈，再自己決定。」他望向艾登，要他說明。

「好吧，我說。」艾登用力吞口水。他已喝完第二杯威士忌，看來想再喝第三杯，但厄爾羅將酒瓶放得很遠。我看得出來，艾登一點都不想說這段過去。他看起來像事前毫無準備，卻被拖到全班面前進行口頭報告。「首先你要知道的是，我幾乎不去哈普費瑞鎮了。所有人都認識我爸，大家都知道我們是誰，陌生人會來找我，要我投資他們的披薩店，不然就是來跟我吵電動車的事。他們會想跟我吵政治或稅務優惠，好像奇蹟電池是我發明的一樣。所以每次來魚鷹灣營地，我總是開小路，避開城鎮。」

某天週五早上，大約一年前，去年七月那時，艾登開在小路上爆胎了。他後車廂的備胎也沒氣了，他困在森林裡，手機也沒訊號，附近又沒有人家，只有無盡的樹林，艾登考慮走一大段路進城時，有一輛豐田車停到他身後。朵恩．泰格下了車，問他需不需要幫助。她才剛從生活百貨下班，身上仍穿著制服背心和名牌。艾登說自己沒有備胎，朵恩建議他試試她的備胎，看合不合。艾登這時只好承認，他其實不會換輪胎。於是朵恩拿出千斤頂和輪胎扳手，跪在碎石地上，教他怎麼做。「她換完輪胎，我想給她錢。我皮夾有八十元，但她不肯拿。她說我只需要把備胎還她，請她吃頓晚餐就好。她好心停下來幫我，我無法拒絕。」

隔天晚上，艾登和朵恩約在米利燒烤酒吧，鎮上都是速食店和披薩店，那是唯一一間像樣的餐廳。「當然整間餐廳都是愛管閒事的人。所有人都在瞪我，好像我來偷走他們的女人。我很確定他們會跟著我到停車場，狠狠揍我一頓。但那頓晚餐最可怕的是朵恩．泰格。我是說，別誤會。她是非常有魅力的女生。長得很漂亮。無論她在哪，我都希望她很好。但我們沒有任何共鳴，沒有任何共同點。她唯一聊的就是TikTok。她追了誰，誰追了她，她覺得我會喜歡誰。她晚餐中間還眞的拿起手機，堅持要我看她最喜歡的創作者。但她好心停下來幫我換輪胎，所以我假裝有興趣。後來我付了帳，開車載她回家，我向你發誓，法蘭克。那是我最後一次見到她。這是她失蹤四個月前的事。」

這一切聽起來合情合理，但有個顯而易見的問題：「如果眞是這樣，那爲什麼她家人會怪你？」

艾登雙手一揮，表示大家都有同樣的疑問。這時厄爾羅再次控制場面。「蓋瑞對這點有幾個想法，」他說：「他不只是我最好的朋友，也是我們的家族律師。新英格蘭最好的訴訟律師。他覺得他知道動機。」

「簡而言之，錢，」蓋瑞說：「我們判斷他們會威脅要提民事訴訟。你記得O．J．辛普森的審判嗎？刑事法院判定他沒有謀殺妮可．布朗和朗諾．高德曼，所以他沒入獄。但受害家屬告上民事法庭，舉證責任較低，他們最終得到三千三百萬美元賠償。」

他繼續解釋：「泰格的律師會威脅在當地提起訴訟，陪審團會對有錢有勢的外來家族有偏見。要在郡上找十二個略微仇富的人不難。律師會寄文件來，要求在媒體報導前，與我們談和解。長話短說，我們十之八九會付錢打發他們。十萬美元？也許二十五萬美元？」

「一毛錢都不付。」厄爾羅說。「付錢給他們表示我們承認有罪，我兒子什麼都沒做。我寧可上法院。」

「這絕不會上法院。」蓋瑞語氣柔和地說。「他們負擔不起，他們的案子站不住腳。」

「不是站不住腳，蓋瑞。是不存在！朵恩消失的週末，艾登人在波士頓！三百公里外！跟瑪格利特在一起！」

我不確定最後一句有沒有聽錯。「你說瑪格利特？」

「我們在她公寓，」艾登解釋：「塔梅吉街的地下室。你有去過嗎？」

我當然去過。我幫她搬家的，那是在維多利亞式褐石房屋下的地下空間，裡面全是蠹魚。那地方瑪姬簡直無法忍受。我記得當時我還擔心年輕女生自己住不安全，因爲瑪姬必須走十步進入昏暗窄巷，才能到達地下室門口。但我女兒說，公寓位在後灣區，比較不會被人瞧不起，所以再冒險、再不方便都值得。

「瑪格利特週五晚上邀我去那裡吃晚餐。應該是十一月二日。朵恩・泰格失蹤的前一晚。她煮了晚餐，我們一起看電影，然後──」艾登結結巴巴，不知該怎麼描述接下來的事。「我們變成整個週末都在一起。」

「艾登，說話不要拐彎抹角，」厄爾羅說。「你閃爍其詞，聽起來很心虛。」蓋瑞附和。「法蘭克要聽到眞相。我們全都是大人了。」

艾登手指交握，伸展雙手，再試一次。「我們週六早上醒來，瑪格利特沒別的地方要去。我也是，所以我們就一直待在一起。」

「在她公寓？」

「對。」

「多久？」

「一直到週日。」

「你整個週末都待在她公寓？」

「對。」

「那地方才九坪，艾登。我連狗都不會留在那。你們整個週末都在幹麼？」

我問題一離口，答案馬上呼之欲出，艾登滿臉通紅，確認我腦中所想。

「年輕人談戀愛。」厄爾羅充滿嚮往。「遇到對的人，全世界彷彿都消失了。」

蓋瑞點點頭。「我們都戀愛過。」

我希望他們可以不要說話，因爲我需要時間消化：「所以朵恩失蹤那天，你在瑪姬的公寓？」

「對。」

「一整天？你都沒出門？」

「沒錯。」

「有別人知道你在那嗎？」

「沒有，我們不希望有別人，」艾登解釋：「我們很高興能獨處，就只有我們兩個。但這就是瑪格利特相信我的原因。因爲那段時間她一直和我在一起。」

10

我們離開厄爾羅辦公室，走到草坪上，晚餐即將開始。近一百名賓客在場，每張桌子都坐滿了，於是工作人員手忙腳亂搬出更多高腳桌和椅子。三重奏爵士樂團演奏著〈非你莫屬〉，我真心無法想像，他們是怎麼搬來平台鋼琴，卻還能不把草坪壓壞。自助吧餐桌有一公里長，有現切頂級肋排、新鮮新英格蘭蟹肉餅、飽滿的玉米棒和無數沙拉與小點。那裡還有三個雞尾酒吧台，喝飲料都不需等待。我走到最近的雞尾酒吧台，意外認得調酒師。

「扎托斯基先生，」他說：「你今晚要喝什麼？」

他是鎮上餐廳那人，他將布洛迪·泰格趕走，救了我們。他換下油膩的圍裙，穿上潔白的排扣襯衫、黑背心，打上領結。我問有沒有酷爾斯啤酒，他說只有斯米蒂諾斯啤酒。「差不多啦。」我說。

他將啤酒倒入玻璃杯，建議我搭配蟹肉餅，那是她妻子的拿手好菜。「她和我姊開了外燴服務公司。他們承辦整場婚禮。」

「你常來這裡工作嗎？」

「夏天我常在這裡。葛德納家族總是有許多活動。但這場婚禮讓一切都更升級。我們煮的量夠餵飽一支軍隊了。」

我謝謝他的啤酒，然後走進人群尋找我女兒。我要馬上和瑪姬說話。我需要知道艾登說詞的眞僞——如果是眞的，她爲何不告訴我？

瑪姬常把塔梅吉街的公寓比做地牢。她抱怨那裡昏暗潮溼，狹窄難受，只是她努力過活中途睡覺的地方。公司讓員工居家辦公時，瑪姬拒絕了。她甚至週末都會去辦公室。不然她會帶著野餐墊和筆電逃到波士頓公園，在外工作。任誰聽過她抱怨公寓，都很難相信艾登的說法。

這群人比我想像中年輕，大多二、三十歲，我猜他們多數人是在奇能公司上班。好多人穿著奇蹟電池標誌的刷毛衣，我看到有個穿背心的女生二頭肌上有電路圖的刺青。草坪上的人我都不認識，絕對不是瑪姬家鄉的朋友。但搜尋了好幾分鐘，我終於聽到她叫我。

「爸！嘿，爸！」

我轉身，看到瑪姬身穿飄曳的黃色洋裝，手拿涼鞋，赤腳越過草坪跑向我。

「妳終於出現了！我到處在找妳！」她解釋她才剛從鎭上回來，她成功找到新的巴士公司，處理完接駁的事。「所以我現在準備好要慶祝了。你要跟我來吧台嗎？」

「我們可以先聊一下嗎？」

「我們排隊時聊。我眞的很需要喝杯酒。」

「是私事，瑪姬。我不希望別人聽到。」

她帶我走向草坪邊緣一張空的高腳桌。這裡不算隱密，派對上所有人仍看得到我們，但也只能將就了。我們來到桌邊，瑪姬背對人群，不想讓大家看到她厭煩的表情。

「怎麼了？什麼事這麼急？」

「我剛才跟厄爾羅和艾登喝酒。還有他們的律師蓋瑞．雷文森？那段對話眞的很奇怪。」

「爲什麼？」

「我們聊了朵恩．泰格的事。那個失蹤的女生？」

「對，爸。我知道她是誰。」

「好。總之，她失蹤的那週，艾登說他待在妳公寓。塔梅吉街的公寓。那個地牢。」

瑪姬等我繼續說。「然後呢？」

「妳從沒跟我說過。」

「從沒跟你說什麼？」

「我們聊到朵恩．泰格，你說艾登人在三百公里外的波士頓。妳沒說他是在三百公里外的波士頓，和妳在一起。」

瑪姬聳聳肩，好像我抓著微不足道的小事不放。「對不起。我以爲我有說。」

「妳絕對沒提起。」

「所以呢？很重要嗎？」

我逼自己維持笑容，因爲我發現其他賓客不時望向我們。大家的眼中，都是婚禮前新娘和父親共享著一段珍貴的時光。

「因爲妳是他唯一的不在場證明！」

「老天，爸。現在是演《法網遊龍》[1]嗎？你說話爲什麼像特別檢察官？」

「艾登說他整個週六都待在妳公寓。他說除了妳沒人見到他。」

「沒錯。」

「瑪姬，妳恨透了那間公寓！妳說那裡又黑又無聊，一秒都待不下去。」

「大多數週末，確實是這樣。」

「那個週末爲什麼不一樣？」

她張口要回答，卻一時失語。「爸，這問題眞的很私密。我覺得你不會想聽到答

---

[1]《法網遊龍》（*Law and Order*）是美國以警匪和律政為主題的電視劇，內容常以真實案件和時事新聞改編。

案。我是說，你要我說得多具體？」

「我只要合理的答案。」

聽著，我不天眞。我記得自己二十五歲的事。瑪姬和艾登如果待在舒服的旅館，用客房服務點餐，整個週末在特大雙人床上翻天覆地，這我絕對相信。他們如果週末待在艾登豪華的頂樓公寓，在露台吃露西雅的料理，並在詹皇都躺得下的浴缸泡澡，我也會毫不猶豫相信。

但舒服的旅館和豪華公寓大樓有保全攝影機，瑪姬破爛地下室公寓沒有。要是哈普費瑞鎭警方去一趟波上頓，先看過她的公寓，我認爲他們會覺得她的說詞非常牽強。

「我不知道你幹麼多想。」瑪姬說。「艾登沒有傷害朵恩·泰格。他擁有美好的靈魂，生性溫柔。我懂他，也信任他，我沒有一絲懷疑。」

但這只讓我更困惑。

「妳說妳毫不懷疑是因爲他有美好的靈魂？還是因爲人失蹤時他在妳公寓？」

「重要嗎？」

「差很多！」

「爸，拜託冷靜一點。我不知道自己回答同一個問題幾次了。我和艾登在萬聖節扮裝派對遇到。我們隔天晚上去吃晚餐。再隔一天晚上，我邀他來我公寓。他週五來我家，週日才離開，我們度過一個美好的週末。他是我見過最善良可愛、最富同情心的男人。我希望你能單純地爲我高興。你爲什麼不能爲我高興呢？」

「因爲我很擔心，瑪姬。我擔心妳愛他太深，看不清情況。」

「爸，相信我，我看得很清楚。」

我女兒有時非常固執。她一旦確立了自己的看法，便很難動搖。我一直覺得這是她最令人欽佩的特質，但現在我快被逼瘋了。

「瑪姬，聽我說。今天下午，我們停在一間餐廳——我、譚米和艾碧蓋兒——我們遇到朵恩的舅父。那人叫布洛迪．泰格。他相信艾登害了她。他覺得她的屍體仍在營地裡。」

她放聲大笑，好像我說了個笑話。「爸，我問你一件事。你和布洛迪．泰格說話時，他有喝醉嗎？」

「有，可是——」

「所以你爲什麼寧可相信一個醉鬼，卻不信你女兒？」

這我確實無言以對，但我話還沒說完。我跟她說我偷聽到艾登和藝術學院朋友格溫德琳的對話。「我聽不到全部，但他在威脅她，瑪姬。他要她『他X的』不准接近妳。」

她再次大笑。「那是因爲我不喜歡她。家族裡沒人喜歡她。格溫德琳會在這裡只是因爲艾登可憐她。」

「他們私下有祕密，瑪姬。那是妳不知道的事，我覺得跟朵恩·泰格有關。」

「喔，天啊，爸，別再提朵恩·泰格了。你一整個週末都要聊朵恩·泰格嗎？」

「我覺得妳應該去問格溫德琳，去問她知道什麼。」

「那女的是個災難。她沒有任何朋友，所以她到處亂搞別人的生活。而且她一直對艾登的錢指指點點。她討厭奇能公司，討厭他爸，所以她也討厭我。」

「她爲什麼討厭奇能公司？」

「她覺得我們用太多鈷，或用了不對的鈷？我其實不知道。我們的鈷是從非洲一個小地區開採而來——這是眞的——那裡工作環境不大理想，畢竟那工作是在地裡鑽隧道，裡頭又沒冷氣，也沒退休方案。但你知道嗎？格溫德琳手機、筆電、電子書和她環保電動牙刷裡都有一樣的鈷，她爲什麼要找我們麻煩？」

又一次，我又讓女兒有點抓狂——最後一段話傳出草坪，大家都紛紛轉頭看向我們。但我來不及開口，厄爾羅·葛德納便帶著笑容走來，手中拿著一杯白酒。「這給妳，瑪格利特。我知道妳今天很累。我想妳可能想喝一杯。」

「喔，我的天啊，沒錯。」她說著雙手接下酒杯，大口喝下，彷彿渴得要命。「謝謝你，厄爾羅。」

他友善地將一手放到我肩膀。「法蘭克，你好嗎？試過蟹肉餅了嗎？」

「還沒。」

「非常美味。趕快在大家吃完前拿幾塊來吃。方便的話，我們一起簡單拍幾張照片怎麼樣？兩個老爹？」我發現他身後隔一段距離，有個女人拿著巨大的相機。「《波士頓雜誌》來了。」

說是簡單拍幾張照，最後卻拍了好幾分鐘，因爲攝影師指示我們換了角度和動作，最後她請教我的名字、住址和職業。我說我爲優比速公司工作，瑪姬插入了這話題。「他爲優比速公司開車送貨，」她說：「他工作二十六年，沒出過車禍。開了超過一百六十萬公里，車子連道刮傷都沒有。」

攝影師在筆記本寫下這一切。「他們會很喜歡這些細節。謝謝妳讓我們知道。」

照片拍完，厄爾羅問他能不能借我女兒一下。「通用汽車公司的派翠克來了，還有他太太珍妮。讓我簡單幫她介紹一下？」他面帶歉意。「瑪姬一定要認識他們。」

她沒等我允許，只跟我說多吃點東西，等她社交完，會再過來找我。

「好，」我跟她說：「去社交吧。我沒問題。」

「感謝。」厄爾羅說，接著他手放到瑪姬嬌小的背上，帶她穿過人群，離我愈來愈遠。

11

「法蘭克先生！法蘭克先生！」

艾碧蓋兒扯著嗓子大喊。我轉身看到她等在自助吧隊伍後面，跳上跳下，短短的手臂在空中揮舞，毫不在意別人的目光。不知何故，她盛裝打扮，身穿一件藍色毛絨連身衣，中間的拉鍊拉起。披帽上有藍色的尖耳朵，還有骨溜轉動的巨大圓眼。她看起來像《芝麻街》裡的怪物。我快步過去，拜託她不要叫了。

「妳穿著什麼？」

「我是史迪奇！」

「什麼是史迪奇？」

「電影裡的。」

譚米拿著巨大冰涼的鳳梨可樂達調酒走來。「《星際寶貝》，法蘭克。那是一部電影。」

艾碧蓋兒將帽子蓋住頭，讓我看整件衣服的樣子。「譚米小姐幫我買的。這是睡衣！」

「那妳幹麼現在穿？妳看到有誰穿睡衣嗎？」

「喔，法蘭克，她看起來很可愛。來，艾碧蓋兒，學那個聲音。用牠奇怪的外星語說話。」

艾碧蓋兒臉皺成一團，然後用假聲胡亂發出刺耳聲音，像吸了一大口氦氣一樣。我姊哈哈大笑，調酒從玻璃杯灑出，引來更多人側目。但因爲我已答應要接受艾碧蓋兒，只好客氣微笑，哄她在隊伍中排好。

「我們不要重複中午的下場，好嗎？妳食物別拿太多。慢慢吃。喜歡都可以再回來拿。」她一個字都沒聽進去。她先拿了圓麵包——拿了三個。接著舀了一大匙馬鈴薯泥，拿了兩根玉米棒。「好，妳看，妳又跟上次一樣，拿得太多了。妳已經裝滿整個盤子了。」

我望向譚米要她幫忙，但她和身後的女人在聊讓起司通心麵好吃的祕訣（要加麵包粉）。艾碧蓋兒伸手拿夾子，開始撥動香檸酸豆煎雞胸，想找出最完美的一塊。「法蘭克先生，這裡面有骨頭嗎？」

「妳盤子沒空間了。待會再回來拿。」

「要是被拿完呢？」

「不會被拿完。」

「你怎麼知道？」

我知道，因爲頭腦正常的人絕不會拿雞胸肉，一定是拿頂級肋排和新鮮新英格蘭蟹肉餅。而這也是我的打算。「跟著隊伍走就對了。」

結果她還是用夾子拖起一大塊雞胸肉，把檸檬酸豆醬灑得滿桌。她把雞胸肉放到馬鈴薯泥上，結果雞胸肉馬上從盤中滑落。我來不及接，雞肉落到我雙腳間的草地上。

「妳看！我不是跟妳說——」

譚米一手放到我肩膀。「放輕鬆，法蘭克。」

「我早跟她說放不下ㄉ。」

自助吧的隊伍停下，我叫艾碧蓋兒把雞胸肉撿起。她低頭望著草地，搖搖頭。她非常小聲說：「我不要了。」

「不管。拿起來。」

艾碧蓋兒退開，好像突然害怕起那塊雞胸肉。「我不要，」她輕聲說：「我不想碰。」

隊伍所有人都盯著我們，我只好自己伸手撿起。我把雞胸肉放到盤子上，因爲大家都在看，我不能浪費。「繼續走，」我跟艾碧蓋兒說：「我們去找張桌子。莫名其妙。」

「等一下。」我姊姊叫我，她抓起最後兩塊蟹肉餅，一塊給自己，一塊給艾碧蓋兒。「讓她補充蛋白質。」

譚米說她替我們留了位子，並帶我們越過草坪。我以爲我們會和瑪姬、艾登和艾登父母一桌。但在桌子那裡等著我們的只有蓋瑞·雷文森和一個穿無袖紅色禮服的女人。她很年輕（甚至可能比瑪姬更年輕）。她深具魅力，身材姣好，乳溝格外惹眼。

蓋瑞慢慢起身，歡迎我們。「又見面了，法蘭克。這是我太太希雅拉。」

我以爲這是笑話，但希雅拉伸出手和我握手，我看到她無名指的婚戒上有數顆閃閃發光的巨鑽。「很高興見到你，」她口音如糖蜜一般，彷彿是從《亂世佳人》裡走出的角色。「你一定很爲瑪姬興奮。」

我不知該如何回應。明明一個是正值青春年華的美女，一個是滿臉皺紋、皮膚像烤起司般的律師，結果她卻自願待在他身邊，你能對她說什麼？他們這對夫妻，看來一點也不自然，簡直可說是人類生物學的畸形變異。「妳也是律師嗎？」

「我？」她大笑。「不是，我什麼都不是。」

「妳是個作家，」蓋瑞說：「別妄自菲薄，希雅拉。妳在寫童書。」

「我是個作家，」她聳聳肩說，「我在寫童書。」

「現在在你們眼前的是下一個J·K·羅琳，」蓋瑞解釋：「我們唸了前五頁給我孫子聽，他們很喜歡，等不及要聽接下來的內容。」

「市場調查！」譚米說。「非常聰明，蓋瑞。難怪你當律師這麼厲害。」

看來我姊姊不但早已認識蓋瑞和希雅拉，還馬上接受兩人的關係，因爲此刻她只想坐下聊天。她問起魚鷹灣和奇能公司，還有公司裡每個人的角色，我則逼自己吃下晚餐——吞下我一點都不想要的香檸酸豆煎雞胸。我絕不會把一塊好端端的雞肉扔進垃圾桶。肉上面都是綠點，我分辨不出是蝦夷蔥、青蔥或新割的雜草。我只管把食物叉進嘴裡，盡量不去想。

爵士樂團演奏一首首經典歌曲，像〈月河〉和〈與我翱翔〉和〈伊帕內瑪姑娘〉。蓋瑞說了幾個老套的律師笑話，譚米和希雅拉聽了都哈哈大笑。溫德姆湖畔夕陽西下，落入遠方的山脈。我看瑪姬繞著草坪，從一桌換到另一桌，歡迎每位賓客。她天生就是稱職的女主人，大家顯然都很喜歡她。

但艾登卻不見蹤影，格溫德琳也不在。也許只是巧合，但我不覺得。

最後一名服務生點亮桌子中間的蠟燭，照亮我水杯旁的幽靈蛛。我趁艾碧蓋兒還沒注意，趕快拍掉。她帶了她的禮儀書來，現在她臉靠在桌上，睜著一隻眼睛重讀她最喜歡的幾頁。

「看到小孩讀書總是很令人高興。」蓋瑞說，譚米向他保證，艾碧蓋兒是大書蟲，像海綿一樣學習知識。「你看喔，」她說：「嘿，艾碧蓋兒，歐洲最長的五條河是哪些？」

艾碧蓋兒頭也不抬回答：「伏爾加河、多瑙河、烏拉爾河、第聶伯河和頓河。」

蓋瑞用手機檢查答案，舉起螢幕一臉驚訝。「太厲害了！」

「問她更難的，」希雅拉說：「亞洲呢？」

艾碧蓋兒毫不猶豫。「長江、黃河、湄公河、勒拿河和額爾齊斯河。」

「她比我的智慧音響反應還快，」譚米驕傲地說：「我跟她說她一定要去參加《危險邊緣！》問答節目，賺點獎金。她知道每個州的首都、歷屆美國總統和《白雪公主》之後每部迪士尼動畫電影。」

「太不可思議了！」蓋瑞說。「也許妳應該來替厄爾羅．葛德納工作，艾碧蓋兒。妳覺得呢？妳大學畢業後想加入奇能公司團隊嗎？」

她只翻著書頁，聳聳肩。「我不知道。也許可以吧。再說。」

這一整天，這是我頭一次感謝艾碧蓋兒有來。我好想繞過桌子，親她瘋狂的小腦袋一下。

12

我們仍坐在餐桌旁，在大門遇到的雨果匆忙拿著平板電腦來找蓋瑞。「不好意思，打擾了。」他說。蓋瑞花了點時間看螢幕，然後快速按下回覆。「謝謝你，雷文森先生，」雨果說：「祝大家晚上愉快。」

他快步走入黑夜之中，譚米盯著他背影，一臉驚訝。「他眞的好帥。」她說。「口音好吸引人。他是來自吸血鬼的故鄉——外西凡尼亞嗎？」

「荷蘭，」蓋瑞解釋：「但雨果其實是在剛果民主共和國長大，當時剛果剛從比利時獨立。他是我們打通生意的關鍵角色。現在他已半退休，一整年都待在魚鷹灣。負責管理營地，但大多時候都在放鬆休息。冬天這裡十分平靜。」

「確、實、如、此。」希雅拉拉長每個字，彷彿生怕哪個字唸錯。她半躺在座位上，茫然用手捲著長髮，看來已漸漸醉了。我好奇她結婚多久了，不知道她父親有沒有出席她的婚禮，不知道她童年身邊有沒有負責任的成年人。爵士樂團從〈我的一切〉演奏到〈你今晚的樣子〉。蓋瑞邀請妻子跳舞，加入幾對在草坪慢舞的夫妻。

譚米深情看著他們。「眞甜蜜。」

「妳一定在開玩笑吧。妳真的能接受？他們當夫妻？妳不是說自己是女性主義者嗎？」

譚米嘆口氣。「我在高中才提過這個詞一次，你這輩子都不肯放過我。」她伸手拿水杯。水杯中只剩一點點冰塊，於是她倒了幾顆冰塊到嘴中，用牙齒咬碎。「想做什麼就去做。他們看起來很快樂。」

「妳真的瘋了。她高中都沒讀完吧，那男的比德古拉公爵還老。太噁心了。如果我是她爸，我會覺得好丟臉。」

艾碧蓋兒聽我倆討論覺得無聊。她倒在椅子上，將藍色毛絨披帽拉起，蓋住眼睛和鼻子。她沒來由低聲發出「咪咪咪咪咪」的聲音。我很高興蓋瑞和希雅拉不在。

一名服務生快步經過，又拿一瓶啤酒給我，但我向他要水。我喝夠多酒了，但心情依然緊繃。今天發生的一切都讓我焦躁不安，像和布洛迪・泰格的對話、五十六頁神經病保密協定、房間的蜘蛛窩、詭異之中認識了格溫德琳、還有在厄爾羅辦公室的對話，他再三保證，朵恩和艾登的照片一看就是合成的。我真希望自己複製了一份。如果有的話，我就能拿給專家，聽聽別人的看法。

草坪另一邊，瑪姬仍一桌桌聊著天，親自歡迎每位賓客。但她未婚夫仍不見蹤影。「艾登在哪？」

「我不知道。我整晚沒見到他。」

「這樣不是很奇怪嗎？」

「你疑心病不要這麼重，」譚米說：「你一直弄得好像他是那個手機醫生，但你看看四周，弟弟。睜開雙眼。這情況完全不一樣。」

艾碧蓋兒從書中抬起頭，露出笑容。「誰是手機醫生？」

「瑪姬的前男友。」譚米說。

「不對、不對、不對，不准叫他前男友。」

「他的本名叫奧利佛。」

「但他不是前男友。」

譚米聳聳肩。「我覺得他算是。」

「交往多久？」艾碧蓋兒問。

「從沒交往過！那男的是個怪人、變態，徹底是個他媽的噁男。」我可能聲音大了點，譚米用手摀住艾碧蓋兒耳朵，不讓我嚇到她。

「法蘭克，冷靜點。」她說。

「妳知道我還煩什麼事嗎？瑪姬的朋友在哪？」

譚米比向草坪。「這裡都是她朋友。」

「我是說她真正的朋友。學校的朋友。斯特勞茲堡的女生。」我試著在回憶中找尋她們的名字，但都想不起來，瑪姬很少帶她們回家。她說我把家裡弄得很亂，她覺得很丟臉。她總是希望我們能搬到比較好的區域，住比較好的房子。「那住街角那個女生呢？有大舌頭的印度女生。」

「普里亞．哈蒂庫德。」譚米說。「我印象高中後她倆就漸行漸遠，法蘭克。但這很正常。大家會發展不同的興趣。普里亞在和父母做房地產。」

我了解瑪姬爲自己選擇了不同的道路，現在她活在不同的世界。但我以爲婚禮的意義是邀請新舊朋友齊聚一堂，一起慶祝未來。

「與其抱怨誰不在，」譚米說：「也許你應該去認識在場的人。」

她指著一整桌年輕男女，說他們是艾登的伴郎和瑪姬的伴娘。我走去自我介紹，結果馬上後悔。椅子都坐滿了，沒地方可以坐，我只能站在原地，等所有人自我介紹。他們全都有異國的名字，像巴克斯、瑪蒂爾德和塔昆，我聽不到剩下的名字，因爲音樂太大聲了。大家聊待會要裸泳，所有女生都想邀服務生一起，因爲她們說他像傑瑞米．艾倫．懷特[⊓]。聽他們說說笑笑，像晚半小時進戲院，他們說著我不認識、從未聽過的人事物：Slack、蔻依、恰莉、班克西、BeReal、壞痞兔、NPCs、A24[△]。我發誓我從沒感覺自己那麼老過。

最靠近我的女孩叫卡拉妮。她膚色健康，長相漂亮，身上有個海星刺青，長金髮結成髮辮。她一定察覺我不大自在，便請我站近一點，並從手拿包拿出一盒薄荷糖。她掀開蓋子，裡面放了二十幾個軟糖熊，她要我選一個。「這裡面有大麻提取物，還多加一點驚喜。」

「多加什麼驚喜?」

卡拉妮將髮辮向後一甩，哈哈大笑。「法蘭克，你好好笑！如果知道了，就不叫驚喜了。你選一顆，順其自然就好。」

我向她道謝，她聳聳肩，自己選了顆橘色的軟糖熊，遞給身邊的人。我看那盒軟糖熊傳過桌上，每個人都神情自然，彷彿那只是橄欖園餐廳的一籃大蒜麵包。有的人吃了，有的往下傳。我面對藥物，向來都不大舒服，目光一時無處安放，只好抬頭望向魚鷹小屋。三樓窗戶前，我看到有個人影站在兩片窗簾間，俯瞰著草坪。光線都在背景，我看不清楚五官，但從體型和姿勢來看，那是個高瘦的女人，頭髮盤在頭上。

卡拉妮見我在看，便朝窗戶微笑揮手。「那是凱薩琳．葛德納。」

「妳怎麼知道?」

「一定是，那是她房間。」

「妳去過嗎?」

她點點頭。「幾年前。她以前是我們許多女生的心靈導師。可惜她身體不舒服。」她繼續揮手，要凱薩琳下樓加入大家，但窗邊的人影沒有反應。人影僵硬，也可能是個人偶。

我說我仍沒見過她，卡拉妮一臉驚訝轉向我。「但兩天後就是婚禮！你在開玩笑吧！」她一手放到我肩膀，輕輕將我推向小屋。「現在去認識一下。三樓，最上層。」

「厄爾羅說她在睡覺。」

「她現在哪有在睡覺。你看她！她醒著，超想跟你說話。」

我已去過小屋，知道我能找得到路上三樓，但我仍猶豫不決，害怕有所不妥。「我等瑪姬介紹好了。」

「她太忙了。相信我，法蘭克。凱薩琳人非常好，她一定很高興能見到你。別害羞！」

我想其實也不用她說。我沒見過凱薩琳·葛德納，好好介紹自己，我一顆心大概也放不下。於是我到甜點桌，拿了幾樣餅乾放到盤子上，走向魚鷹小屋。我循著下午

⊓ Jeremy Allen White（1991-），美國演員，知名作品為《大熊餐廳》。

△ Slack是工作管理平台。蔻依（Chloé）是國際時尚品牌。恰莉（Charli XCX）藝名為酷娃恰莉，是英國創作歌手。班克西（Banksy）是英國塗鴉藝術家。BeReal是新興社交應用程式，講求貼出個人的真實生活。壞痞兔是波多黎格的饒舌歌手。NPCs是流行詞，字面上的意思是電玩固定角色，用來形容他人行為無聊，跟隨固定模式。A24是獨立影視製作公司，代表作品為《月光下的藍色男孩》《淑女鳥》和《媽的多重宇宙》。

的路線，穿過巨大的前門，走進屋子。門廳中，幕後工作人員一片忙碌，許多人用推車搬著箱子和籃子，在外頭冷凍貨車和屋子間來回。沒人注意到我溜進門，爬上雄偉的螺旋梯。

我在見厄爾羅的那層停一下，然後繼續爬到三樓，那裡有一條昏暗的短走廊。我手在牆邊摸索，感覺有沒有開關，後來感應器感應到我，天花板的燈自動亮起。

我走過廁所、掃除用具櫃和兩間昏暗的客房，來到最後一道門。我想這就是主臥室了，於是我鼓起勇氣敲門。

「妳好？凱薩琳？」

門內沒有回應。我知道臥房裡可能有好幾個房間，凱薩琳可能在任何一間。她可能沒聽到我。所以我試著轉門把，但門鎖住了。鎖上有個藍牙感應器，我記得艾登答應我的事。他說他將我手機設爲家人，所以我可以進出所有主要建築。但我將手機靠上感應器，門仍打不開。

我又敲一次門，這次更大聲，但我聽到一些動靜。輕柔細碎的腳步聲。

「我是法蘭克．扎托斯基。瑪姬的父親？我希望能自我介紹。如果妳願意見我的話。」

一片沉默。我開始覺得我在自言自語。但我正要轉身離開時，聽到木板地輕輕發出咿呀一聲。彷彿有人站到門另一邊，透過鑰匙孔看我。

「她不會應門的。」

我轉身看到一個年輕女人，她穿著綠色長裙和棕色皮涼鞋。原來是艾登藝術學院的朋友格溫德琳。

「你在這裡幹麼？」她問。

我不知道我爲何心虛。我明明可以問她同樣的問題。但我告訴她事實：「我來找艾登的母親。我想介紹自己。看她感覺有沒有好一點。」

我的回答似乎讓她覺得幽默。她的笑容有點像在嘲笑我。「她感覺還是一樣糟。而且她絕不會打開那道門。」

「妳怎麼知道？」

「去問你女婿。」

她轉身沿走廊離開，我追上她。

「等一下，妳在說什麼？」

「我老實跟你說，法蘭克。我今天下午見到你，還以爲你知道自己面對的是什麼。但顯然你一頭霧水。我想那是因爲你仍沒見過凱薩琳．葛德納，這也代表你毫不知情。」

「告訴我。我該知道什麼？」

她沒回答，只繼續下樓。我跟她走過二樓，來到全是工作人員的門廳。

「格溫德琳，拜託。跟我說。」

她狠狠瞪我一眼，顯然在說「這裡不行」。於是我跟著她走入黑夜中，經過巨大的冷凍貨車，越過車道。她走到陰影下，走向一排高大的松樹。這時她身體向側邊一鑽，穿過一個開口，我跟著她進到一塊隱密的小樹林。她瞬間隱沒在黑暗中，不見蹤影，突然一道橘紅色的火苗燃起，照亮她的臉。她點著了香菸。

「我今天下午跟著妳和艾登，」我跟她說：「我在他工作室外偷聽，但我聽不清楚細節。他爲什麼威脅妳？」

「他不希望瑪格利特知道我知道的事。」

「什麼事？」

她搖頭苦笑，彷彿在說問得好，但我不會說。「我給你的建議是，趕快帶你女兒離開這裡。趁著還沒受傷之前，快說服她取消婚禮。因爲這裡會發生很可怕的事。你感覺得到，對吧？你沒感覺嗎？」

「是關於朵恩．泰格嗎？」

格溫德琳深吸一口菸。「你最需要擔心的不是朵恩．泰格。這一切比朵恩．泰格更糟。」

看她在那故作玄虛，我好想把她抓起來搖。「直接告訴我眞相就好。」

「你絕對不會相信我。我從你臉上就看得出來。你基本上是個單純的好人。你還沒準備好。」

我將她嘴上的香菸一把抓下，扔到地上，用鞋子踩熄。「聽我說，格溫德琳。我沒妳想得善良。我高中讀沒幾天，便去中東待了六個月。那段時間發生了再也沒人記得的小事，叫波斯灣戰爭。相信我，我見過妳無法想像的事。所以妳不如直說，妳那個嚇死人的大祕密是什麼？」

一道強烈的白光照亮格溫德琳的臉，雷射光般的頭燈光束掃過黑夜。兩名身穿黑衣的保全沿著森林步道夜巡。格溫德琳望向他們，一臉焦慮，然後壓低聲音。

「明天早上十一點，大家要一起健行去鸕鶿角。跟他們說你不舒服。我會去找你，並把一切都告訴你。在那之前，你什麼都別說。別對任何人提到這段對話。」

保全朝我們走來，格溫德琳沒再多說，直接溜走。其中一個保全手電筒的光直接射向我雙眼。

「扎托斯基先生！」我認出雨果的聲音。「你迷路了。一切都還好嗎？」

他態度愉快，口音起伏，彷彿幼稚園老師在和一整班的小孩說話。

「我沒事。只是在散步。」

他當然看到我在跟人說話，但他沒問那人是誰。他只是請我回到派對上，以免錯過在沙灘上烤棉花糖。「火堆已升好，年輕人都在火堆旁玩。趕快過去吧，以免棉花糖被吃完了。」

13

回到草坪，爵士樂團已不見，他們設法搬走了巨大的鋼琴。某人用攜帶式音響播放著電子舞曲。那音響設備沒比足球大多少，但深沉有力的重低音卻填滿了夜晚，讓我全身震動。重複的旋律下，賓客要大吼才聽得到彼此。我回到餐桌，但譚米和艾碧蓋兒不見了。她們的座位現在坐著我不認識的一堆年輕人，他們灌著一杯杯shot，將空杯重重放到桌上。我抬頭望向魚鷹小屋三樓，窗戶中的剪影已消失。

黑暗中很難認出任何人。我晚上視力不像以前那麼好了。我走過一桌又一桌，看著不同的人影，在人群中尋找瑪姬的身影。我經過兩個在椅子上親吻的男人，一人跨騎在另一人身上，彷彿要把彼此吞噬。他們壓得椅腳變形，搖搖欲墜。草坪另一邊，三個女生玩起了馬蹄鐵套圈圈，雖然四周一片漆黑，看不到套圈鐵柱的沙坑區在哪，但她們仍朝黑夜扔出馬蹄鐵，豎耳聽著金屬敲擊聲。

這時我感覺一隻手放到我肩膀，一轉身看到我姊。她懷中抱著艾碧蓋兒，女孩已沉沉睡去。「你在這啊。」譚米說。「你剛才去哪了？」

「我去找瑪姬。」

「你剛才錯過她了，法蘭克。你亂跑的時候，她來到我們桌子。我們好好聊了一大段話，但她後來不想等你了。」

「艾登呢？妳有看到他嗎？」

「還沒，但我要帶艾碧蓋兒走了。她肚子痛，而且這派對有點反烏托邦了。」

我覺得這是個好主意。位在賓州的原生父母會希望寄養小孩待在安全的環境，遠離毒品、酒精和淫亂的生活，所以譚米目前從各方面來看都是徹底失職。如果派對照片傳到美國國土安全部，她永遠不可能再照顧寄養小孩。

艾碧蓋兒的臉摩擦譚米肩膀，睜開眼睛，睡眼惺忪朝我微笑。「我把雞肉弄掉對不起，法蘭克先生。」

我跟她說沒關係。那孩子看來鬆了口氣，我知道這對我們所有人來說都是漫長的一天。我說我馬上會回去，並看著姊姊抱著艾碧蓋兒走入黑夜。

這時一個馬蹄鐵咻一聲飛過我臉旁，離我鼻子只差幾公分，一個年輕女生蹦蹦跳跳追過去。「對不起！」

我走向湖邊，如雨果所說，沙灘上有個巨大的火堆。兩個男生光著上身，搬來更多木頭餵入大火中，火焰燒得愈來愈高。我覺得他們很不負責任。輕柔的微風從湖面陣陣吹來，我知道餘燼有機會飄進樹林，星星之火便能點燃枯葉。我想起早上的新聞，美國平均每天有九人死於火災意外。

有個年輕的女生身穿白袍，走到我和火堆之間。她解開衣帶，脫下長袍，讓衣服落在沙灘上。她全身赤裸，背影苗條纖細，健美的雙腿十分修長。她充滿自信走入水中，直到水深及腰。接著她向前一潛，消失在水面下。其他在湖中的人都大聲招呼歡迎她。他們只剩頭浮在水面，在輕柔拍打的水波中，個個微笑點頭。

我環視沙灘，發現另一群人衣服也已脫到一半。年輕人紛紛脫下胸罩、四角內褲和丁字褲。我看到瑪姬和他們站一起，白色的衣帶仍緊緊綁在腰上。

「爸！你去哪了？」

「去找妳。妳在這裡幹麼？」

「我們要去游泳，等你離開吧。」她眨個眼。「你在的話，會有點尷尬。」

我跟她說這主意糟透了。「有些人有吸毒。他們吃了添加東西的大麻軟糖。」

她大笑。「劑量很少啦。」

「什麼意思？」

「那個完全安全。只是商業等級的迷幻蘑菇和 K 他命。他們在實驗室研發的，像維他命一樣。」

「艾登有吃嗎？」

「我眞希望他有吃。他可以吃一點。」

「他在這嗎？在水裡？」

「沒有，絕對沒有。」

「妳要丟下他自己去裸泳？」

「相信我，爸。他不喜歡這種事。」

她牽起我的手，帶我走回草坪，我透過眼角餘光，看到有人脫下四角內褲，有人解開衣袍，露出白皙修長的雙腿，經過我們，向後奔去。「妳整個晚上都去哪了？我一直想跟妳說話。」

「我知道，對不起，但我跟你約定。你現在回小屋，好好睡一覺。我答應明天早上八點半去找你。我們早上可以去划獨木舟。就像我們以前一樣，好嗎？」

她伸出手，我和她握手，一言為定。

「說好了，」我跟她說：「但答應我，妳玩水小心一點，好嗎？」

「晚安，爸。好好休息。我愛你。」

「我也愛妳，瑪姬。」

她留我一人在草坪，跑回了沙灘，而我沒轉身看向她。我認為回小屋是個好主意。我長途開車，又度過這漫長的一天，現在已精疲力盡，只想倒到兒童床上，好好睡一晚。但我走上草坪，經過兩張躺椅時，厄爾羅．葛德納和蓋瑞．雷文森兩人面對海灘坐在那，喝著波本威士忌。他們認出我，舉起酒杯敬我。

「他來啦。」厄爾羅說。

「新娘的老爸。」蓋瑞說。

希雅拉站在丈夫椅子後，溫柔按摩他的肩膀和脖子。「晚餐吃得開心嗎，法蘭克？」

「非常開心。」

蓋瑞朝我眨眼。「你今晚打算游泳嗎？加入年輕人的行列？」

「沒有，我只是去跟瑪姬說晚安。我來到這裡，都沒怎麼見到她。」

厄爾羅一口飲盡杯中威士忌，將玻璃杯放到草地上。「你知道，有件事我一直很好奇，法蘭克。柯琳過世多久了？」

「差不多十五年。」

「我發現你這週末沒帶伴來。所以你現在沒跟人交往嗎？」

「目前沒有。」

「你有打算再婚嗎？」

我當然想過再婚好幾次。我知道我再婚可能會過得快樂一點，柯琳以前都開玩笑說，我絕對能找到第二個太太，因爲我一直在敲女生的門，送上她們想要的東西。對，其實過去一年左右，我確實特別在意維琪，但我想先和瑪姬修復關係，再踏出下一步。我想先確認父女關係穩固，再提起繼母的事。

對於這話題，我有點不自在，不想多說，於是我只聳聳肩說：「結婚是非常重要的承諾。」

「喔，我其實不是在說結婚，」厄爾羅說：「我只是在好奇，你這週末想不想要有個伴？」

「婚禮是認識女生的好地方。」希雅拉說。

「沒錯，」蓋瑞附和：「她們聽到〈卡農〉響起，理智線就斷了。她們會跟附近任何人上床。」希雅拉用力拍他肩膀，但她丈夫堅持事實就是事實。

「我只是在說，我很樂意替你介紹，」厄爾羅說：「只要你列一些條件給我，像髮色、身材、年齡範圍，我相信我能找到對象。然後你便能放鬆一下。你懂我的意思嗎？」

我想我懂他的意思，但我不敢相信這種話他眞的說出口。「很感謝你，厄爾羅。但這週末，我是爲了瑪姬來的。」

「她很好，法蘭克！她二十五歲了。你女兒是個獨立自主的成年女性。我覺得你要少關心她一點，多放點注意力在自己身上。」

某方面來說，他說的也許是對的，但我不喜歡他說話的語氣。我不喜歡別人教我怎麼當父親。

「你知道，厄爾羅，有件事我一直想問你。你兒子今晚在哪？」

「我不知道。他在附近吧。」

「沒有，他不在。我們離開你辦公室之後，我都沒看到艾登。這些朋友來這慶祝他的婚禮，晚餐準備了美味的蟹肉餅和雞尾酒，還架起了火堆，但我沒看到艾登享受這一切。他到底在哪裡？」

「艾登二十六歲了。我又不是他保母。」

「也許你該好好看著他。你不覺得奇怪嗎？你在這，瑪姬在這，我在這，艾登卻一整晚都不在？」

「我不知道，法蘭克。你想說什麼？」

我不知道我想說什麼。但我記得早上聽到的所有警告：

相信你的直覺。

你知道有哪裡怪怪的。

他是他媽的黑暗王子。

蓋瑞清了清喉嚨，用他輕柔平靜的聲音開口。「法蘭克，我想我能回答你的問題。稍早之前，我看到艾登走進小屋。他跟我說他要去樓上陪他母親。她身體不舒服，不能下樓吃晚餐，但他不希望她覺得被冷落。所以他拿了幾盤食物過去，整個晚上都一直陪伴著她。」

希雅拉的嘴巴張開，一手摀住胸口。「喔，這是我聽過最貼心的事。你兒子眞的很善良，厄爾羅．葛德納。」

「艾登確實很照顧他母親，」厄爾羅附和：「他會爲她做任何事。」

我想這聽起來算可信。我敲門時，艾登也許就在凱薩琳房間。也許拖著腳步走到門前的是他。也許凱薩琳跟他說，她不想見客。也許她要他別理我。

「對不起，厄爾羅。」我說。「我不是要指責什麼。我今天早上三點三十分就醒了，我覺得我需要睡一覺。」

他起身和我握手。「別放心上，法蘭克。這週末很重要，充滿各種情緒。尤其我們當爸爸的。」

「明天會是很美好的一天。」蓋瑞向我們保證。「天氣看來很適合健行，健行完，我們會在湖邊好好玩一會。」

我向他們道晚安，越過草坪，走向樹林，並循著通往小屋的步道走去。我準備要踏進樹林前，突然想回頭朝魚鷹小屋看最後一眼。我發現剪影回到了三樓窗前。雖然我只能大致看出她的身形，但我直覺她是在看我。我像卡拉妮一樣，輕輕朝她揮手。出乎意料之外，她舉起右手，也向我揮手。接著她從窗邊退開，將燈關了。

Ⅲ

彩排

1

我感覺臉頰一陣輕拂，醒了過來，感覺彷彿我妻子在床上翻身，棕色長髮搔著我的臉。我一定又夢到她了。後來八隻長腳掠過我鼻子，我趕忙在黑暗中坐起，摸黑亂拍自己的臉。

我手伸向床頭櫃，打開檯燈。時間是葛德納標準時間四點十分。我大字形躺在小巧的下鋪床上，三隻蜘蛛在我正上方，從上層床墊垂吊下來。我從床頭櫃的盒子中抓了一張衛生紙把牠們捏死。然後我環視房間，發現牆、天花板和窗簾上有更多蜘蛛。牠們一定是趁我睡覺跑出來的。我巡了房間一圈，把蜘蛛全捏死，才安心關上燈。

我知道自己是絕對睡不著了，腦中煩心的事太多：朵恩的舅父在餐廳停車場問我是不是他媽的瘋了；瑪姬和艾登在塔梅吉街公寓不在場證明十分牽強；朵恩．泰格站在魚鷹灣岸邊的照片是假照片；格溫德琳答應早上要來找我，並會說出所有祕密。她到底會跟我說什麼？

我煩完新煩惱，又複習起經典題。我回想過去做父母的失敗之處。我多少次逼她坐在餐桌上，把晚餐吃完；我多少次因爲她成績不好、違反宵禁或沒做家事罰她禁足。我輾轉難眠，在後悔的迷宮中徘徊，想尋找快樂的回憶，讓我安穩進入夢鄉。我專心回想美好的時光，像生日、聖誕節早上、鬆餅屋的早午餐。但我的腦袋一直翻舊帳，挖出我最大的錯誤，像有一次，我甚至威脅要報警舉發自己的女兒。

瑪姬當時應該是十七歲，她剛開始在甜甜圈店打工，負責爲顧客送上咖啡和波士頓奶油甜甜圈。她存了點錢之後，想從可疑的網路商家買一件要價三百五十美元的「純素皮革」外套，他們都在Instagram上面賣，所以她必須跟我借信用卡。我跟她說，沒有隔熱層的外套賣三百五十美元太荒唐了，我試圖解釋「純素皮革」只是「假皮革」的狗屁話術。我警告她，這些光鮮亮麗的社群網紅都在賣一般人無法負擔的夢幻生活方式。但我好說歹說，她都充耳不聞。瑪姬提醒我，錢是她自己賺的（我們家已說好），她要怎麼花就怎麼花。說完她塞了一疊皺皺的鈔票到我手裡，把我拖到電腦前。

我用信用卡訂了那件外套，尺寸M，標準免運，由優比速公司寄送。一週後，瑪姬收到電子郵件，說她外套已送到，但她走出門要收貨時，包裹不見蹤影。那天晚上，我工作回來，瑪姬跟我說這問題，問我會不會是司機送錯地址。但我認識那名司機，「快送俠」約翰．岡薩雷茲已幹了十五年，我們在同一個送貨部門工作。他絕不可能把「扎托斯基」的包裹送錯。他會給我們VIP待遇，貨物會放到門廊，以免風吹日灑雨淋。我跟瑪姬說，最有可能的解釋是貨物被偷了。

在我們這行包裹竊盜是常見的問題，全國各個住宅區都有此困擾。他們是一群組織竊盜和詐欺犯，會跟蹤物流貨車，等司機將貨物送到門口，馬上偷走貨物。每個月有好幾次，我都會懷疑自己被跟蹤了。這種時候我通常會靠邊停車，朝後方街道拍照，確認車子和司機臉孔都有入鏡。通常這樣能讓他們打消念頭。遺憾的是，盜賊像蟑螂一樣，每看到一個賊，通常附近還有三、四個賊藏在暗處。

瑪姬聽了覺得好難過，差點哭了。但我向她保證不需感到絕望。我寫信給網路商家，表示自己是優比速公司的員工，並向對方解釋問題。他們回信中附上禮品代碼，讓我們免費再買一件外套，這次瑪姬自己下訂了。三天後，另一件純素外套送到家門口，這次瑪姬等在門口，收下貨物。我覺得外套看起來做得很廉價，暴風雪根本派不上用場，但瑪姬喜歡那個設計，經常穿出去。

好，事情原本到此爲止。但幾週後，我去一趟超市買草坪種子，遇到女兒的朋友普里亞·哈蒂庫德，她住在街另一頭。我很喜歡普里亞，覺得她對瑪姬有好的影響。她父母都是房地產專員，我在門羅郡長椅和公車候車亭都常看到他們微笑的照片。他們看上去相當聰明勤奮，不會缺乏常識。

所以我看到普里亞和女兒穿同一件價格過高的純素外套時，我十分驚訝。我問她時，她說外套是瑪姬賣給她的。

「公司不小心寄了兩件，」她解釋：「她原本要拿到網站去賣，但她後來用八十元賣給我。」

這一刻，我心情難過到難以言喻。如果你曾對孩子感到失望，不是平常的失望，而是嚴肅、深刻、痛徹心扉的失望，那也許能稍微體會我的感受。我大受打擊，沒買種子便走出超市。我只能走進停車場，坐到吉普車上，讓自己冷靜。難過之中，我不斷用力搥著副駕駛座，直到拳頭發疼。

當天晚餐時，我跟瑪姬說我和普里亞的對話。她馬上承認，並為自己說謊道歉。但她臉上露出狡猾的笑容，就像費里斯．布洛「逃學被抓到一樣。

「妳偷了一件外套。」我說。「妳是賊。」

「不算是眞的賊吧。」她說。「我又不是把外套從店裡偷走。」

「是賊！妳的行爲正是偷！」

瑪姬說出各式各樣的藉口。網路商家屬於國際巨大企業集團，他們根本不痛不癢。外套金額高到愚蠢，她用那價格本來就該買到兩件。外套是在馬來西亞製造，他們可能奴役了當地人民，所以偷公司東西其實是某種政治宣言。瑪姬說她所有朋友都用相同的伎倆，在網路購物世界裡，這是完全能接受的行爲。

「妳用了我的信用卡，」我提醒她：「妳讓我成爲共犯。我們現在說的是郵件詐騙。妳記得我是替誰工作的嗎？我怎麼賺錢養家的？」

我姊來和我們一起吃晚餐，譚米聽了當然打斷我，說出自己的想法。她提醒我，沒人知道眞相，所以不需大發脾氣。我想我這時才眞的大發脾氣，威脅要報警抓我女兒。瑪姬只是大笑，因爲她知道我絕對下不了手。

「我們實際一點。」譚米說完，建議瑪姬把外套還回去。但我們不知道該怎麼做，退貨一定會自動退費。所以最後，我逼瑪姬把外套捐給二手商店。她氣了我一個月，一整個冬天都故意不穿外套。她會穿著棉質連帽運動衫，走入暴風雪之中，彷彿我讓她別無選擇。我不在乎，因爲那時我仍堅持立場。

但現在，我不確定了。與瑪姬冷戰三年，逼我好好正視身爲父母所有犯過的錯誤。我知道自己一定犯下大大小小的錯誤，才將她從我身邊推開。現在如果希望維持關係，我必須步步爲營。所以我努力放鬆心情，告訴自己一切都不會有事。布洛迪·泰格顯然喝醉了。格溫德琳只是在嫉妒我女兒。他們都不値得信任。

但我躺在床上許久，再也無法入眠。

ㄇ　出自美國一九八六年的喜劇電影《蹺課天才》(*Ferris Bueller's Day Off*)，內容是關於主角高中生費里斯·布洛和朋友逃學後，在芝加哥晃盪嬉鬧的經歷。

2

七點三十分，我起身將下鋪床收拾好，接著淋浴更衣，下樓去廚房。中島上放著一盤新剛烤好的早餐拼盤，像瑪芬、貝果、司康、肉桂捲和許多奇形怪狀、無以名狀的酥餅，還有一碗碗燕麥片和優格，旁邊有一大壺熱咖啡。看來有人進到小屋準備食物，並在無聲中完成了任務。

我倒杯咖啡，拿盤子裝滿碳水化合物，走到前門廊。我姊姊坐在搖椅裡，身穿白色魚鷹灣浴袍和拖鞋，大腿上放一杯熱茶，望著霧氣從湖中升起。「早安，弟弟！你睡得好嗎？」

我覺得沒必要抱怨，所以我一屁股坐到她旁邊的空椅上。「還好，妳呢？」

「三十年來睡得最香的一次。我睡得像做了一場大夢的李伯「。一定是空氣清新的關係。還是湖的聲音？湖水拍打著湖岸。讓人好放鬆。我甚至不用開白噪音！」

她心情好到不行。譚米說她這輩子從沒一覺醒來，就有人為她準備好美味的早餐。她一面吃著巧克力可頌，一面告訴我她昨天晚餐和厄爾羅．葛德納的對話。「我老實說，法蘭克。之前一想到要見他，我就有點怕。因為他那麼有錢，我以為他會瞧不起人。但你知道嗎?那人來到我們桌邊，替我拿了杯白酒，還拿了杯無酒精調酒給艾碧蓋兒，我們聊了一定有半個小時。眞是個眞誠又充滿同理心的人。你知道他甚至答應要教艾碧蓋兒滑水嗎?派對上有三百個來自長春藤聯盟的人士，結果厄爾羅・葛德納居然空出時間，幫助一個寄養小孩。這對我來說意義重大，你懂我在說什麼嗎?」

我把咖啡放到一張小茶几上，同意厄爾羅是個非常大方的人。「昨天晚上，他說可以幫我找個伴。」

「什麼伴?」

「女伴。」

我姊姊聽了好開心。「我敢說他認識一些善良的寡婦。」

「或妓女。都有可能。」

她被甘菊茶嗆到。「喔，法蘭克，拜託!他眞的有說是妓女嗎?」

「他說伴。但我可以選擇年紀、髮色和身材。好像在點餐一樣。眞的很奇怪。那時蓋瑞就在我們旁邊，和他十八歲的太太在一起。誰曉得那兩個人是怎麼認識的。」

⊓《李伯大夢》(*Rip van Wrinkle*)為十九世紀小說家華盛頓・歐文(Washington Irving, 1783-1859)所寫的短篇小說，描述李伯上山打獵喝了矮人的酒，一睡二十年後才醒來。

「厄爾羅只是想知道你喜歡的類型。我可以幫你跟他說。我覺得我知道你喜歡哪一型。」

「不要，譚米。不要幫我告訴厄爾羅任何事。我週末不想要女伴。我想要和瑪姬、艾登和艾登家人相處。就這樣。」

她不聊了，我欣賞美麗的湖景好一陣子。湖面遼闊無垠，在靜宓的早晨，湖水寧靜無波。我看到一隻魚鷹振翅飛翔，掠過湖水，鷹爪掃過湖面，沒一會，牠抓住一隻魚，再次扶搖而上。我注意力回到早餐上，我拿了新烤好的可頌、小巧圓形的培根蘑菇法式鹹派和一碗藍莓配新鮮甜奶油。我每吃一口心情便好一點。一切都好吃到不可思議，咖啡入口香濃，我姊姊身體伸直打顫，再滿足地舒了口氣，對眼前大自然的美景感到嘆爲觀止。

這時紗門打開，艾碧蓋兒拖著腳步來到外頭，她仍穿著藍色外星人睡衣，手搔著頭。

譚米說：「早安，小蟲子！」小女孩只嘟噥一聲。「妳睡得好嗎？」

艾碧蓋兒皺起臉，好像便祕一樣。「我好癢，譚米小姐。」

「眞的？比昨天更癢？」

「嗯哼。」

「好，親愛的，幫我個忙。去裡面拿毛巾。從冰箱拿美乃滋，還有橡膠抹刀。做蛋糕用來塗奶油的那種。妳知道我在說哪個嗎？」

艾碧蓋兒點點頭，走進屋子，我瞪著我姊姊。她手揮了揮。「可能只是皮膚太乾。別管我們。去看鳥或什麼，隨便。」

門廊有個望遠鏡，賓客能坐在搖椅上，欣賞美麗的水鳥。但艾碧蓋兒一來，一切都毀了。譚米在她頭皮塗美乃滋時，她全身扭動，滿口呻吟抱怨，所有鳥都早已飛走，去尋找一絲寧靜。味道臭死了，像聚酯纖維襪子裡狂發汗的臭腳丫。我將美乃滋瓶拿來，檢查到期日。

「譚米，這十一月就壞了。」

她聳聳肩。「頭蝨讓沙門氏菌給害死，結果對我來說都一樣。」結束之後，她用浴巾把艾碧蓋兒的脖子裹住，以免美乃滋滴到睡衣上。「頭蝨可以憋一小時的氣，所以美乃滋要留到九點半。」

聽她說完，我發現自己遲到了，趕緊起身。「我要走了。我和瑪姬說好要去划獨木舟。」

艾碧蓋兒雙眼睜大。「我可以一起去嗎？」

譚米聳聳肩。「當然可以。」

「不行、不行、不行，」我跟她說：「妳應該要待在這裡吃完早餐。」

「法蘭克，她真的很想划獨木舟，」譚米說：「她昨天問了一整天。」

我答應艾碧蓋兒如果時間夠，下午會帶她去。她看起來十分失望，我姊也是，但你能了解我的立場，對吧。我已委屈自己，睡了兒童床，吃了草皮上的雞胸肉，所以我絕不會犧牲這趟旅程的重點——和我女兒獨處的時光。我不想要艾碧蓋兒坐在我們中間，害整艘船臭氣薰天。

「妳可以自己帶她去。」我提醒譚米。「他們有一大堆獨木舟。誰都能借。」

「我又不會划獨木舟！我會嚇死。」

「沒關係，」艾碧蓋兒說：「我會待在這裡讀書。」

她拖著腳步進到小屋，我姊瞪我一眼，眼神中充滿失望，但我才不要吞下這份內疚。我走下步道，沿著湖岸來到沙灘。沙灘上一片狼藉，到處都是前一天狂歡的痕跡，有沒拿走的毛巾、空玻璃杯和亮黃色比基尼泳褲。烤壞的棉花糖上爬滿黑螞蟻。魚鷹灣感覺不該如此髒亂，但已有三個景觀維護人員拿著長金屬夾，在草坪上撿垃圾。

我在湖岸找到瑪姬，她穿著公益長跑的T恤和卡其短褲。她手中拿著兩個裝滿咖啡的隔熱保溫瓶，並給我其中一個。「牛奶和兩顆糖。」她說。雖然是簡單的舉動，但讓我好感動，她有想到我，而且仍記得我的喜好。當然我不知道拿著熱咖啡要怎麼划獨木舟，但瑪姬說現代的獨木舟上都設有杯架，這世上已處處都是如此。

我們拖來一艘獨木舟，將船翻正，結果裡面都是幽靈蛛。我用槳把牠們趕走，然後我們一起將船推入湖中。「我來控制方向，」瑪姬說：「我知道方向。」

我拿起槳和咖啡，坐到前座。我女兒將船推離岸邊，然後優雅撐槳躍入後座，身上一滴水都沒沾到。她說目的地是鸊鷉角，位於湖灣西方一公里半左右的石脊。「我們等等要散步到那吃中餐，但我想從湖中望去，你會很喜歡。」

我仍記得格溫德琳的話。她說大家散步過去時，我必須留下來。「妳和艾登會去嗎？」

「對，每個人都會去。」

「艾登的母親也去嗎？」

我想看瑪姬的反應，但我背對著她。「沒有，爸，凱薩琳當然不能去。她身體不舒服，不能散步。」

「她今早感覺怎麼樣？」

「我不知道。我住蜂鳥小屋。在營地另一邊。我昨天都沒進去魚鷹小屋。」

「所以我們要丟下她一整天？感覺不對耶。她是妳婆婆。」

我們已划了離岸快一百公尺，瑪姬調好槳，讓船轉九十度。然後我們沿著湖岸繼續向前划。「凱薩琳不介意。屋裡有看護照顧她。看護會陪她，隨時注意她有什麼需要。」

我好想問她如果她有看護的話，昨晚爲何看護沒應門，但決定不說了。我知道瑪姬只會生氣。

「我想待在屋子，和凱薩琳吃午餐，」我說：「如果她感覺好一點，準備見客的話。我可以陪著她，讓她心情好一點。」

「爸，你眞的很貼心，但我知道凱薩琳的情況，我知道她一定希望你去健行。如果你和她待在家，她會覺得內疚。她不喜歡麻煩別人。」

我記得格溫德琳前一天晚上說的話：那是因爲你仍沒見過凱薩琳．葛德納，這也代表你毫不知情。

但我女兒知道多少？

她爲何一直迴避答案？

「我很驚訝你沒帶艾碧蓋兒來，」瑪姬說：「她跟我說她想划獨木舟。她可以坐中間。」

「她頭蝨又復發了。譚米把她頭塗滿了美乃滋。」

「眞的假的？那只是古老的偏方。美乃滋沒有用。」

「妳姑媽深信不疑。」

「那女孩需要醫生，我們回營地時，我會打電話給鎮上的醫院。我相信他們能派人過來。」

「不用，瑪姬，妳已經忙得不可開交了。我來這裡幾乎沒見到妳幾次。妳不需要再做任何事。」

「爸，你幹麼大聲？」

我沒發現自己在大喊。我放輕聲音，試著用冷靜克制的語調解釋：「這週末重點是家人，瑪姬。我們週日開車回家之後，艾碧蓋兒會回到母親身邊，或會有其他領養父母，我們永遠不會再見到她。三十年後，妳看婚禮照片時，甚至會記不起她名字。妳會想這孩子是哪來？她在我婚禮幹麼？」

她大笑。「你說的可能沒錯，但我還是會打給醫院。馬上會有人趕來。」

這年頭已再也沒聽說過醫生會到府服務，但我猜如果你是葛德納家族，你可以拿起電話，隨心所欲要求任何事，甚至還可以指定年紀、髮色和身材，就神奇地獲得一個女伴，像從神燈召喚精靈一樣。

我們繼續划，瑪姬開心替我導覽。她指出湖邊許多地標，像有座廢棄的燈塔，還有塊地屬於詹姆斯．史都華ㄇ。我看得出來，她對這片營地感到十分驕傲，迫不及待想讓我見識，她覺得這地方已屬於自己。

ㄇ James Stuwart，（1908-1997）是美國知名演員，更是經典時代的象徵，著名作品包括《風雲人物》和《迷魂記》。他在銀幕上下都是美國最完美的典型，甚至被譽為「美國的良心」。

鸕鶿角是一座灰色的岩石懸崖，矗立在湖邊。除了是湖邊最高點，那地方其實沒多特別。有幾個早起的人已在山頂徘徊，靠在安全欄杆上用手機自拍。瑪姬說從魚鷹小屋走到山頂大概要五十分鐘，走過去剛好會有胃口吃中餐。我們登頂時，工作人員會準備好餐點和飲料。

這時我發現瑪姬已將船轉向，彷彿早上的行程已經完成，現在要回頭了。我們划出來才不過二十分鐘，我還有許多事想問她。我們浪費一堆時間，在聊艾碧蓋兒和詹姆斯．史都華與親戚的軼事。

「瑪姬，聽我說，妳感覺怎麼樣？」

「我感覺很好。」

「我是說婚禮的事。」

「我知道。」

「妳緊張嗎？」

「完全不會。我很興奮。」

「艾登呢？他緊張嗎？」

「艾登還好。」

「我昨晚沒看到他。」

「我也是。」我以爲她會稍加著墨，但她只繼續划船。

「蓋瑞說他在樓上陪他母親？」

「那就是了。」

「但妳不知道？妳都沒見到他？」

「他待在小屋裡。我晚餐之後都沒見到他。」

她理所當然說著，但我怎麼都想不透。「所以妳昨晚跟所有朋友去裸泳，卻沒見到他？甚至沒對彼此道晚安？」

她大笑。「爸，我們不像你跟媽。艾登和我不會老是黏在一起。我們是非常獨立的人。我們有不同的興趣和朋友。而且艾登很內向。他是藝術家。他需要很多休息時間。如果你逼太緊，讓他窒息，他會恨死你。」

我感覺得到她划得愈來愈快，每一下都更用力，好像突然想加速回岸上。

「我不是想逼他，瑪姬。我只是想和那孩子聊聊，了解他的興趣。」

「你們昨天聊了一小時！厄爾羅說你們一起喝波本威士忌。那不算嗎？」

「我們和他父親以及家族律師在一起。因爲我帶了艾登和朵恩·泰格的照片來。他們說那是合成的。」

「一定是，」她說：「艾登從沒帶她來過這裡。」

又一次，我好希望自己有留複本。「我看起來很眞實。」

「這就是目的，」瑪姬解釋：「那張照片就是要看起來很眞實。但是這年頭，你再也不能相信自己的眼睛了。」

遠方，我看到船屋漸漸進入視野。我們快回到營地。我們這麼難得一起出來，我不希望最後搞得不愉快。我們經過幾座小屋，我認出黑鳥小屋。譚米從門廊搖椅上朝我們揮手，我們兩人也揮手。但沒看到艾碧蓋兒。

過一會，我們接近了L形的碼頭。魚鷹小屋出現在眼前，主草坪上都是人。感覺所有賓客都來到外頭，歡迎我們回來。也許他們被火災警報吵醒，許多人仍穿著睡衣、拖鞋和魚鷹灣浴袍，好像臨時跑出屋外。我問瑪姬是不是有早餐行程，她說：「沒有、沒有，這好奇怪。事情不大對勁。」

厄爾羅．葛德納和蓋瑞．雷文森在沙灘上和雨果討論什麼。兩個保全站在湖水裡，水淹到膝蓋，涉水走向我們。雨果看到我們的獨木舟，雙臂揮向船屋。「不要靠近湖灣，謝謝！船停到碼頭去！」

魚鷹小屋上方，太陽已升起，我遮著陽光，瞇眼才認出方向。我看不出發生什麼事。瑪姬將槳深入水中，讓我們轉一百八十度，一朵雲擋住太陽，才讓我看清湖岸。水中兩個保全現在到了水深及腰的地方，走向一個飄在水面下的大型東西。我看了好久，後來才終於聚焦，分辨出幾個部分：一雙細瘦赤裸的雙腿、攤開的白色浴袍和紅色長髮。

3

瑪姬趕到厄爾羅和蓋瑞身邊，我匆忙將獨木舟固定後，也跑去他們那。我過去時保全都沒擋住我，也許因爲他們專注在更大的問題：湖裡有個女屍，他們要怎麼拉到岸上？

她的白浴袍腰帶已鬆開，攤在水面，讓她像是天使般擁有一對白羽翼。保全用槳將屍體推向沙灘，草坪上的賓客都保持距離，但我發現昨晚認識的卡拉妮舉起 iPhone 在記錄這起事件。蓋瑞也注意到了，他派保全去跟她說。「去提醒那白痴她簽了保密協定。然後叫她提醒她朋友，他們全都簽了保密協定。我如果在抖音上看到任何東西，第一個就找她。」

雨果跪在沙灘上，戴上一雙薄手套，小心將女人翻面。我已從紅長髮認出她，但我還沒準備好看到格溫德琳的臉。她雙眼仍睜大，嘴唇發紫，微微張開，一臉驚訝的樣子。水從她嘴巴流到側臉，像容器裝太多水滿出來一樣。

「這沒道理，」瑪姬說：「我爸和我八點三十分才在這裡，沙灘是空的。」

「她卡在碼頭底下。」厄爾羅解釋。「景觀維護人員來清理沙灘，其中一個人發現了她。」

雨果手指按上格溫德琳的脖子，檢查脈搏。我心想這完全沒必要。但也許他這麼做是因爲草坪上許多人在看。他轉向一名手下說：「拿毛毯來。快、快、快。」然後他整理她的長袍，想讓她維持一點尊嚴。「我們和其他賓客聊聊。或許在警方抵達前能問出什麼。先看看昨晚有沒有人見過她。」

「我昨晚有見到她，」瑪姬說：「大概是十一點左右——不對，其實是十一點三十。」雨果要她繼續說。「我們一群人要離開沙灘，回到各自的小屋，但格溫德琳正要走向湖邊。她一個人，穿著現在穿的浴袍。我跟她說太晚了，大家都游完泳了，但她不是沒聽到我，就是不理我。她只是一直走過去。」

「她有服用藥物嗎？」

「我不知道。她一向對我不怎麼友善，所以我沒有硬要和她說話。但艾登說她以前曾服用許多藥物，所以的確不是……」她話沒說完，彷彿難以啓齒。

「的確不是不可能？」厄爾羅問。

「沒錯。」瑪姬說。

爲求公平，我覺得自己必須上前解釋，其實昨天晚上有很多人嗑藥。我提醒瑪姬也有卡拉妮拿出軟糖熊的事，那裡面還有大麻提取物和其他添加物，但她說得像我搞錯了。

「我不是說微劑量用藥，爸。格溫德琳以前在街頭嗑過藥，是眞的違法的強烈毒品。」

一名保全拿毛毯跑來，我和他一起蓋住格溫德琳的屍體。我把毛毯蓋住她臉之前，注意到她脖側有兩個紅點，大小像二十五美分硬幣一樣。「那是什麼？」

雨果舉起一手，要大家暫時停手。他跪下來，彎身去看屍體，近到我以爲他要親她。接著他突然起身，將雙手拍乾淨。「那些是湖裡的東西造成的。像石頭或樹枝。」他用食指在空中戳三下示意，並要我們將屍體蓋好。「我們當然會報警，驗屍官也會陪同前來。」他同時請手下驅散群眾，擔心有人圍觀會讓警察緊張。「當然要請人去找艾登，通知他這個消息。」

「我去，」瑪姬說：「我去跟他說。他一定很難過，我想陪著他。」

我想警告她要小心。我的直覺是艾登早就知道格溫德琳發生什麼事了。

「我跟妳一起去。」我說，但瑪姬堅定搖搖頭，再次清楚表示，不需要我幫忙。

4

「我覺得我們可以同意，她看起來就有問題。」

格溫德琳的死訊傳得很快，因爲等我見到譚米，她對這事已有定見。

「我昨天晚上在自助吧隊伍中看到她，我第一個想法是*這女孩是毒蟲*。她兩眼茫然，全身營養不良，每個毒蟲都這樣。再加上她根本沒吃什麼。只吃幾顆豆子和玉米，還有一點米飯。這一看就知道吧？」

「她吃素嗎？」

「她有問題，法蘭克。而她最大的問題就是『毒品』。」

譚米和艾碧蓋兒在大班樹下，這是營地最古老的巨木，是由美國聯邦軍英雄班傑明．巴特勒在一八五三年種下（如果你相信牌匾上的簡介）。最低的樹枝上掛了兩個木製鞦韆，但艾碧蓋兒沒坐，反倒爬到樹上去了。現在她離地很遠，並把手伸進樹幹上的節孔。我警告她有的動物會住在樹裡，可能會咬她手指，但她不理我，只把手伸得更深。

「我覺得格溫德琳不是毒蟲。」我說。「我昨晚有跟她聊天。她感覺很清醒。」

「這些人都藏得很好，法蘭克。相信我。我過去遇過不少父母是毒蟲，但他們也非常會偽裝。你能分辨蛛絲馬跡的話，一眼就能看穿。」她嘆口氣。「我只希望這不要影響到婚禮。你覺得他們會延期嗎？」

「一定要延期。警察都來了。他們會偵訊營地每個人。這整個週末會因此蒙上陰影。」

有個東西撞到我後頸，我轉頭發現艾碧蓋兒的球鞋掃過我臉前。她爬回最低的樹枝，現在下不來了。「法蘭克先生，我需要幫忙。」

就算我雙手伸直，也只摸得到她膝蓋。「妳要跳下來。」

她搖搖頭。「我不行。」

「我會接住妳。」

「不要、不要、不要——」

「就把妳屁股從樹枝移開。別擔心，艾碧蓋兒。我保證會接住妳，不會讓妳摔到。」

她下唇顫抖，好像要哭了。這簡直像蜘蛛的事再次重演。

「我覺得我們應該請人拿個梯子，」譚米說：「我可以去屋裡用電話撥打零。」

我轉頭望向她。「我們不需要梯子，譚米。我可以解決。她唯一要做的是跳下來。」

我姊雙眼睜大，充滿擔憂，後來三十公斤的艾碧蓋兒落到我肩上。我跪倒在地，雙掌撐在泥土地上，下椎骨感覺發出啪一聲。好像肌肉斷成兩半。

「艾碧蓋兒！」譚米說。

我閉上雙眼，咬緊牙關，低聲咒罵一串髒話。艾碧蓋兒從我身上滑下，站起來，給譚米看她手腕上輕微的紅痕。「好痛。」她輕聲說。

譚米將她從地上抱起。「妳不會有事，小乖乖。我皮包有可體松藥。我們回小屋，幫妳擦藥就好。」她說完後終於發現我動也不動。「你還好嗎，法蘭克？」

我說：「我沒事。」我只希望他們趕快離開，然後滾到地上側躺，稍微減輕痛楚，因爲我暫時站不起來。

我這一行，最危險的就是背部受傷。你一眼瞎了仍能開車，我知道司機能靠意志力撐過關節炎、膝蓋痛和腕隧道症候群。但如果是背傷，就絕對搬不了平面電視。我怕艾碧蓋兒會讓我丟了飯碗，我會因爲失能不得不退休，這是我想得到最慘的下場。

但在草地上短暫休息一會，我設法坐起，然後慢慢讓自己原地站起。如果是平常的週末，我會吃兩顆止痛藥，拿著冰袋直接躺到床上休息。但現在，我拖著腳步，想去魚鷹小屋找我女兒，看她未婚夫聽到消息的反應。

5

來到沙灘，三名救護員和六名警察與魚鷹灣營地的保全在一起工作。我站在樹下從遠處觀察他們。除了一直拍照之外，大家似乎都無所事事。沙灘上有個擔架和格溫德琳的屍體平放，救護員似乎在討論要怎麼把她搬上去。

厄爾羅．葛德納從小屋後門出來走向我。他手上拿著隔熱杯，裡面裝著咖啡，問我要不要，我說不用。

「艾登好嗎？」我問。

「喔，他沒事。他覺得這件事避免不了。他一直都擔心格溫德琳會走向這條路。」

「我覺得她沒有用藥過量，」我說，「我昨晚有跟她說話。她完全清醒。」

「我知道，法蘭克。你之前提過。我們只是要等驗屍官確認。但檢驗報告出來可能要下週。」

我看到蓋瑞和雨果站在救護員和警察之間。他們所有人都談笑風生，搞不好在討論紅襪隊的事。

「婚禮的事真可惜。」我說。「你有跟孩子們討論要重選日期的事嗎？」

「沒有要重選日期。孩子們想照計畫進行，我也是，你們也應該同意吧。等救護員一走，我們會繼續健行。帶所有人爬上鸕鶿角。」他似乎發覺我身體的痛苦。「但我不確定你想不想去，法蘭克。你看起來有點僵硬。」

我跟他說我傷到背的事，他聽了臉一皺，充滿同情。厄爾羅說營地醫療站有熱敷墊，並說會派人把墊子送到我小屋。他解釋，但首先他必須和警方說一下，叫他們動作快點。

我看他走上沙灘，朝警方走去，彷彿他有資格進入現場一樣。我聽不到他們的對話，但警方似乎在道歉耽擱這麼久。

「當然，葛德納先生。」

「再幾分鐘就好，先生。」

「我們保證不會再煩你。」

小屋那頭還有許多賓客在，但沒人去偵訊他們。沙灘上景象簡直像一場下午茶會，而非警方的調查現場。我看著眼前一切，還在不敢置信時，手機響起，有訊息傳來。是維琪，她是要回覆我前一天下午的訊息：

法蘭克，我讀完了你的致詞，我覺得你寫得眞的很好。內容溫暖又感人，我不會改動任何一個字。我向你保證，大家會很喜歡。尤其瑪姬。你沒

問題的!!　維琪

她上班時間一般是從中午開始到關門爲止，現在才十點三十分，所以我知道我現在打去，她很可能是在家。爲了保有一點隱私，我躲到樹林間撥打她手機。

「嘿，法蘭克！我剛才傳了訊息給你！」

「我知道。我剛讀完了。」

「一切都順利嗎？」

「沒有，不大好其實。對不起一直煩妳——」

「怎麼了？」

我從樹林間偷偷望向主草坪。救護員已抬起擔架，他們在把格溫德琳的屍體從草坪搬向魚鷹小屋。「昨晚有個女生死了。」

「喔，不——」

「他們現在要把屍體搬走了，然後我們大家要一起去野餐。除了艾登的母親，因爲她不肯走出她房間。所以她錯過昨晚的裸泳和嗑藥。對了，我有提過這裡時間都調快十五分鐘嗎？」

我聽到維琪坐到椅子上，拉開健怡可樂的拉環。「法蘭克，慢慢說。我想你應該從頭開始。從昨天下午的事說起，告訴我發生了什麼事。」

我回到更遠的時間點，從週三晚上她剪完我頭髮開始說，我一回到家就發現艾登·葛德納和朵恩·泰格的照片寄到了我信箱。接著我一五一十告訴她一切，包括雨果和保密協定，凱薩琳神祕的疾病，蓋瑞·雷文森太太年輕到荒謬的地步，最後是格溫德琳死前幾小時答應要告訴我一切。

「我覺得自己像在兩個世界的交界。我無論看向哪裡，都有各式各樣瘋狂的事，但大家一直說這完全正常。我簡直分不清楚左右了。」

「譚米呢？她怎麼想？」

「她像落入了兔子洞，喝下一大罐瘋狂果汁，我無法跟她溝通。」

「那你必須相信你的直覺。你內心直覺怎麼說？」

我一點都不想說出我的懷疑，我感覺自己好糟糕，但我一脫口而出，字字句句都十分可信。「我覺得艾登對那些女生下手，包括朵恩·泰格和格溫德琳。我覺得我女兒愛昏頭了，她看不清眞相。我覺得厄爾羅·葛德納在替兒子擦屁股，因爲有錢父母都會這麼做。」

「不只是有錢父母。」維琪說。

「什麼意思？」

「我是從個人經驗出發，法蘭克。我女兒珍娜出現問題時，我爲她找了上千個理由。『喔，她沒有用藥問題。她只是在實驗。她只是在探索她瘋狂的一面。』我不願面對眞相。等我承認她有問題，一切就太遲了。」

讓她挖掘內心可怕的回憶，我感到內疚。她曾多次告訴我，失去珍娜是她這輩子最痛苦的一件事。「對不起，維琪。」

「沒事的，法蘭克。我跟你說我刻骨銘心學到的一課：每個父母都是不可靠的敘事者。我們以爲自己比其他人更懂孩子。但我們每個人都無法客觀看待他們。就算是厄爾羅．葛德納這種有遠見的大人物也一樣。你的女婿聽起來像山姆．班克曼–弗里德。」

「誰？」

「加密貨幣那孩子？你不看新聞嗎？」

「我不讀加密貨幣的事。那玩意是鬼扯。」

「沒錯，但山姆．班克曼–弗里德從中賺了一大筆錢。他從客戶手中偷走數十億元。法官判他入獄二十五年，但最讓人驚訝的是他父母。他們都是史丹佛法學院教授，比任何人都懂金融法規。但他們堅持兒子無罪，說他不曾做過任何不對的事。這是因爲他們無法正視他的行爲，主動睜一隻眼閉一隻眼，法蘭克，我看珍娜時也是一模一樣。」

她建議我可以打給她在《華爾街日報》工作的兒子，但我不想引起別人來調查。

「他們希望把這件事壓下來。」

「你知道這聽起來很可怕，對吧？」

我聽到步道後面傳來人聲，他們從東邊的小屋慢慢接近。「我要走了，維琪。」

「你要怎麼辦？」

「我有個主意，但我不確定有沒有用。」

「小心點，法蘭克。如果你一直東探西探，可能會惹禍上身。」

「我早就惹禍上身了。」我提醒她。「明天三點，瑪姬就要嫁給這傢伙了。」

6

我回到黑鳥小屋，看到譚米和艾碧蓋兒在門廊爲健行做最後的準備。我姊一向不愛戶外運動，但她擁抱這場活動。她穿上桃莉．巴頓[ㄇ]演唱會的舊T恤、七分褲和灰色的Dansko運動鞋，這是全國居家護理員的官方運動鞋款。艾碧蓋兒換下她史迪奇藍色睡衣，終於穿得像個正常小孩。但她防曬塗得亂七八糟，臉上全是一條條黏稠的白液。她露出牙齒，笑容滿面歡迎我。「你要來嗎，法蘭克先生？瑪姬說我們爬到山頂，可以看到緬因州。」

我跟她說，我睡不好，要待在小屋休息，但譚米似乎不相信我。「生活是爲生者而活，法蘭克。我也對意外感到難過，但厄爾羅說我們全都要努力向前。」

「妳去努力向前，」我跟她說：「我需要休息。」

ㄇ Dolly Parton（1946-），美國鄉村音樂傳奇歌手，成就橫跨六十年，曾獲葛萊美獎提名高達四十七次。

我走進小屋，望向窗外，看譚米和艾碧蓋兒朝其他人走去。我走進廚房，逼自己吃顆蘋果、香蕉和幾片起司。我知道自己會出門幾個小時，我不想因爲飢餓分心。我也不想被健行的人看到，於是又等了十分鐘才走出小屋。

我沒走魚鷹大街，也不想經過魚鷹小屋，我沿著湖走到沙灘，看到工作人員撐開陽傘，放上躺椅。警方和救護員全都消失了，格溫德琳屍體被拖上岸時，在沙地留下一大道淺坑。

我越過沙灘，繼續繞著湖岸，經過更多小屋，甚至經過小小的水療館，賓客能在這預約熱石按摩，並在婚禮前做美甲。接著我走進樹林，步行好幾分鐘，終於來到營地入口，找到我們簽下保密協定的小木屋。兩名保全拿著運動水壺喝水，並激動交談，但聽到我靠近，他們便不再說話。

雨果從小木屋中走出。

「扎托斯基先生，你走錯方向了！鸕鷀角是在另一個方向！」

「我需要去鎮上。我的車在哪？」

「喔，我會請奧斯卡載你。你想去哪裡？」

「我可以自己開車去。」

「你有需要什麼嗎？」

「就一些小東西。止痛藥什麼的。」

他朝我微笑，露出我這輩子見過最白的牙齒。「我們的醫療站就有止痛藥。我會請人送去你小屋，你不用跑一趟。」

「喔，還有別的東西。」

雨果請我說說看。他解釋營地一整天都能收貨，一小時內就能拿到我要的任何東西。「像電池、電腦充電器、衣物、個人用品──」

「我唯一想要的是我的吉普車，」我跟他說：「我要等多久才能坐上我的吉普車？」

無論我說什麼，雨果愉快熱情的態度都不受影響。「只要一、兩分鐘，先生。」他躲到小屋，對無線對講機開口，低聲給出我聽不清楚的指示。然後他回來說他們去開吉普車了。「你想進來小屋等嗎？在裡面可能比較舒服。」

「不用，謝謝。」

我問雨果警方是否仍在營地。他解釋，警方迅速完成了工作，以免干擾到家人。「毒品在我們鄉下是一大危害。警方見過許多過度用藥的案例，能辨認出各種跡象。」

我望向四周，發現其他保全沿著三公尺高的鐵絲網走入樹林。我指著他們。「那個圍欄繞營地一圈嗎？」

雨果點點頭。「我知道不美觀，但營地在淡季容易受人侵擾。這裡都是電腦、廚具、床被單和毛巾。有的賊什麼都偷。我只有一個人，不能同時顧及所有地方。」

「所以你十一月仍會待在這？」

「全年無休，扎托斯基先生。魚鷹灣是我的家。我有個小木屋叫林鴞小屋，在樹林裡一百公尺處。」

「就只有你嗎？一整個冬天？」

「喔，當然不是，怎麼可能。我隨時會找來水電工、油漆工、景觀維護人員、園丁、鏟雪工，什麼都有。這麼多建築，隨時都有東西要修理。但我會讓一切維持最佳狀態，以供葛德納先生和太太使用。他們喜歡在淡季來住。尤其是樹葉變色的時候。」

「艾登呢？他淡季會來嗎？」

雨果笑容稍斂，好像在思考問題背後的含意。「幾乎不曾來過。艾登創作非常忙，還要在波士頓教書。他沒時間放鬆，享受美景。」接著他笑容又綻放。「但也許他結婚之後，這件事會有變化，感覺你女兒在這裡過得很開心。」

我聽到吉普車的聲音，輪胎壓過車道碎石，發出嘎吱聲響。雨果問我需不需要他指路，但我跟他說我沒問題。我發現開車來的是早上在沙灘上見過的年輕人，他用獨木舟槳將格溫德琳屍體推回岸邊。他打入停車檔，沒有熄火。「一路順風，先生。」

我駛離入口，從後視鏡偷瞄雨果一眼。他拿起電話，放到耳邊。

我沿著彎曲的碎石車道回到又破又長的支線道路，接著轉上公路，回到鎮上。又一次，爸媽的店餐廳停車場停滿車輛。這是好事，因爲我停車就不會引人注意。門廊上不見布洛迪．泰格的身影（也沒有其他人），但沒關係，我知道他住附近。他住在高山溪岸的拖車上，至少聽說是這樣。我等公路沒車後，快步越過馬路，走進樹林。

樹林中沒有明顯的路，所以我只繼續向前，踏過蕨類植物和倒木，身體打橫，越過刺人的灌木叢。走了一分鐘，我聽到遠方傳來步槍槍響。那裡有幾棵樹上釘著「禁止打獵」的黑黃告示，但告示標誌已被太陽曬到褪色，釘子都已生鏽，我不確定禁止打獵的規定是否仍適用。

這時我走下一段滑溜的陡坡。我從一棵樹滑到另一棵樹，用樹幹穩住自己，反覆幾次，下背抽痛愈來愈劇烈。不知道第幾次，我又默默咒罵起艾碧蓋兒，怪她從樹上跳到我肩膀。我準備一回到斯特勞茲堡的家中，馬上去找物理治療師。

來到溪谷底，我停在湍急的溪岸，我想這應該就是高山溪。旁邊有一條狹窄的小道，兩邊都有腳印，我不確定該往哪個方向。但我站在原地，想選個方向時，我聽到西邊傳來狗叫聲，這解決了我的問題。狗一定有主人，也許就是布洛迪．泰格。

我走了大概一個足球場那麼遠，走到心生懷疑，覺得自己該選另一邊。這時我看到一棟小屋的背面。根據瑪姬說的，我原本預期會看到聯邦緊急管理署提供的拖車房，那種拖車房像個金屬大箱子，空間狹窄，家具全都釘死。但眼前的拖車房卻是棟相當大的模組化建築，格局是兩房加大，有亮黃色鋁牆和白框窗戶。整棟建築下方是水泥地基，離地約六十公分，有人在前方建造了堅固的門廊，上頭種滿花草，掛上風鈴，還插上一面美國國旗。碎石車道停了三輛車，一輛是用黑色防水布蓋著的壓雪車、一輛雪佛蘭車和一輛破舊的豐田車。一看到豐田車，我就知道自己來對地方了。

我爬上階梯，來到門廊，再次聽到狗叫。狗在房中不時跳動，又吼又叫，用身體衝撞著門。我從大面窗戶依稀看到一道閃光，但窗戶隔著蕾絲窗簾，所以我不確定。狗叫了又叫，我開始懷疑這是不是個好主意。這趟登門拜訪，讓我十分緊張，因爲我仍記得女兒如何形容朵恩的母親：**她總是醉醺醺的，整天都穿著睡袍。而且她臉上塗了可怕的橘色大濃妝。**

我正要再次敲門，耳朵就聽到輕微的喀啦一聲。如果你待過戰場，聽過槍枝射擊模式開關從「安全鎖」撥動到「單發」或「連發」的聲音，我保證你絕對忘不了。我極爲緩慢舉起雙手，轉向聲音的來源，看到布洛迪．泰格拿著一把AR15步槍。這款槍在民間算是標準配備，等同於我在伊拉克拿的M16步槍。他在槍上安裝了特殊瞄準鏡和雷射瞄準器，現在槍口正對著我的胸口。

「我現在會數到三。」他說。「然後我會射死任何一個站在我家門廊的傢伙。」

我沒等他數，連忙退下階梯，經過一輛輛車，一路退到車道盡頭才停下腳步，轉過身。「我們昨天在餐廳見過面。」我提醒他。「你跟我說過朵恩的事，記得嗎？」

「一。」他說。

「我離開你門廊了。你爲什麼還要數？」

「我改變主意了。繼續走。」

「昨晚有個女孩死了，在魚鷹灣營地。他們說她淹死在湖裡，並聲稱她用藥過量，但我覺得他們在說謊。」

「關我什麼事，」他說。「二一。」

我舉起雙手，請他好好聽我說。「你姊姊在嗎？朵恩的母親？我可以跟她說話嗎？」

前門拉開，一個大塊頭的女人走出，她穿著男裝法蘭絨襯衫和藍色牛仔褲。她對弟弟說了些話，我聽不清楚，但他放下了武器。一隻棕色和白色毛絨絨的可卡獵犬衝出，蹦蹦跳跳朝我奔來，撲到我膝蓋上，並在我腳邊打轉。我伸手讓牠聞，狗馬上倒到地上，露出肚子，要我摸牠。

「那是邦果，」女人大喊：「我是琳達．泰格。朵恩的母親。」

「法蘭克．扎托斯基。我女兒就要嫁給艾登．葛德納了。」

「喔，這我都知道，法蘭克，就是我寄照片給你的。」她要我過去門廊，找張搖椅坐下。我鬆一口氣，她看起來十分清醒。她這時就算有化妝，我也看不出來。琳達說她馬上回來，要替我拿點東西喝。這時她瞪了弟弟一眼，叫他把槍收起，中國人又不是隨時要入侵了。布洛迪的表情像是這點值得商榷，但還是勉強跟著她進門。

我走到門廊坐下，邦果開心趴到我腳邊。我用力摸了摸牠的背，看著各式各樣的盆栽。那裡大概有二十幾種花草，像紫藤花和波士頓腎蕨，還有些我認得，但叫不出名字。琳達肯定很會照顧植物，因爲花草都長得十分健康。

她和弟弟拿三杯冰茶回來，還有一大碗動物餅乾。「我教小學二年級。」她聳聳肩。「我希望能給你別的點心，但我沒想過你眞的會來拜訪我們。」

我喝著冰茶，那是她自己泡的，口味十分清爽，穿過樹林之後，喝上一口很是痛快。「我才該道歉，」我說：「對不起像這樣闖進來。我只是很害怕，不知該如何是好。」

「跟我們說那女孩的事。怎麼了？」

我知道我可能違反了保密協定（或雨果口中所謂的「聲明書」），但我還是告訴她一切，從我週四下午認識格溫德琳開始，到最後發現她屍體。雖然我在她脖子看到瘀傷，但他們仍馬上認定她死於用藥過量。

「葛德納家族就是如此，」琳達解釋：「他們以爲隨便給個說法，昭告天下，就能改變事實。現實是的確他們說了就算。如果他們希望時間是八點整，他們就說是八點整，還會要你自己調整時間。最瘋的是，大家還樂意配合！」

「葛德納標準時間。」我說。

「沒錯。我會形容是陰謀，但他們甚至藏都不藏。他們會在光天化日之下說謊，並期待大家相信。」

「艾登說妳的照片是假的，」我跟她說：「他說他不曾邀請朵恩去魚鷹灣營地。」

「艾登是個他媽的騙子。」布洛迪說。「我想把他頭扭斷，從他脖子拉屎進去。」

他一直專注聽著對話，找機會插嘴，我想他再也忍不住了。琳達叫他閉嘴，說他亂罵幫不上忙。

「想像那畫面，對我有幫助。」布洛迪說。「我會想像各式各樣的畫面。像是把他睪丸射下來，餵給邦果吃。」

聽到邦果這名字，牠抬起頭，但布洛迪朝他搖搖頭，要牠保持耐心，再等一會。

「跟我說朵恩的事，」我說：「她一開始怎麼認識艾登的？」

琳達・泰格首先向我解釋，哈普費瑞鎮每個年輕女生都知道艾登・葛德納。她說他像這小鎮上的皇族王子，年輕英俊，學識豐富，富可敵國。「我們以前週一晚上都會看《鑽石求千金》⊓，朵恩常開玩笑說，電視上的單身漢都比不上艾登・葛德納。她甚至不會見過他！要是你在這長大，會把他當成活生生的傳奇。」

他們是去年七月才意外相遇，琳達解釋。朵恩當時做兩份兼職工作，她在旅館打掃房間，還在生活百貨補貨，兩地都距離溫尼珀索基湖約三十分鐘車程。有天下午，

⊓《鑽石求千金》（*Bachelor*）是美國真人秀節目，內容是二十五名女性爭取一名男性的青睞。

她下班開車回家，看到艾登車子爆胎停在路邊。他沒有備胎，所以朵恩借他她行李廂裡的備胎。後來發現艾登不知道怎麼用千斤頂時，朵恩便跪到路中間，自己迅速換好輪胎。「她換完之後，艾登想拿錢給她。像小費嗎？但我女兒不拿，說他應該請她喝杯紅酒，例如一杯灰皮諾。」琳達邊回想邊大笑。「我跟你保證，在那之前，我女兒這輩子從沒喝過灰皮諾。那只是她在抖音聽到的。」

朵恩回到家，心情好開心，不久她便經常和艾登見面。他是個大方的男友，他買了許多昂貴的禮物送朵恩，像筆電和印表機、Patagonia外套和Tiffany手鐲。那些昂貴的精品和電子產品，旅館房務員絕不可能買得起。

「我想許多母親一定會很興奮，」琳達說：「但我不喜歡。」

「爲什麼？」

「這絕不像一段健康的感情。他們不曾出外社交。不曾和其他人接觸。她朋友都不曾見過他。他們不曾去餐廳吃飯或看電影，因爲艾登不喜歡『當地人』全盯著他瞧。」

「這在說我們，」布洛迪解釋：「好像我們多在乎他那個皇族地位，只會傻傻張嘴望著他。」

「我給你另一個例子。」琳達說。「每年朵恩生日，我會辦露天燒烤派對。說不上多豪華，只是在院子裡聚一聚，但朵恩不肯邀請艾登來。她說她不好意思讓他看我們家。我對她說：『親愛的，如果這男人愛妳，他會愛妳的出身，因爲妳家一直是妳的一部分。』但後來我發現了眞相。」她說到這裡，聲音有點哽咽。「眞相就是，我發現她只是覺得我讓她丟臉。」

我自己也稍微懂得這感受。瑪姬上大學後，我感覺得到她漸行漸遠，不再重視家庭傳統。她開始批評我某些字詞的發音，還嘲笑我的天美時手錶和科克蘭牛仔褲，這些都是在大賣場特價買的。我說服自己，這是少女健康成長的過程，每個年代都需要爲新東西來努力。但她說的話仍令人心痛。

「艾登說他們只約過一次會。」我跟她說。「他發誓兩人只吃過晚餐，就這樣。」

琳達搖搖頭。「那他怎麼解釋照片？我告訴女兒，如果你不帶這年輕人來見我，你至少給我一張照片吧。所以她打開電腦，開啓她的相簿，把那張我寄給你的照片印給我。事實擺在眼前，他們在溫德姆湖邊。站在葛德納家族的沙灘上。」

「艾登說是你們合成的。」

布洛迪大笑。「又來了，再次扭曲現實。你自己看看這地方，法蘭克。你眞的覺得我們懂怎麼合成照片嗎？」

「朵恩整個夏天都在跟艾登約會。」琳達十分堅定。「然後大概九月中，一切開始漸漸冷卻。她說艾登教書太忙了。他愈來愈少來魚鷹灣營地。我心裡想：滾遠一點最好。我原本以爲她跟他玩完了。但她在十一月三日見他最後一次。那天她失蹤了。」

琳達繼續說，那天是週六早上，朵恩很早便起床。她出門去店裡，因爲（她說）

她需要洗髮精。她一小時內回來，但沒去洗澡，琳達聽到她在房裡哭。她試著敲了敲門，問朵恩要不要開門聊聊。但朵恩在講電話。琳達只聽到單邊的對話。「艾登，我要見你，」朵恩說：「不要，不要下週，不要明天。來這裡，現在來找我。這是急事。」

又過兩小時，朵恩終於從房間出來。琳達想哄她說出眞相，但她沒興趣開口。她說她要去買新的冬靴。

「我懂我女兒，法蘭克。我知道她在說謊，就像每個父母一樣，孩子說謊只要看一眼便知道。我眞希望自己阻止她離開。我眞希望有逼她告訴我眞相。要是我阻止她——」

布洛迪手放到她膝蓋上。「不要往那想，」他說，「直接告訴他接下來發生什麼事。妳在手機上看到什麼。」

琳達深吸口氣。「好，我想我必須解釋這部分。自從她讀高中，朵恩的手機帳單一直是我在付的。這已成習慣了，我不在意。我只想讓她生活輕鬆一點。少一張帳單是一張，就這樣。再加上我喜歡知道她去了哪裡。只要她回來晚了，我都能打開手機，看一下地圖，她會在上面，就這個藍點。」

我完全知道她在說什麼。瑪姬和我以前會用同一個手機方案，高中時期，我時時都能追蹤女兒所在地點，確定她有定時上學，沒跑去惹麻煩。」

「朵恩離開家之後，雖然我很確定她去了哪裡，但我還是打開地圖確認。我看到那個藍點走到通往魚鷹灣的公路，我便明白艾登答應要來見她。後來我因爲內疚，知道自己不該多管閒事，所以把手機放到一旁，開始做家事。我打掃每個角落，清空所有垃圾桶。我打掃朵恩房間，清理她垃圾桶時，找到一樣東西。」

她慢慢將身體撐起，要我跟她進到屋內。我們三人走過一條短走廊，然後擠進非常小的房間。門只能半開，再開會被床卡住。房間感覺處於過度期，裡面有著象牙白的牆面，掛了白色窗簾，但仔細望向角落，便能看到亮眼的粉紅色斑點，那是房間以前的顏色。時不時會發現青少女留下的痕跡，像印表機印出的朋友照片、高中排球錦標賽獎牌和傻笑的北極熊明信片。

琳達要我去看床邊垃圾桶。「我往裡頭看時發現那個。」那是超市賣的快速驗孕產品的紙盒，上面寫著能早期檢測，準確率百分之九十九。「只有盒子，但裡面沒東西，所以我想是朵恩帶走了，要拿去給艾登看。我第一個直覺是傳訊息給她，叫她回家。我希望她知道她不需要拜託艾登幫忙。她需要什麼，我們都可以給她。但藍點告訴我，她已經到魚鷹灣了，所以我想我是晚了一步，只能等結果。」

光是來到女兒以前的房間，她都像是難以承受，我想我也能稍微同理。她坐到朵恩床邊，並要我坐到她身旁。布洛迪仍站在門口，像哨兵一樣，邦果原地繞了一圈才躺到地毯上。琳達快速簡述後來的事：朵恩週六晚上沒回家。琳達打開地圖，查看女兒在哪時，藍點已消失。**地點不明**。琳達沒大驚小怪，她說這不是朵恩第一次沒回家，也不是第一次手機沒電。她甚至覺得搞不好會有好消息。孩子也許彼此好好說話，一起解決了事情。琳達上床睡覺，希望一切順利。隔天早上起來，她接到旅館經理大發雷霆的電話，抱怨朵恩上班遲到，並問有沒有人知道她人在哪？

琳達打給朵恩所有朋友，但整個週末都沒人見到她，也沒人有艾登的電話。但有人知道魚鷹灣的有線電話，送貨用的。琳達試著打去，荷蘭口音的人接了電話。他說他整個週末都在營地，那裡空無一人。他說葛德納一家人全都在波士頓，營地沒有任何客人。他並未表示關心或擔憂，只簡單建議琳達撥打九一一。

警方發現朵恩的豐田車停在魚鷹灣南方三十二公里處州有林地的停車場，位於熱門步道起點。他們帶了兩隻狗巡山徑，沒找到朵恩，但找到了她的灰色連帽運動衫——那是她出門時穿的衣服。所以琳達堅稱女兒消失在魚鷹灣營地時，沒人把她的話當眞。

「警察局長有來這裡找我，我跟他說了剛才告訴你的一切。我給他看驗孕紙盒，我告訴他小藍點的事。後來我做了一件最笨的事。」

「什麼事？」我問。

「我給他我的手機。做為證據。他說也許我的手機能證明朵恩去了魚鷹灣營地。他說也許她的行蹤仍在記憶卡裡，他們能調查。我不顧一切想相信他，所以我交給他了。」琳達搖頭。「一週後，他把手機還給我。說沒人能查出任何東西。但我想他們一定有找到什麼，但把一切刪除了。」

「你要知道，」布洛迪說：「很多警察都兼職替葛德納家族工作。下班之後，他們都去當私人保全。一小時六十美元。這價格完全足夠讓人願意睜一隻眼閉一隻眼。」

「但他們一定和艾登聊過。」我說。「警察沒有找他問話嗎？」

「有，他們問過他了。他說自己整個夏天都沒見過朵恩，沒人能反駁他。她失蹤那天，他說他人在波士頓，和你女兒在一起。現在九個月之後，他們要結婚了。這時間點你不覺得奇怪嗎？」

我同意有點令人不安，琳達警告我，瑪姬身陷危險。「如果她出了什麼事，這座城鎮沒人會幫你。」

「監視器呢？我看營地到處都是監視器。警方沒有查看監視影像嗎？」

「喔，當然有，葛德納家族非常配合。他們交出了整個週末的影片。全部都標上時間和日期。但我想既然能發明奇蹟電池，時間也可以造假，對吧？」

我想這時代確實什麼都能造假。我在YouTube上看過一部影片，影片是拜登在說話，但口中發出的卻是川普的聲音。以前你能相信自己的眼睛和耳朵，但現在愈來愈難相信任何事。

琳達一定看到我眼中的猶豫，因爲她又進一步強調。「我知道我女兒在營地。他們開走她的車，脫下她的衣服。但我相信她仍在那裡。」

7

我走出拖車，布洛迪發現我拖著腳步。我的下背仍隱隱作痛，影響著我走路。他建議我從支道走回公路。「我沒別的意思，」他說：「但你看起來不方便爬溪谷。」

我接受他的建議。這條路比較遠，稍微繞了點路，我快兩點才回到鎮上餐廳。我倒車出停車位時，餐廳門打開，我的調酒師朋友走到外頭。他認出我的吉普車，瞇眼透過擋風玻璃看著我，面露疑惑，朝我揮手。我也朝他揮手，慶幸自己正要駛離，不用停下來解釋自己爲何停在這。

回到魚鷹灣，有六輛車等著要進營地。有一群新賓客來參加婚禮。保全團隊攔下每一輛車，檢查身分證，並請大家簽名，所以我準備等上一段時間。但後來雨果認出我，他大步走來，請我直接下吉普車。「瑪格利特一直問你在哪。這是她的大日子，你應該和女兒在一起，你不用排隊。」

他打開我車門，我無法拒絕。「謝謝你，雨果。感謝你幫忙。」

「沒問題，扎托斯基先生。你有在鎮上找到你需要的東西嗎？」

我發現自己兩手空空，沒有任何袋子。從雨果的笑容，我想他心裡有數，他逮到我說謊了。

「比我預期收獲更多，」我告訴他：「關於那女孩，有任何新消息嗎？」

「什麼女孩？」

我不敢相信他居然問得出口。

「死的那個。格溫德琳。」

「喔，沒有，先生。我覺得我們最快下週才會有新消息。」然後他壓低聲音。「但因爲你是家人，我向你透露一些機密資訊。警方在她行李箱找到賽拉嗪。你可能對這名詞不熟悉，但這是非常糟糕的毒品。比海洛英，甚至吩坦尼更危險，那是農夫在用的動物鎮定劑。但爲了那女孩名聲著想。葛德納先生希望不要公開這資訊。」

我交出鑰匙，沿著魚鷹大道走回營地。現在客人大批抵達，魚鷹灣營地注入了全新的生氣。景觀維護人員和房務員都已不見人影，只剩下他們努力的成果。樹木和花床色彩繽紛，走道乾淨整潔，小木屋一塵不染。四處都是賓客，有人從車上搬下行李，有人躺在吊床上擺盪，有人丟著飛盤，有人和朋友擁抱擊掌。所有人都拿著酒杯和塑膠杯，雞尾酒會似乎已開始。沒人知道早上這裡有個女人死了，屍體上還有兩個可疑的瘀痕，而警方調查仍在進行。

我經過一間叫啄木鳥的小屋，一個年輕女生蹦蹦跳跳下了階梯，朝我揮手。「扎托斯基先生！我是明！瑪姬在巴布森學院的同學！」她雙手張開，露出巴布森學院的大學運動衫。「你記得我嗎？」

我當然記得她。明是瑪姬四年大學生活的室友。學校電腦隨機將兩人配在一起，但她們後來成了好友，加入同一個姊妹會。我印象中她一向友善親切，對人忠實，我很高興終於見到瑪姬過去的好友。她和我擁抱，我感謝她來參加婚禮。

「要是你覺得我會錯過她的婚禮，你對我的印象一定有問題。我不敢相信這裡這麼大！」

她解釋自己剛結婚，並向她丈夫布萊恩招手。如果你跟我說他仍在讀高中，我也會相信。他雙眼明亮，笑容調皮，而且看來全心愛著妻子。我注意到，他如直覺反應般牽起她的手。他們結婚已一年多，卻仍像愛昏頭的夫妻來度蜜月一樣。

「說來好笑，扎托斯基先生。我剛才在跟布萊恩說巴布森學院的事，那些可惡的行政人員都巴不得跟瑪姬切割。他們全都對她好壞，你記得嗎？但你看我預言準不準。這週末之後，我敢說校長和院長都會和她聯絡，求她捐款。我希望瑪姬叫他們去死！」

她說完這玩笑自己都笑了，但我卻聽不出幽默在哪。我跟她說，我其實不會去想這種事。

「我保證巴布森學院早就把過去的事都忘了。他們年度捐款辦公室記憶非常短暫。我敢說她三十歲之前，他們就會把她印在校友雜誌封面上。」

我人生最大的遺憾便是讓瑪姬就讀賓州之外的大學。要知道，我一離開高中便加入美國陸軍，所以瑪姬申請大學那時，我倆簡直像無頭蒼蠅。我希望女兒讀賓州大學，有什麼要緊事情時，她距離近點，我好幫忙。但瑪姬跟我說，賓州大學的學生遍地都是。她必須進入名聲更好的學校，才有競爭優勢，並馬上鎖定巴布森學院爲「跳板學校」，歷屆校友都會進亞馬遜、Google、微軟、美國銀行和其他世界五百大公司。那裡的學費貴到翻天，但我付得起，只要錢買得到，我希望她能獲得所有優勢。

瑪姬成績非常好，每科都是A。於是她毅然決然加入了商管科系最熱門的姊妹會，並接觸到廣大的專業人脈。但瑪姬大三念到一半遇上了問題，她同學潔西卡·史威尼被抓到販賣考試答案。面對學術倫理委員會，她沒有像成年人一樣承擔責任，反而把錯全怪到瑪姬頭上。潔西卡聲稱一切全是瑪姬在背後指使，潔西卡只是助手。大多數同學都站在瑪姬這邊，但有兩個人堅持潔西卡說的是實話，接下來那學期變成了一場大戰，同學之間彼此來回控訴和威脅。瑪姬每晚都哭著打電話給我。我不曾聽過她如此害怕、無助和驚恐——但我和她之間隔著三個州，根本幫不上忙。我求她去找心理師，並替她雇了個律師，幫忙處理一切。最後我女兒證明了自己無罪，潔西卡·史威尼遭到退學。但瑪姬大學生活卻因此蒙上陰影，她連畢業典禮都不肯參加。

「她走過那些事眞令人不捨。」明說。「但你知道嗎？我覺得這段經歷讓她更堅強。我打賭再也沒人敢惹她了。」

這我可不確定。其實聽完琳達·泰格的故事，我更確定瑪姬被騙了。她這次會需要我來挽救一切。我告訴明和布萊恩晚餐時見，便走向魚鷹小屋找我女兒。

工作人員已在主草坪忙進忙出，他們搬出比昨晚多一倍的桌椅。沙灘上現在全是曬太陽的人。古銅色皮膚的年輕男女躺在躺椅上，滑著手機，喝著鳳梨可樂達調酒。水中有更多人，大家都在湖灣游泳、划槳板和划獨木舟。我稍微走近湖灣，確認瑪姬不在其中，然後沿著湖岸步道，回到我的小屋。

「你在這！」譚米大喊。「你到底去哪了？」她和艾碧蓋兒在門廊上喝著冰茶。他們的臉被太陽曬得微微發紅，彷彿整個下午都待在戶外。

「我必須去藥局一趟。」

「爲什麼？」譚米問。

「沒什麼。我錯過什麼？」

我姊說，她們度過了一段最美好的午後時光。首先她們爬到鸕鷀角，那裡景色「美到不行」，中餐「超級精緻」（「那是我吃過最好吃的馬鈴薯沙拉。」譚米做了個主廚親手指的飛吻手勢。）接著厄爾羅．葛德納親自開快艇載她們到湖上，讓艾碧蓋兒學滑水。「瑪姬也來了，我們玩得非常開心。」

艾碧蓋兒感覺沒那麼興奮。「我想要划獨木舟，」她說：「但厄爾羅說滑水比較好玩，所以我們就去滑水了。」

「我還沒跟你說最棒的，」譚米繼續說：「我們從湖上回來，厄爾羅說他有禮物要送我。」她壓低聲音。「算是婚禮的禮物。因爲瑪姬能平安長大，我也是重要角色。」這時我才明白，我姊大腿上放著一疊文件。文件放在深藍色文件夾中，封面印著燙金字，像是來自銀行重要的文件。「這是奇能公司一千股的股票。全存在蓋瑞替我申請的個人證劵帳戶。週一等我們回到斯特勞茲堡，他會將股票轉讓給我。你有聽過這麼慷慨大方的事嗎？」

就我上次印象，奇能公司股價一股是兩百六十二美元。這份大禮比我姊過去五年收入加起來還多。

「我是不確定，」譚米繼續悄聲說：「但我相信你也會有自己的一份。」

我們沒機會細談，瑪姬從小屋拿一杯檸檬水出來。「爸！你去哪了？」

「妳在眞是太好了。我可以跟妳說話嗎？」

「這次又怎麼了？」

「私下講，」我說：「對不起，瑪姬，我一定要再問妳一次，但這眞的很重要。」

她感覺十分不耐煩，但仍跟我走到通往湖邊的步道。我想再走遠一點，確認譚米和艾碧蓋兒聽不到，但瑪姬堅持夠遠了。「我們已經離文明世界好幾公里遠了，」她說：「到底什麼事，這麼緊急、這麼私人？」

「我要說的妳聽了一定不高興。但我要妳好好仔細聽我說，好嗎？」

她吐一口氣，露出笑容，表示她仍保持開放的心態。

「好，爸。我洗耳恭聽。什麼事？」

「我下午開車到鎮上。我去見朵恩的家人。」

她張開嘴巴，卻說不出話。這消息讓她無話可說。

「我想聽聽看他們的說法。妳跟我說他們瘋了，但我覺得他們沒瘋。我覺得他們說的是實話。」

她朝湖走了幾步，拉開我們之間的距離。她感覺想跳進湖裡，游泳而去。「拜託你告訴我你是在開玩笑，爸。你去見他們？還在我婚禮前一天？」

「我覺得妳應該聽聽琳達的說法。她沒喝醉，也沒發瘋。這裡發生過不好的事。」

我說的每一句話彷彿都傷害著她。她雙手瘋狂揮舞，像是想擋住我每一句荒唐話。「爸，如果我早知道你會這樣，就絕不會邀請你來。你想讓我覺得當初沒聯絡你更好嗎？爲什麼我們不能好好度過快樂的週末就好？」

我大致跟瑪姬述說琳達．泰格的故事：她怎麼用智慧手機的GPS功能追蹤女兒，看她走入魚鷹灣營地，一直到發現她藍點消失。「這妳怎麼解釋，瑪姬？」

「解釋就是：她在說謊！她在編故事！」

「不對，瑪姬，我覺得是妳在說謊。」她張大嘴巴看著我，彷彿被賞一巴掌，但現在已無法回頭。「我覺得妳太愛艾登了，妳想保護他，所以妳對警察說謊，告訴他們艾登整個週末都待在妳公寓。也許大家都相信妳，但我是妳父親，我看得出妳在打什麼主意。我完全不信妳的說法。妳在隱瞞什麼事情。」

「聽到這些話我眞高興，爸。謝謝你和我分享你的心情。但換我問你：你覺得我隱瞞了什麼祕密？艾登是連續殺人魔？他在魚鷹灣殺了一堆女人？我的天啊，他也殺了格溫德琳嗎？你這麼想嗎？我愛上傑佛瑞．丹墨[1]嗎？」

「我不知道，瑪姬。我不知道我該相信什麼。」

她朝我尖叫：「那是反話！他不是傑佛瑞．丹墨！你到底有什麼毛病？」

我努力讓語氣維持平靜，我不想用聲音壓過她，我不想大吼。「瑪姬，妳一定也覺得這地方非常奇怪。昨天晚上，一個女人死了，結果現在妳同事都在她屍體上岸的地方堆沙堡。」

「警方在她行李箱找到毒品，叫賽拉嗪的東西。」

「對，我聽說了。但跟我說一件事：妳有見過凱薩琳．葛德納嗎？她有從上鎖的房間出來過嗎？」

「她生病了！我要講多少次？」

---

[1] Jeffery Dahmer（1960-1994）是美國連續殺人犯，共殺害並肢解十七名被害者，俗稱密爾瓦基食人魔。

「那艾登怎麼說？他去哪裡了？我已經二十四小時沒見到他了！」

「又來了——」

「我覺得妳應該稍微停下來，瑪姬。妳眞的確定自己想搭上這班火車？」

「現在營地有兩百個賓客，明天還有一百人要來。火車已經離站了。」

「沒有，還沒離站。明天之前，火車都沒離站。妳還有時間。去想想眼前所有謎團，像格溫德琳、他母親、朵恩．泰格的照片——」

突然之間，瑪姬好像靈光一閃，全身不再緊繃。她鬆口氣，開始大笑。我傻到以爲自己也許、搞不好終於說服她了。

「什麼事這麼好笑？」

「我剛才想到一件事，」瑪姬說：「你整個下午都不在，所以你不知道照片的事。你信箱收到那張照片，眞希望我有帶在身上。」

我口袋裡剛好有那張照片。我離開琳達．泰格家前，請她印了一張給我，她用朵恩房間的印表機印了。我從後口袋掏出那張紙，將紙攤開。

「蓋瑞掃描了照片，傳回辦公室，請實習生分析。他們有專業軟體，能計算陰影角度什麼的。結果根本用不著，其中一個實習生一眼發現破綻。」

瑪姬指著照片上的艾登，他看起來比現在胖六、七公斤，笑容十分輕鬆，我不曾見過。我不懂我該看什麼。

「他的手，」瑪姬說：「看他的手。」

他的左手感覺沒問題。左手垂在身側，手掌很正常。他右手臂摟著朵恩的腰，右手放在她腰際。我還是看不出問題在哪，於是瑪姬只好指給我看。「你看他的大拇指。」她說。「你看不出來嗎？」

我終於理解她的意思。

他右手大拇指方向錯了。

琳達．泰格給我的照片裡，艾登．葛德納有兩隻左手。

8

我們在圓形會場進行典禮彩排，那是原本爲夏日營地打造的老舊戶外劇場。地點在樹林深處，隱藏在高大的樹木之間，舞台位在往下降的深坑中央，四周圍繞著木製長椅。那地方有種聖地的感覺，彷彿是森林中的神祕聖殿，要不是現場有許多人走動，四周肯定十分安靜。我以爲彩排是私人活動，現場只會有新人和家人，結果有數十個賓客到場觀禮，人人都拿著酒杯和一盤盤食物，彷彿這只是週末的餘興節目。都沒人來把他們趕走，我好失望。

舞台下有四個身穿黑色禮服的女人，手上拿著小提琴和中提琴。她們在調音，並默默整理琴譜，動作十分熟練。我還在看她們準備，這時一頭大鬈髮的年輕男子走來，冷不防擁抱我一下。「嘿，老爸，很高興見到你！你準備好了嗎？我是ＲＪ，我會負責主持典禮。」

他下半身穿卡其褲和球鞋，上身是一件印著柯達底片的黃色Ｔ恤。「你要主持？你是牧師嗎？」

「有時候感覺很像！但不是，我是人資部的。我和厄爾羅和瑪格利特一起工作。」

他說自己算有在講一點單口喜劇，週六下午也會教人即興喜劇，所以他很習慣帶動氣氛。他為了主持瑪格利特和艾登的婚禮，特別在網站上付了六十五美元，取得牧師資格。

「幫我個忙，」他說：「你能幫我指一下新郎嗎？因為我想在開始前先跟他打個招呼。」

艾登和三個年輕人坐在一張長椅上（他的伴郎，我後來發現全是他藝術學院的同學）。他看起來一臉病容，甚至像發燒了。他臉色蒼白，滿頭是汗，額頭都是紅點，像長了皮疹。RJ打招呼時舉起雙手，與他擊拳。「恭喜新郎！」他大喊。「你好嗎，兄弟？」

厄爾羅、蓋瑞和希雅拉來到會場。厄爾羅又為妻子缺席不斷道歉，他告訴大家，凱薩琳身體仍不舒服，但相信她週六下午正式舉行婚禮時一定能「亮麗登場」。這時譚米也帶著艾碧蓋兒來了，她來練習如何當花童。但艾碧蓋兒沒和我們一起耐心等待彩排，她像影子般跟著瑪姬在會場跑來跑去，說自己是「新娘的堂妹」。

「那根本不是真的。」我跟譚米說。「我不希望她再說了。」

「很可愛呀，法蘭克。大家都很愛她。」

「她像彈珠一樣彈來彈去。妳讓她喝多少冰茶？」

譚米朝我皺眉頭。「關於艾碧蓋兒，你要了解一件事。她來自破碎家庭。她認識的人都來自破碎家庭。除了在迪士尼卡通上，我想她還沒見過成功的婚姻。但這週末，她終於見到一對相愛的戀人。她會目睹他們立下最後的誓言，向另一人做出最大的許諾。『相愛相惜，至死不渝』。你現在老了，也活膩了，又憤世嫉俗，你不懂那些話眞正的意義。但艾碧蓋兒是第一次看見這一切，所以她當然很興奮。你只要把腦袋從屁股拔出來一分鐘，好好欣賞這美麗的地方，你也會感到興奮。」

我等她說完長篇大論，然後回答：「我覺得艾登看來也沒多興奮。我覺得他看起來像是朋友剛死了，大家卻都假裝沒事。」

「他只是緊張。我還記得**你的**彩排晚宴，你自己在當新郎之前也很焦慮。」

她說完便轉頭向坐在另一邊的女生自我介紹，因爲她又不想跟我說話了。

我叫自己冷靜，放輕鬆。假照片證明了琳達．泰格的故事全是胡說八道。朵恩從沒踏入魚鷹灣營地。也許格溫德琳眞的用藥過量。派對上確實出現不少毒品。也許艾登眞心在爲意外死去的朋友哀悼，但又因爲太愛我女兒，不想將婚禮延期。這一切都合情合理。於是我在心底決定，不要擔心了，好好享受這段時光。

四點十五分，彩排開始。RJ站上中央舞台，手中拿著一本精裝大書，看來是《聖經》。他引導大家走紅毯。艾碧蓋兒先出發，她邊走邊假裝撒著花瓣。接著是三對伴郎和伴娘，後面是艾登和厄爾羅．葛德納。最後是我練習牽瑪姬走下紅毯。

我們離開湖邊後，她對我一直很冷淡，因爲她證明了那張照片是假的。她還罵我是個「什麼樣的父親」寧願聽信陌生人，卻不信自家女兒，我不得不承認，我當初確實沒相信她，心裡因此很難受。我向她建議我們應該勾手，像正常婚禮的父女一樣，但瑪姬說明天再勾。她故意比我快半步走下紅毯，我狼狽跟上她，聽到大家輕笑。

來到舞台，我發現RJ的《聖經》只是道具，書封下是一本哈利波特系列小說。「接下來我會問：『誰帶新娘來結婚？』聽到這句就換你，法蘭克。你要說：『她是自己來的，並擁有父親的祝福。』然後你和美麗的女兒擁抱，和新郎握手，你便大功告成。可以去坐下，放輕鬆，享受接下來的表演。」

我走到第一排，坐到譚米和艾碧蓋兒旁邊，我姊拍拍我膝蓋，恭喜我完成職責。「明天記得微笑，」她建議：「你在上面看起來挺嚇人的。」

RJ繼續進行彩排。他向瑪姬和艾登保證，他不會太強調「神什麼的」，然後他大聲問，考慮到婚禮的背景，是不是可以開點奇能公司的玩笑。所有人都望向厄爾羅，他聳聳肩。「別太過頭就好。」他說。「這是他們的婚禮，不是股東會。」

多數人感覺十分緊張，怕出糗，不敢貟的練習。唯獨我姊例外，她要負責朗讀一段《聖經》。她詢問自己能不能到台上彩排，確認自己聲音夠大。

「當然沒問題。」RJ手臂誇張掃過身前，邀她上台。「舞台交給妳了，女士。」

譚米將稿以大字印在紙上，所以不戴眼鏡也看得見。「這是保羅寫給哥林多人的第一封信。」她說。「大家聽得到我嗎？我聲音夠大嗎？」

我對她比拇指，她開始朗誦整段經文段落：

愛是恆久忍耐，又有恩慈，愛是不嫉妒，愛是不自誇，不張狂，不做害羞的事；不求自己的益處，不輕易發怒，不計算人家的惡，不喜歡不義，只喜歡眞理；凡事包容，凡事相信，凡事盼望，凡事忍耐，愛是永不止息。

譚米唸完露出笑容，輕呼口氣，一時間，圓形會場鴉雀無聲，彷彿文字的力量讓所有人的話語都顯得微不足道。

ＲＪ望向瑪姬，覺得她表情怪怪的。「太尷尬了嗎？我們要試試，好比更現代的致詞嗎？」

一瞬間，我擔心瑪姬會附和他。但後來她擺脫內心的雜念，牽起艾登雙手，意有所指凝視他雙眼。「不用、不用，一點都不尷尬。太完美了。」

9

彩排晚宴的主題是龍蝦之夜，每個位子都有擦手巾、紅白格餐巾、紀念龍蝦鉗和圍兜，上頭還客製化印上了「瑪格利特和艾登的婚禮：啃手手慶祝！」。

座位已安排好，我很高興我那桌坐的是譚米、瑪姬、艾登、厄爾羅和艾碧蓋兒。現場有留個位子留給凱薩琳・葛德納，萬一她身體好轉，可以加入我們，但我這時已不再期待自己會見到她。

艾登坐到瑪姬和艾碧蓋兒之間，我從桌子另一頭說：「格溫德琳的事我很遺憾。」

「謝謝你，法蘭克。」

「有人和她家人聯絡了嗎？」

「蓋瑞的辦公室在調查。格溫德琳是由祖母一手帶大，她祖母已經不在了，所以他們不確定要通知誰。」

瑪姬從座位彎身。「爸，這是彩排晚宴，記得嗎？我們可以專心嗎？大家都吃龍蝦嗎？」

譚米舉起手。「要，謝謝！」

艾碧蓋兒反倒安靜不少。「龍蝦看起來好可怕。」

艾登還是鼓勵她嚐嚐看。「新英格蘭有全世界最好吃的龍蝦。妳想嘗試的話，這是最好的機會。」

服務生拿來我們的餐點，每個人都有一整隻超巨大的龍蝦，龍蝦大螯垂在盤外。艾登耐心教艾碧蓋兒怎麼夾破殼，挖裡頭柔軟的肉來吃。他對她說話的語氣之溫柔，我還是頭一次見到。我聽見他耐心問她對世界地理哪些事物最感興趣，像她最喜歡的山脈、河流和火山。整個週末，除了格溫德琳之外，我第一次聽到艾登對人講這麼多話。他似乎很開心能專注和那孩子說話，不理桌上其他人，也不理婚禮上的人。

晚餐氣氛是鄉村休閒風。現場有支即興樂隊，他們拿斑鳩琴和洗衣板表演滑稽的歌曲，內容關於牛蛙、陽光和在收穫月戀愛。服務生拿著一杯杯啤酒穿梭，但沒人想喝太醉，彷彿前一晚的悲劇讓大家學到教訓。每隔一段時間，有人會用叉子敲玻璃杯起鬨，大家會加入，讓聲音愈來愈大，等瑪姬和艾登接吻才會停下。艾碧蓋兒每次都起身拍手。她不敢相信這是眞的傳統習俗；她說她的結婚書上沒有寫到這個。

晚宴有舞台和麥克風，讓大家對新娘和新郎說句話，厄爾羅問我有沒有打算致詞。我說我會等到明天婚禮再說，他上台簡短說了幾句。他感謝大家出席，提到妻子缺席及身體的問題，但他保證明早大家會見到她。接著他舉杯敬新人。「瑪格利特是個聰明、努力又美麗的女人，她和艾登能夠找到彼此，我內心充滿了感激。我愛你們兩個。」他說完全場起立鼓掌，呼聲震天，好像他剛剛朗誦了金恩博士的〈我有一個夢想〉演說。我姊姊抓起紅白格餐巾擦拭淚水。「我參加婚禮總是會哭。」她告訴大家。艾登禮貌拍手，然後從口袋掏出手機看訊息。他皺眉看了看螢幕，順手將手機面朝下放在盤子旁。接著他彎身問艾碧蓋兒有沒有去過大峽谷，還有她知不知道，大峽谷深到裝得下四座帝國大廈。

更多人上台敬酒了。厄爾羅致詞完，好像每個奇能公司員工都想上台分享瑪姬和他們的故事。後來主持人RJ起身，進行十分鐘互動，輕鬆對現場夫妻開玩笑（「婆婆有夠煩，對不對？」）。這一切我都無法專心聽，思緒一直回到艾登和朵恩．泰格那張神祕的照片。我知道瑪姬是對的。那張照片明顯動過手腳，無庸置疑是張假照片。但見過琳達和布洛迪之後，我也不信他們會合成。

所以嫌疑犯只剩朵恩．泰格。她房間有台昂貴的電腦。照片有可能是她自己合成的——但爲什麼？

爲何要假裝自己和艾登在交往？

舞台上，蓋瑞和希雅拉一起向新人敬酒，分享兩人婚姻成功的祕訣。這時我望向女婿，他默默坐在座位，雙手在大腿上緊握。我看得出來他心不在焉，他們說的話，他一個字都沒聽到。

放在他身旁的手機，是能解鎖一切的鑰匙，能回答我所有問題。

10

太陽西下之後，服務生繞過來，點亮桌子中間的蠟燭。我們所有人全起身，移動座位，換人聊天。厄爾羅坐到艾碧蓋兒旁邊，向她解釋奇蹟電池如何作用，譚米、瑪姬和艾登聊起他們要去西班牙度蜜月的事。他們會在西班牙北邊待兩週避暑。艾登手機仍面朝下放在桌上，我走到附近，將紅白格餐巾扔到上頭。然後我看向四周，確定沒人發現後，神不知，鬼不覺將手機從桌上撥到我大腿上。

我起身上廁所，繞過魚鷹小屋，來到大門口。進入門廳後，有一長排女生等著用化妝室。幾個女生看到我，朝我笑了笑，我也朝她們微笑，並爬上樓梯。我想她們會覺得身為葛德納家族的貴賓，我出現在那很正常。我爬到三樓，再次踏上那條走廊，格溫德琳當初便是在這裡叫住我。她當時警告我，因為你仍沒見過凱薩琳．葛德納，這也代表你毫不知情。

我走到主臥室門口，敲了敲門。

「葛德納太太？妳好？」

沒人應門。我將艾登手機放到黑色感應板上，門喀啦一聲解鎖。我將門推開，裡面是一條昏暗的短走道。走道另一端，閃爍著藍白燈光，並依稀聽到攝影棚觀眾歡呼和鼓掌。我身後的門關上，我聽到電子鎖鎖頭再次歸位。

我向前走一步，腳踩到軟軟的東西。是一塊布，好像是一件罩衫。滿地都是衣服，有禮服、毛衣、裙子和休閒褲，數量多到給十幾個女生穿都夠了。我輕手輕腳越過雜亂的走道。「妳好？有人在嗎？」

我循走道往前，漸漸聞到一股味道。那是股刺鼻酸臭的氣味，聞起來像垃圾車的後斗。來到走道盡頭，我踏入空無一人的房間。房中一片昏暗，什麼都看不到。所有窗簾都已拉上，唯一的光源來自巨大的平面電視，電視上播放著《家庭問答》ㄇ。「我們民調訪問了一百個美國人：說出讓你聯想到人體的食物。」有個參賽者按下響鈴回答：「香蕉！」觀眾陷入瘋狂，個個歡呼鼓掌，雙腳跺地，主持人假裝跪地，一臉震驚，好像他從沒想過這個答案。

地面和家具上全是女人的衣服。每一件衣服都是新的，不曾穿過。吊牌都還在，有幾件仍收在塑膠袋中。沙發上堆了好多衣服，我差點沒看到坐在衣服堆中的人。她

ㄇ《家庭問答》（Family Feud）是美國知名電視遊戲節目，由兩個家庭進行對抗，團隊會先針對問題進行民調，接著問兩個家庭的答案，答案和愈多民眾一樣，得分愈高。

穿著賓客小屋中都有的白色浴袍，但她的浴袍上一片斑駁，全是棕黃汙痕，浴袍也沒繫好。

我在網路上看過凱薩琳．葛德納的照片。她氣質優雅，打扮俐落，現身波士頓美術館董事會。這人和她截然不同。她瘦得可怕，幾乎只剩皮包骨，她的妝彷彿是小孩畫的，雙頰塗上一塊塊色膏，完全對不上她耳朵和脖子的膚色。她雙眼旁的粉色眼影看來像細菌感染。她神色恍惚盯著電視螢幕，似乎一個字也看不懂。

節目主持人愉快地和參賽者家人打招呼，然後向年老的祖母重複民調問題：「說出讓你聯想到人體的食物。」

「茄子！」她尖聲說，群眾歡呼，主持人驚訝到站不住腳，在攝影棚跌跌撞撞，好像臉被揍了一拳。凱薩琳．葛德納仍毫無反應。我走到她和螢幕之間，她才終於發現我在房內。她小聲問道：「艾登呢？」

電視觀眾的歡呼聲中，我幾乎聽不到她的聲音。「他在樓下，葛德納太太。」

「你是誰？你在這裡幹麼？」

「我的名字是法蘭克．扎托斯基。」

「你不該在這裡。我要叫我兒子來。」

她手伸進衣服堆中，尋找埋在其中的手機。

「我女兒明天要嫁給艾登。」我跟她說。「我是瑪格利特的父親。」

她不再尋找手機，將手伸向桌燈，打開開關，好好看了看我。「沒有錯。我看出來了。我眞是太沒禮貌了。」

她突然撐起身子，搖搖擺擺想站起。她相疊的浴袍打開，露出她赤裸單薄的身體。她手臂一揮，將所有衣服推下沙發，爲我清出座位。

「你要坐下嗎？」

我逼自己看著她的臉。「要幫忙整理一下妳的浴袍嗎？」

凱薩琳低頭發現自己的疏忽，放聲大笑，好像我剛剛只是說她鞋帶沒綁一樣。她將浴袍拉緊，笨拙把腰帶打個結。「你一定覺得我是個失職的女主人。我來把電視調小聲。」她拿起遙控器，想調小音量，但似乎沒發現自己拿反了。於是我幫忙了她，將音量調到最小。「喔，你眞好，法蘭克。現在請坐吧，讓我來招待你。你別客氣，不然我不好意思。」

我坐到沙發邊，她拿了兩個玻璃杯和一瓶坦奎利琴酒。她用顫抖的雙手倒了一大杯酒。沒有冰塊、沒有萊姆片，單純滿滿一杯無色的琴酒。然後她坐到我身旁，舉起酒杯。酒從杯側潑下，滴到她手和手腕上。「敬瑪格利特，」她說：「多好的一個年輕女生。」

她敬到一半被尖銳的鈴聲打斷。我發覺聲音是從艾登手機傳出。手機發出警鈴，在幫助主人尋找手機。他一定發現手機不見了，現在在試著尋找。我按了手機上每個按鈕，終於把鈴聲關掉。

「我希望你不會介意屋裡這麼亂。」凱薩琳繼續說，她比著腳邊一團團的衣服。「這裡鳥不生蛋，根本買不到衣服，所以我的衣服全是上網路買。但尺寸就很麻煩，要一直試、一直試。我只是想在大日子打扮漂亮一點。」

僅僅一分鐘左右，她便從恍惚中醒來，變成活潑熱情的女主人。我們之間隔著咖啡桌，她牽起我雙手，好像害怕我離開。「我躲了一整週，對不起。醫生說我需要儲備體力。但既然你來了，有什麼我能爲你效勞的嗎？」

「方便的話，我想問妳關於我女婿的事。明天就是婚禮，我仍不怎麼認識他。」

提到她兒子，凱薩琳表情開朗起來。

「他是我最愛的寶貝。你想問什麼都可以。我這人沒有祕密。」

「我想要知道關於傳聞的事，還有朵恩・泰格的事。」

她放開我雙手，倒回椅子上。「好吧，這我完全能理解。我知道她家人怎麼說他。但我向你保證，他碰都沒碰過那女孩一根頭髮。他非常溫柔、非常敏感。他會是個忠誠的丈夫。這你不用擔心。」

「我今天下午見了琳達・泰格。」

「那女人是個白痴。」

「關於艾登，妳說的可能沒錯，但我不覺得琳達・泰格是個白痴。我覺得她只是搞錯了。」

「為什麼？」

「琳達．泰格習慣偷看她女兒去哪。她會追蹤她手機的位置。所以她知道朵恩有來過魚鷹灣營地。這是事實，朵恩．泰格曾來營地找過某個人，並帶了各式各樣的珠寶和昂貴的禮物回家，她必須解釋東西是哪來的。所以她告訴母親她在和艾登．葛德納交往，她甚至合成了兩人在一起的照片。朵恩不敢跟母親說出真相，所以捏造了兩人的關係，因為真相說出來太丟臉了。」

「所以真相是？」

「朵恩和已婚之夫外遇。」

凱薩琳微微一笑，點點頭，像家庭老師看到學生解題方向正確，給予肯定。「非常好，法蘭克，」她說：「你觀察力非常敏銳。」

「我必須知道真相。厄爾羅對朵恩．泰格做了什麼嗎？」

「我丈夫？喔，不，厄爾羅絕不會傷害任何人。至少不會親自下手。但現在，你不介意的話，我想再喝第二杯酒。」

我沒發現她喝完第一杯了。她用顫抖的手舉起酒瓶，倒滿了酒，才繼續說：「我丈夫男女觀念非常老派。但他不會說出口，因為這年頭要很小心。畢竟有網路什麼的。但如果你跟他喝點酒，他會跟你說他的理論。厄爾羅相信男人不能接受一夫一妻制。他相信男人，尤其有錢有權的男人，爲了進化，有責任要盡其所能和女人交配。他說所有男人都這樣，所有產業巨頭都是如此，像傑夫·貝佐斯、比爾·蓋茲、電影巨星、美式足球四分衛，當然還包括所有政客。」凱薩琳聳聳肩。「法蘭克，你覺得他說得對嗎？」

我跟她說我不這麼想。我確定許多有錢有權的人並沒有外遇。但她要我舉個例子時，我一個都想不到。

也許湯姆·漢克斯？吉米·卡特？羅傑斯先生？

「總之，如果我丈夫有點理智，他就會找伴遊公司。他所有朋友都是這麼做的。我們律師蓋瑞就是這樣認識他二十一歲妻子的。這些公司會從世界各地送來年輕美麗的女人，甚至送到哈普費瑞鎮來。但我丈夫不想花錢買。他喜歡追逐的快感。他需要征服感，愈非法、愈禁忌愈好。他有過好幾十個女人，法蘭克。甚至可能有上百人。我不知道。我已經忘記自己多少次驗出性病，那大概是最丟臉的外科手術了。」她手伸到桌邊，拿起半碗穀片。穀片已呈棕色，溼溼軟軟，泡在一吋高的溫牛奶中。「不好意思，但我正好在吃晚餐。我剛才在說什麼？」

「妳丈夫怎麼遇到朵恩·泰格？」

「好，這故事很有趣。去年夏天某個晚上，朵恩來魚鷹灣營地找艾登。我兒子已經帶她出去吃過晚餐，因爲她幫他換了輪胎。但艾登覺得約過一次會就夠了。他不想跟花痴女再有任何交集。但我丈夫不一樣，他歡迎年輕漂亮的女人進營地，並樂意帶她逛一逛。那時艾登和我都在波士頓，我們完全不知道發生什麼事。」她又吃了一口穀片，我低頭看著自己大腿，不想看她吃東西。

「我想他很喜歡她陪伴，因爲他自己一個人在營地時，只要她想隨時都能來。總之就是經典的乾爹加拜金女的情境。她會穿著花邊內衣褲來，他會送她筆電和Tiffany手鐲。」

凱薩琳舉起一根手指，要我等一下，她嘴間噴出一點棕色嘔吐物，從她下巴流下，噴到牛奶碗裡。一瞬間就結束了，她觀察我的表情，看我有沒有發現。如果我沒反應，我想她可能會繼續她的故事。但嘔吐的臭味撲鼻而來，我身體不禁向後仰，她開口道歉。

「妳還好嗎？」我問。「要我幫妳拿點什麼嗎？」

「我沒事。有時會這樣。」後來她喉嚨咕嚕幾聲，更多棕色嘔吐物從她嘴中冒出，

⊓ 吉米・卡特（James Carter, 1924-）為第三十九任美國總統。羅傑斯先生（Fred Rogers, 1928-2003）是美國電視節目主持人和長老宗牧師，製播和主持了許多兒童節目，對兒童人格教育有重大貢獻。

她將碗舉在下巴接。她手指比劃，表示自己沒事，只是需要再一會。她嘔吐完，清了清喉嚨，將裝著渾濁嘔吐物的碗推到桌子另一頭，離我們兩人遠遠的。

「妳確定沒事嗎？」

「不要可憐我，法蘭克。我說我沒事。好了，朵恩．泰格的問題是，我丈夫最後玩膩了。他找到新口味，決定向花痴女說再見。這時她帶來了大驚喜：猜猜誰懷孕啦？誰想要扶養費？她一定覺得自己中樂透了。她打給艾登，先把事情告訴他。她說她不想跟我丈夫談，想跟我談。她說只有另一個母親能明白現在的情況，做出正確的決定。」

厄爾羅在新加坡談生意，艾登和凱薩琳無法和他討論。他們十一月三日早上從波士頓出發，開車到魚鷹灣營地，並在中午前抵達。那是淡季的週六，所以營地裡只有雨果在，他們知道能信任他。

「我不喜歡讓這女孩進我家，但我還是帶她到了厄爾羅的辦公室，她給我看她的驗孕結果。然後她列出所有要求，例如聖誕節要到了，她要隨心所欲買禮物。她要求租金，因為寶寶需要住的地方，還要錢買各種用具、衣服、食品。她要車子的油錢和大學教育基金。最後她將全部加總，告訴我總額：一年四萬五千美元。我快笑死！這女孩對錢毫無概念，不知道厄爾羅和我身價多少。我去年光是水族館，就捐了一百四十萬美元！辦水母展！我皮包裡光零錢大概就有四萬五千美元。但這女孩態度一副理所當然，沒大沒小，我出於原則拒絕了她。我說我不會捐錢給妓女。」她聲音顫抖，每說出一項新細節，彷彿都傷害到她，彷彿在一刀刀割下自己的心。「我想就是在這時，事情有點失控了。」

艾登手機響起，我感覺手機在口袋不斷震動，但我只催凱薩琳繼續說。「朵恩開始說出我丈夫喜歡對她做的那些事。眞的很噁心下流，尤其我兒子就坐在我身旁，一切都非常不堪入耳。我請她別說了，但她卻繼續。她決定要不停傷害我、傷害我、傷害我，直到我答應付錢。最後我受不了了。我隨手抓起一樣東西——厄爾羅放在辦公桌上的燃料電池，像保溫瓶的那個。我敲她的頭。」

「妳敲她的頭？」

凱薩琳點點頭。「只是敲個幾下，提醒她在跟誰說話。」她演示一遍，像在敲釘子一樣。「敲、敲、敲。『閉嘴，笨蛋妓女。』」

房間傳來巨大敲門聲。走廊上有人叫著凱薩琳的名字，但我請她說完故事。

「差不多就這樣。艾登從我手中搶走燃料電池，那花痴當然傻在原地，不知所措。血從她頭髮流到臉上，她當然很害怕。艾登走向她，想讓她冷靜，但他手中拿著燃料電池，所以她嚇壞了。她衝向樓梯，然後就唉呀，一路劈里啪啦碰碰碰。」凱薩琳聳聳肩，彷彿這種事常發生。「最後的最後，她笨手笨腳害死了自己。所以這絕對不是我的錯。」

我覺得陪審團不一定會同意，但我聽到有人打開鎖的聲音，我發現時間只夠再問一個問題：「我女兒知道這一切嗎？」

凱薩琳大笑。「喔，法蘭克！你怎麼沒聽懂這故事的重點！還是我沒說好？我沒提到瑪格利特嗎？」

「對！所以這話是什麼意思？」

我沒聽到最後。雨果衝進房間，艾登和穿著護理師服的中年女子跟在後面。「扎托斯基先生，你真的不該在這裡。」他說。「我們跟你說過葛德納太太身體不舒服。」

我不理他，雙眼繼續凝視著凱薩琳。「拜託回答我。瑪格利特怎麼樣了？」

「你女兒是上天的禮物。」護理師捲起凱薩琳袖子，幫她注射，幾秒鐘之間，她眼皮開始顫動。她說：「少了她，我們全都完了。」說完她陷入昏睡。護理師繼續熟練地整理她的一切，雨果則帶我走到走廊，艾登跟在後頭。

「葛德納太太病得非常嚴重。」雨果說。

「對，我看得出來，偏頭痛讓她受盡折磨。或者她可能根本精神崩潰了。」

「所以你剛才聽到的都不可信。」雨果說。「她現在非常脆弱。她的記憶一點都不可靠。」

「她記得朵恩．泰格摔下樓梯，撞破了頭。這話可靠嗎？」

艾登想回答，但雨果打斷他：「我們不知道朵恩．泰格發生什麼事。我們已向警方提供了監視器影像，沒有證據證明她曾來過魚鷹灣營地。她的失蹤確實是場悲劇，我們爲她家人和整個城鎮致上哀悼和祝福。好，我現在要知道你接不接受這解釋，扎托斯基先生。我先提醒你，可別想含糊帶過。」

「我的答案要看瑪姬。」我轉頭去看她未婚夫。「她說謊可能是爲了保護你。但她知道眞相嗎？你有告訴她眞相嗎？」

艾登點點頭。「瑪格利特知道一切。我們應該要誠實告訴你，但她擔心你不會理解。」

我不理解，因爲知道這些之後，他們的整段感情更像一場騙局。「她說她在萬聖節扮裝派對遇見你。三天之後，她就答應爲了你向警方說謊？中間發生了什麼事？」

「不准再問了。」雨果說。「我們去找葛德納先生，然後我們一起討論。」

「你去找葛德納先生。」艾登告訴他。「我會和法蘭克說清楚。其實，如果從一開始，我們就對他說實話，可能會省下不少麻煩。」

11

我們走出魚鷹小屋前，艾登一個字都沒說。他帶我越過車道，進入前一晚我和格溫德琳見面的陰暗松林，這時他終於開口：「你偷我手機？」

我還給他。「對不起，艾登。我必須知道眞相。但我總覺得我只知道一部分。」

「你不知道剩下的事比較安全。我向格溫德琳坦承──我告訴她一切──結果你看他們怎麼對她。」

「他們是誰？」

「拜託別再問了。在魚鷹灣營地出意外的方式可多了，雨果已經盯上你了。」

「我不怕他。」

「你最好要怕。」艾登焦慮地望向四周，確認沒人躲在附近。「他以前在剛果共和國經營鈷礦場，後來國際特赦組織的人找上他。我父親用奇能公司的飛機將他接出國。他被控犯下各種罪行：人口販賣、兒童剝削、職場『意外』等，我說的是眞正的反人類犯罪。他在這裡躲了兩年，我連他眞名都不知道。我只知道他非常危險，並且對我父親忠心耿耿。現在他時時都盯著你。我的建議是，把你聽到的忘了，回派對去，裝作一切正常。」

「你母親需要幫助，艾登。如果你不讓她接受治療——我是說眞正的治療，去眞正的醫院——她會用酒灌死自己。」

「太遲了，法蘭克。她本來就在酗酒。我父親到處跟人睡來睡去，也難怪她喝成這樣。但朵恩．泰格來這麼一趟，讓她徹底失控了。她的精神崩潰了。這些事，她不能對心理師說。除非她想坐牢。」

「她說瑪姬有參與。」

「這一點我可以向你保證，法蘭克。你女兒完全安全，她現在就快要得到她想要的一切了。但她絕不會告訴你婚禮的眞相，因爲她覺得你無法接受。」

「什麼意思？有什麼比朵恩和格溫德琳被殺還糟？」

他看來非常想坦白，但他只是穿過樹林，走回車道，踏進魚鷹小屋外的賓客視線之中。三個年輕女生認出他，快步走來。「卡拉OK時間！」她們齊聲大喊，並聚在新郎身旁，要他和大家一起回到派對上。

「來吧，法蘭克，」他叫我：「是唱卡拉OK的時候了。我們回派對去。」

我沒跟去，他身旁的女生也沒興趣來拉我。艾登一臉投降，隨她們繞過小屋側邊，像是被帶進行刑隊處決一樣。我知道我唯一的辦法是拿這一切去和瑪姬對質，要她說出眞相。但這段對話絕不能在主草坪發生，也不能在厄爾羅、蓋瑞和其他人面前。

幸好魚鷹灣營地地圖仍摺得好好的，放在我口袋裡，我記得我女兒住在蜂鳥小屋——「在營地另一邊」，遠離魚鷹小屋和主草坪的喧鬧。我決定去那裡，等她回家，她不和我坦承一切，我絕不離開。

我循步道走進樹林，馬上被樹根絆了一下。夜已深，林中幾乎沒有任何月光。我拿出手機，打開手電筒，照亮眼前的路。步道向下深入谷地，我經過兩間小屋，分別叫擬八哥小屋和鶺鳥小屋。兩間小屋都一片漆黑，可能人都還在派對上。

接著好長一段時間，路上什麼都沒有。再一次證明魚鷹小屋的地圖不是照比例畫的，蜂鳥小屋連影子都見不著。萬籟俱寂，四周幾乎全黑，我注意力變得十分狹窄，除了眼前下一步，我無法思考別的事情。我對周遭環境變得異常敏感，內心再次興起不安，好像我走入陷阱，轉角有不好的事等待著我。

也許有可怕的動物偷偷跟著我。我聽到樹枝啪一聲，在原地轉身，用手機微弱的手電筒照向黑暗。我看不到任何人，但眼前有無數能躲人的地方。

「艾登？」我大喊。「你跟著我嗎？」

沒人回答。我轉回來，繼續向前。終於，我看到地平線出現三個方形的燈光。那是小屋小巧的窗戶，柔和的光線從屋內透出。我終於來到蜂鳥小屋。我爬上門廊，試著打開門。門鎖上了，但我將手機放上感應器時，鎖舌轉動，門向內打開。

我進到小屋內，這棟小屋比我的更小。空間只夠放一張沙發和一張小餐桌，旁邊有個小廚房。我一進門馬上感覺我不是一個人。後方房間的門微微打開，我聽到門後傳來動靜。我走到廚房水槽，拿了個空酒瓶。我抓住瓶頸，把酒瓶當棒子拿在手中，將門推開。

瑪姬躺在床上，四肢在法蘭絨被單上舒展，背微微拱起，她的禮服拉到了腰際。她面朝天花板，雙眼閉起，咬著下唇，呼吸急促，手抓著床墊邊緣。蹲伏在她身前是隻蒼白肥胖的怪物，臉埋在她大腿之間。酒瓶落向地面，摔成碎片時，我才發覺是自己鬆開了手。厄爾羅．葛德納聽到聲音轉向我，睜大眼睛，嘴唇一片溼潤。我衝向前，將他撞下床，我們摔到地上。我跨坐在他毛絨赤裸的身體上，以免他掙脫。瑪姬大聲尖叫，厄爾羅用力挺著他鬆弛、滿是汗水的肚子，想將我頂開，但我已占了上風。我將他牢牢固定住。我手掌狠狠壓著他的臉，然後雙手掐住他脖子，拇指深深扣住他喉嚨。

瑪姬不住尖叫，但那只是雜音而已。她抓住我肩膀，想將我拉開，我感覺下背一陣劇烈刺痛。稍一分神，厄爾羅手趁機揮出，重重甩我一巴掌，我左耳瞬間失去聽力。我頭暈目眩，好想嘔吐，雙手也無力地垂下。抬頭看向房間窗戶時，透過窗玻璃的反射，我看到房間門口，雨果拿著黑色甩棍衝進來，並將甩棍高舉。

眼前變黑之前，我發現女兒不再尖叫。她面對著門口，眼錚錚看著雨果衝入房中，卻沒試圖出聲警告我。

IV

婚禮

1

晨光從我窗前灑下。我瞇著眼，轉身背對陽光，拉扯被子蓋住肩膀。一隻幽靈蛛在我枕頭上，離我臉只有幾公分，我把牠撥掉。又一隻幽靈蛛從床頭櫃看著我，但我放過牠了，晚點再處理牠。現在我只需要睡覺。

但這時我想起來了。

我坐起身，雙腿盪下床，突然間後腦頭骨一陣劇痛。我的老天爺啊。我的腦袋簡直像被人串起來烤過了。我閉上雙眼，咬緊牙關，試圖搞清楚狀況。我回到我的小屋了，回到這間兒童房，角落有故事書，牆上是彩色魚壁紙。我回到下鋪床上，但我絲毫不記得自己是怎麼回來的。

我最後記得的是和赤裸、渾身是汗的厄爾羅·葛德納扭打在地。我記得自己用手掌壓著他的臉。

是夢，我告訴自己。

一場可怕、充滿焦慮的噩夢。

但我指節受了傷，下背酸痛。我全身穿著和昨晚一模一樣的衣服。

我伸手摸頭皮，感覺到柔軟的腫塊陣陣抽痛。我的頭髮糾結成一團，沾滿乾血。我還沒理解發生什麼事，便先嘔吐了。我撐到了廁所，但來不及到馬桶，所以全吐在洗手檯。

我抓住毛巾架，穩住身體，試著釐清思緒。愛是恆久忍耐，又有恩慈。他是他媽的黑暗王子。又來了，再次扭曲現實。你最需要擔心的不是朵恩．泰格。她現在就快要得到她想要的一切了。我頭痛得要命，感覺像是腦袋被挖了一塊，血淋淋的傷口全暴露在外。

我打開燈，將鏡子上的蜘蛛撥掉，好好檢查自己的樣子。我的襯衫全是髒汙和血，兩顆扣子不見了。我看起來簡直像是喪屍電影的臨時演員，飾演感染了病毒的通勤上班族。我打開水龍頭，潑了點冷水到臉上，漱了漱口。我化妝檯上有盥洗用具，包括牙刷、體香劑和一瓶古龍水。但我懶得去拿。我只關心兩件事：去找瑪姬，離開魚鷹灣營地。

我的天美時手錶顯示十一點五十三分，但當然是葛德納標準時間。我按了按按鈕，把時間調回標準時間十一點三十八分。不管這狗屁了。我走向衣櫃拿行李箱。感應燈一亮，數十隻蜘蛛被我的突然出現嚇到，從牆面四散。我只抓起行李，關上門，因為牠們跟我沒關係了，再過五分鐘，我便會離開。

我在口袋找到手機，發現電量只剩百分之八。螢幕上有個新通知。早上十點五十二分維琪留下語音訊息。我按播放聽：

「我昨晚沒聽到你消息，希望一切順利？我想讓你知道，我聯絡了我兒子陶德。在報社工作的那個？好，別擔心，法蘭克。我什麼都沒說。我只問他有沒有聽說葛德納家族任何古怪的事。因爲大多時候，記者會聽說各種消息，但有時消息來源不足，所以不能完整報導，是吧？我覺得這可能是類似的情況。因爲我問完之後，陶德突然不說話，說他不能跟我說。他其實是用沉默告訴我，他們確實有不可告人之處。所以你一定要小心。你收到訊息時打電話給我。我在電話上說會比較清楚。」

但我不需要她向我解釋了。我不需要維琪或任何人的建議。我把行李箱放到下鋪床上，打開上蓋，這時譚米出現在我房門口。她隨便敲了敲門，便推門進來。

「聽著，法蘭克，我只是想來看看你，確定你──喔我的老天啊，你的臉怎麼了！還有你的衣服！」

「東西收一收，我們要走了。」

她露出不安的微笑，好像期待我說完之後，會說這是開玩笑。「你在說什麼？發生什麼事？」

「我不知道，譚米。我完全不知道發生什麼事。但我知道這場婚禮是個笑話。瑪姬犯了個大錯，我們必須把她帶走。」

「法蘭克、法蘭克，冷靜點。」譚米靠近過來，一手溫柔地放到我手臂上。「瑪姬沒事，好嗎？我剛才見過她。我們剛才一起吃早餐。我、瑪姬和艾碧蓋兒，我們吃了草莓鬆餅，瑪姬百分之百沒事。今天她要結婚了，記得嗎？她要嫁給艾登．葛德納。」

「我知道今天是什麼日子。妳為什麼像在跟小孩子說話？」

「因為你聽起來像是腦袋糊塗了。昨晚他們帶你回家時我在場。瑪姬說你喝太多酒了。她說你跌倒撞到頭。」

「妳相信她？」

「當然相信！」

「妳覺得我會喝醉？喝到醉倒？在我女兒的彩排晚宴？這聽起來像我會做的事嗎？」

「不會，法蘭克，但我老實說，你這幾天都不太對勁。我覺得你壓力非常大。那你認為昨晚是發生什麼事呢？」

我不想告訴她。我內心一角希望自己不說出口，這一切就不會成真。但我知道少了我姊的幫忙，我絕對辦不到。我坐到下鋪床上，請她坐到我身旁，因為我知道這故事要說一陣子。「昨晚吃晚餐時，我進到魚鷹小屋，見到了凱薩琳．葛德納。她沒有生病，譚米。她沒有偏頭痛。她是精神崩潰了。她整天都喝得醉醺醺的，所以她一直沒和我們見面。而殺死朵恩．泰格的其實是她。」

譚米向後抽開身子，好像突然發現我有傳染病一樣。「好，等一下。」

「她用汽車電池砸破她的頭。事情發生時，艾登在場。他目睹了一切。」

「等一下、等一下、等一下。我不需要知道這些。」

「譚米，妳沒聽清楚我講的。我在跟妳說凱薩琳·葛德納殺死一個懷孕的女人。就在這營地裡。艾登幫她掩蓋了一切。」

「我聽得非常清楚。而我要告訴你：這不干我們的事。每個家庭都有祕密。我們管好自己的事就好。」

我盯著我姊姊，內心難以置信。這個女人一生奉獻，幫助他人，她幫助了無數寄養小孩和老年人。面對不公平，她總是第一個挺身而出，結果我現在卻像在和另一人說話。我還沒告訴她最糟的部分：「我和凱薩琳聊過之後，去了瑪姬的小屋。她小屋在森林深處。我發現她和厄爾羅·葛德納在床上。」我盯著姊姊的臉，尋找任何反應，但她表情都沒改變。「妳理解我剛才跟妳說的事嗎？她和她岳父上床。在她婚禮前一天晚上。我把他摔到地上，開始打他，後來雨果用棍子打我頭，那是我最後記得的事。」

我姊姊一言不發良久。我以爲她聽完大受打擊，並努力理解。但她終於開口時，讓我無比震驚。

「我聽得出來你很難過。」

我眨了眨眼。「妳聽得出來我很難過？」

「我相信你說的全是實話。我理解你爲何不舒服。我也會不舒服。我希望瑪姬能有不同的選擇。但我們在說的就是瑪姬啊。你怎麼會驚訝呢。」

「會啊，怎麼不會，我很驚訝。」

「法蘭克，拜託。我幫你撫養她長大。我和你一樣愛著她。但你誠實面對自己吧。她這又不是第一次。」

「不是第一次什麼？」

「耍心機去操控別人。利用別人得到她想要的。她姊妹會所有的勾當。還有手機醫生的事。你想一想瑪姬不跟你說話的原因。」

「她不跟我說話，是因爲我讓她失望了。她請我幫忙，結果我背叛她。」

「不，法蘭克，明明不是這樣。她讓你以爲事情是這樣。因爲——這也是一個例子——她非常擅長操控別人。尤其是你。就我記得，你只是想做正確的事。」

我不懂她在說什麼。事情變動太快，我只希望一切停下。「我們必須幫她。」

「她不需要幫忙。這不是《即刻救援》，你也不是連恩·尼遜「。你不需要拯救瑪姬。她完全知道自己在幹什麼。我不理解她的選擇，但這顯然是她的選擇。這是她想要的。我覺得接受的話，我們會過得快樂一點。」

「朵恩·泰格被殺了。格溫德琳發現眞相之後，她也被殺了。雨果對她下藥，淹死她，將她屍體像垃圾一樣扔了。」

「但瑪姬沒有傷害那兩人。你知道葛德納家族不會被繩之以法。這些人總是有辦法逍遙法外。他們會雇用律師，鑽法律漏洞。」

「所以妳要假裝一切都沒發生？妳覺得妳眞的辦得到？」

「法蘭克，我知道我辦得到。因爲我累了，好嗎？」她看得出我聽不懂，所以她試著換個方式回答：「我們情況非常不一樣，弟弟。三年之後，你會退休，擁有一筆退休金，享有健保，能自由自在做任何事。但我呢？我沒有退休金。如果這婚禮告吹，如果厄爾羅拿回他一千股股票。我的退休帳戶就只有四萬美元，再看社會安全局能補貼我多少。無論如何，我得一直工作下去。我要幫人插尿管，治療床瘡到九十歲。我再也不想過這種生活了。」她比著窗外的營地。「尤其看了這一切。這裡一切都好美。」

「我會照顧妳，譚米。我不會讓妳過得那麼辛苦。」

「我不想吸你的血。我不希望每次車子要換輪胎，就要等人施捨。我想拿著我一千股股票，安靜過退休生活。」

ㄇ《即刻救援》（*Taken*）是連恩・尼遜主演的驚悚動作片，內容講述主角的女兒遭犯罪組織擄走，他單槍匹馬對付犯罪組織，搶救女兒。

我感到另一陣抽痛襲來，只得咬緊牙關，手捏著床墊邊緣，準備承受。我姊姊一直在照顧和支持我，永遠站在我身旁，但現在她是奇能公司股東，我再也認不得她了。她將腰包轉到前方，拉開拉鍊，拿出一小瓶止痛藥。她將兩顆棕色小藥錠溫柔放到我手中。

「我告訴你我會怎麼做。我會去找瑪姬，讓她來這裡，你們好好聊一聊。但她來這裡之前，你必須先洗個澡。你看起來很糟，身上味道臭死了。去把自己打理一下，同時，我希望你仔細回想，你和瑪姬爲何不再說話。誠實面對自己吧。因爲這整件事感覺非常熟悉，法蘭克。這感覺和三年前一模一樣。我不希望你重蹈覆轍。瑪姬已是大人，她能自己選擇，也能自己承擔後果，你接受這點之後，才能和她擁有眞正的關係。或者你可以一直對抗她，破壞她的決定，摧毀共築未來的任何一絲希望。身爲關心你的人，我會建議你選擇前者。」她拍拍我膝蓋，然後看手錶，發現時間已接近中午。「你最好快去梳洗，因爲你只剩三小時。」

2

我好好洗了個熱水澡，洗去頭髮上的血汙，重新思考我姊姊的建議。我想理解我爲何淪落至此，我怎麼會養出這種女兒，她竟做出這種傷天害理的事。我一點都不想回想三年前的事，但譚米似乎覺得我能從中學到教訓，也許她說得對。

瑪姬讀完大學，我希望她能回家，在艾倫敦市或雷丁市找個工作。但她堅持待在波士頓才有最好的工作機會。她需要找個地方住，所以我和她一起簽下租約，租了地下室公寓。我答應她第一年房租我來付，讓她先站穩腳步。我知道遲早有人會發現她的價值，付她該有的薪水。

同時她每週會在手機醫生那打工三十小時，那是個小本經營的破地方，專門修理電子設備螢幕破裂之類的。我只去過「店」裡一次，第一印象不大好。店裡雜亂破舊，燈光昏暗，地毯破破爛爛，櫥窗滿是髒汙。從各方面來說，這家店完美反映了老闆的模樣。四十六歲的奧利佛·丁翰，皮膚蒼白且長滿黑斑，並會將頭髮梳高遮住禿頂。他平常都穿著尼龍運動外套，但很難想像他會去操場或任何地方跑步。他從父親手中接下這家店，並無意擴大經營。工作之外，他自稱是ＡＦＯＬ，意思是成人樂高迷。在他兩房的公寓中，他用三千塊樂高重建了霍格華茲城堡和千年鷹號。如果我這番描述聽起來太嚴苛，那是因爲他顯然迷戀他二十一歲的新員工。

「哪有。」我向她表達擔憂時，瑪姬回答。我告訴她，她看不清眼前情況。奧利佛是個禿頭的中年宅男，已好幾年沒約過會。瑪姬是個聰明美麗的年輕女子。兩人每週三十小時待在一間小店內，人潮又少。他們簡直像是困在荒島上。我求她辭職，找另一份工作，去餐廳、保齡球館或任何能和其他年輕人待在一起的地方。「妳不該整週跟那傢伙綁在一起。妳在浪費妳人生最美好的歲月。」

但我說破嘴也沒用。瑪姬說任何和科技相關的工作，都能在履歷上加分。她指出奧利佛能付她時薪二十二美元，大大高於最低薪資，而我覺得這是另一個警訊。她堅持奧利佛不曾踰矩，但我知道那只是遲早的事。我開始替她注意打工廣告，尋找任何能讓她離開手機醫生的工作。我寄給她各種資料，但她從沒去聯絡，我想我們的關係是從那時開始惡化。她罵我多管閒事，只會批評。我罵她懶惰，目光短淺。也難怪她不打電話回家。我們後來對話愈來愈少。當她決定復活節和聖誕節要待在麻州和朋友過，我心如刀割。

後來到了二月，某個週六早晨，我起床時聽到一輛車子開上車道。時間尙早，才剛過五點半，天還沒亮。車子一路開進車道，繞到房子後面，然後我聽到車門靜靜打開又關上。駕駛好像努力不想吵醒任何人。我從床上跳起，下樓進到廚房，剛好看到女兒打開後門。

「想不到吧，」她說：「希望我沒吵醒你。」

她穿著破洞的牛仔褲、暗綠色運動衫和破爛的耐吉球鞋，一臉精疲力盡。我歡迎她，並和她擁抱，我在她頭髮聞到了香菸的味道，但我決定算了。她解釋說她突然想家，所以連夜開車回來，但她現在只想沖個澡，睡一覺。她去洗澡換新衣服時，我替她做了炒蛋。她睡覺時，我稍微整理了她的車子，替她添油加水，檢查胎壓，吸淨地墊上的碎屑。

早上後來下起雪，於是我們整天待在家，譚米帶著兩個寄養小孩來，我們五個煮了一大鍋雞湯，烤了一大條麵包。院子鋪上厚厚一層白雪時，瑪姬帶孩子到外頭，躺在地上做雪天使和蓋冰屋，譚米和我拿著熱可可，透過結霜的窗戶看他們玩耍。晚餐之後，我們放了比利·喬ㄇ的CD，教寄養小孩怎麼玩尤克牌和「哎呀」紙牌遊戲，從頭到尾都是完美的一天。

週日早上，瑪姬感覺不大一樣。她從房間出來，一臉驚恐。我剛才聽到她在講電話，語氣十分緊張，但我克制住自己，沒去偷聽。我問她一切都好嗎，她說她沒事。

ㄇ Billy Joel（1949-）美國歌手和鋼琴家，獲獎無數，全球唱片銷量逾一億張。

我們開車到鬆餅屋吃早午餐，服務生像見到榮譽校友一樣熱情歡迎她。我點了平常會點的農夫蛋捲，瑪姬點了草莓鬆餅，但她幾乎沒碰。她感覺一心想趕回波士頓。我試著和她閒聊，問她找工作的事，但我沒逼太緊。她因爲沒什麼進展，感覺有點灰心，我不希望讓她更難過。

我們早上十一點回到家，她收拾東西準備離開。我記得陪她走到車旁，車子整個週末都停在我後院。「喔，對了，」她打開車門時說：「我可以請你幫我個忙嗎？」

「當然沒問題，孩子。說吧。」

「如果有人問你我幾點到這裡，你可以說你不確定嗎？」

瑪姬坐進她的本田小車，搖下車窗，聽我的答案。好像剛才是要請我幫她澆花或借二十美元。

「妳是週六早上到這裡的。」

「對，我想請你講得模糊一點。例如你週五晚上睡覺之後，沒聽到我回家。因爲我有鑰匙。你週六早上醒來，我就睡在自己床上了。」

「可是妳沒有睡在自己床上，妳是開進我的車道。」

她聽了長嘆口氣，好像我沒抓到重點。「你不用說謊。你只要假裝沒看到我開車回來就好。」

「那就是說謊。事情明明不是這樣。」

「事情差不多就是這樣。如果你他媽沒那麼早起，你會以爲這是眞的。因爲你會發現我在床上，我會告訴你我睡了一晚上。」

我心跳開始加快。這不對勁，我知道這不對勁。「瑪姬，拜託妳下車。我們進屋子裡談一下這件事。」

結果她發動了引擎。「我要走了。」

「我會幫妳，但妳要回答我一些問題。」

「爲什麼？『不需解釋』先生去哪了？」

這是她高中時，我一貫的規則。瑪姬那時開始參加派對，常玩到半夜。我跟她說，如果她需要有人載她回家或需要任何幫助，她任何時間都能打給我，我會衝去接她——不需解釋。

「我現在需要他，」她說：「我需要那位『不需解釋』先生。拜託不要弄得更複雜，好不好？」

她最後求我時，已倒車退出車道。她倒車速度有點太快，車撞到垃圾桶後，衝出人行道，掃到街道上。接著她換好檔位，加速開走。

我回到家裡，開始排練我的說法。我不明白剛才發生的事，但我知道有人會打電話來，我想先準備好。我週五晚上很早睡覺，我沒聽到瑪姬回家。我週六早上醒來，就發現她睡在自己床上。

那天晚上，我把剩下的雞湯當晚餐吃。隔夜湯通常比較美味，但這次沒有。我吃完之後洗好碗，整理好廚房垃圾，拿垃圾袋到車道。我打開垃圾桶蓋，發現裡面已有另一個垃圾袋。那是個四十公升的垃圾袋，但大半是空的，我知道不是我丟的。我拿出袋子，拿到隱密的後院，緩緩解開袋子的結。裡面是瑪姬破洞的牛仔褲和暗綠色運動衫。還有她的襪子、球鞋、內衣和內褲。再加上一雙便宜的園藝手套和素面深藍色棒球帽。我把東西全放回袋內，把垃圾袋放回垃圾桶，然後把垃圾桶拖到街邊，這樣明天早上垃圾便會收走。那天晚上無比漫長，我輾轉難眠，後來太陽升起，我聽到垃圾車引擎低吼，開上我家街道。他們將證據全都帶走了，卻帶不走我的擔憂。

日子一天天過去，接著一週週過去，最後整整一個月過去，我開始放鬆心情。瑪姬說得沒錯，一切都沒事。沒人打電話問我任何問題，我不過是在杞人憂天。我傳了幾則輕鬆的訊息給女兒，問她過得如何，她回答簡短，但態度友善。她跟我說，她不在手機醫生那工作了，現在在咖啡店打工。她同時將履歷寄到各大公司，希望能找個更好的工作。一切的一切都指向更光明的未來。

最後瑪姬得到了奇能公司的工作。她打電話告訴我這個好消息，我們聊了將近一小時。這是她第一份正式工作，她會進到劍橋市中心全新的辦公室，拿新鮮人的薪水，再加上績效獎金，享有藍十字健保和一系列公司福利。奇能公司員工能免費參觀美術館和新英格蘭水族館。他們在上百家公司都享有九折優惠，例如向赫茲和安維斯公司租車時，或搭乘西南航空時。她拿著長長的清單一家家唸給我聽。我記得自己爲她感到驕傲。我知道缺少人脈，很難踏入職場，而瑪姬正面面對挑戰。這段路她走得有點坎坷，但她終於辦到了。現在的她未來一片光明，我寄了一大束花給她，附上卡片寫：**恭喜！妳成功了！**

三週之後，我下班回家，看到一輛雪佛蘭車停在我家門前。我一到家，駕駛便打開車門向我揮手。他是個黑人，身穿襯衫，打著領帶，他的行爲舉止讓我想起我父親。倒不是年紀的關係（他只比我大個十歲左右），而是他整體的態度。他走起路來十分悠哉，許多長輩在退休年齡還繼續工作的話，走路都是這樣。他們已開始領退休金，所有壓力都已消失，但日子過得很自在，不想退休。

「扎托斯基先生嗎？」他從車道走來。「我是雷納德．桑莫斯。我爲麻州消防局長工作。我可以問你幾個問題嗎？」

「哪裡失火了嗎？」

「對，先生。發生一場大火。瑪格利特沒跟你說嗎？」

「她沒事吧？」

他點點頭，說我女兒很安全，接著他重複他的問題：「她沒提到失火的事嗎？」

「我有一陣子沒跟她聯絡了。她才剛找到新工作。」

「對，我有聽說。」他手伸進口袋，拿出小筆記本打開。「叫什麼……奇能公司

（Capaciti），對吧？拼法是兩個i？」

在這之前，我都希望雷納德．桑莫斯搞錯了，他跑錯房子，要找的是另一個瑪格利特．扎托斯基。但顯然不是。

「沒錯，」我跟他說：「C i t i，兩個i。」

「哇，我媽一定會受不了，」他笑著說：「她在羅克斯伯里小學教二年級，她對拼字非常嚴格。她總是批評Froot Loops穀片和Kool-Aid飲料這兩個品牌讓小孩亂學拼字。現在世界愈來愈亂七八糟。之前有個共乘平台Lyft，還有福來雞餐廳Chick-fil-A，現在又來個兩個i的奇能公司。還好她過世了，不然還得了，你懂吧？」

他說得活像我們時間多得是，我只露出禮貌的微笑，耐著性子聽他說故事，納悶這人爲何來找我。

隔壁鄰居打開前門，走到外頭，假裝來看信箱，但顯然只是來偷聽。雷納德．桑莫斯友善朝她揮個手喊道：「午安！」然後建議我們進屋裡聊。

我們走進廚房，我問他要不要喝咖啡。他說他吃完中餐後從不喝咖啡，因爲咖啡因會害他睡不著，所以一杯水就好。於是我倒了兩杯水，和他坐到廚房桌子旁。

「我想要問你關於瑪格利特前一份工作的事。」他解釋。「上週我逮捕了一個叫奧利佛．丁翰的男人。你有見過他嗎？」

「一次。」

「什麼時候？」

「幾個月前。我去波士頓找我女兒，她帶我去看她工作的地方。」

「所以你有進到店裡？手機醫生？」

「一下下，但有，我去過。」

「好、好、好。那省下我不少時間。大約兩個月前，二月七日晚上，奧利佛．丁翰縱火燒了整棟大樓。」他從側背包拿出筆電，打開螢幕，給我看建築殘骸。大樓已化爲一團發紅的碎石瓦礫，鋼筋都已扭曲。「好，我幹這行已經很久了，我見過許多手法拙劣的縱火犯，但丁翰先生絕對是最爛的一個。那個可憐的傻瓜把能犯的錯全犯了。例如，多數意外大火能追蹤到單一起火點，像暖氣機或隨地亂扔的香菸。但手機醫生店裡的大火有三個明顯的起火點。這三個重大的失誤表示『這不是一起意外』，你懂我意思嗎？除此之外，我們在室內到處都驗出丙酮，這根本毫無道理。如果是美甲沙龍店，當然可能會驗出丙酮、甲苯、甲醛等許多高度易燃的化學物質。但這些不會出現在手機維修店裡。他那個現場沒道理有這麼多助燃液體。這又是另一個失誤。」

他頓了頓，喝口水，也許是要給我開口的機會，但我只用手搓了搓褲子，擦掉手汗，等他繼續說。

「所以我去丁翰先生家拜訪他，問他爲何店裡有那麼多丙酮，這是我職業生涯中最短的一次拜訪。不到五分鐘，那人全盤托出。他放聲大哭，不斷道歉，坦承一切。所以我們以一級重罪縱火和重罪謀殺的罪名逮捕了他。」

「謀殺？」

「這是整起事件最遺憾的一點。先到場處理的是一名叫德肖恩．威爾森的消防員。二十九歲，當時大樓地面崩塌，德肖恩掉到地下室。半棟建築壓到他身上。」他停了一下，給我看罹難英雄的照片。德肖恩拿著消防帽，身穿制服，旁邊有個年輕女人抱著一個男嬰。「旁邊是他的遺孀金恩和兒子德肖恩二世。你確定你女兒完全沒有提到任何跟這事件相關的事？」

「她一直很忙。剛拿到新工作。我們沒時間打電話。」

他點點頭，在筆記本上寫了一下。「好吧，我相信你也很忙，所以我直接講重點。丁翰先生將在週五被判刑，我在幫忙檢察官調查。我們想讓法官知道所有相關的資訊。我愈了解丁翰先生，愈不懂他的動機。為什麼要把店燒掉？他說是為了錢。但我問他為何要那筆錢，他打算怎麼用那筆錢，他都說不出來。他不知道。很怪吧？」

我拿起水杯，喝了點水，想表現像略有所思。「也許他有財務問題。」

「我也想到一樣的事！所以我去查了，扎托斯基先生。你知道嗎？結果他那破爛的小本生意做得還不錯！一塊小小的玻璃就要價六十美元，其實利潤真的不錯，再加上他毫無欠債，也沒有親人生病，甚至沒有家庭要養。他毫無企圖心，這算是最令人意外之處。縱火不是件容易的事。要費很多功夫。我總覺得，丁翰先生不曾真正努力做過任何事。他感覺很喜歡在店裡悠閒度日，玩他瘋狂的樂高，看一堆網路色情片。這一切都讓我不禁在想，也許丁翰先生有個共犯。」他又停下來，喝口水，然後問：「你知道他付瑪格利特時薪二十二美元嗎？」

「我想他覺得她值得。」

「喔，我也這麼覺得。我覺得他非常珍惜瑪格利特。我讀了他們幾百則訊息，顯然兩人非常親密。」

我不喜歡他的暗示。「那人已經四十六歲。如果他對我女兒有感覺，我相信只是單方面的。」

「我有幾張照片能證明不是。我在他手機找到的。我想這叫『私密床照』。這種照片通常不會傳給上司。」他想把電腦轉過來給我看，但我舉起手，表示我不想看到。「總之，我這週也拜訪了妳女兒。我問她這起火災的事，她說她週末在家。拜訪你和──」他看了看筆記。「你和譚米姑媽。這你記得嗎？」

「記得很清楚。週六下了雪，譚米和寄養小孩有來。瑪姬和他們在後院玩。」

他聽到我叫女兒瑪姬，在筆記本上記下。然後他在我們之間放上一張年曆。上面是整年的月份和每一週。他指著二月第一週。「你說的是這週六嗎？二月七日？」

「對，我想是吧。」

「我可能需要你確認。你能確定瑪姬二月七日週六在這間房子嗎？」

「對，我確定。」

「她什麼時候到的？」

我一字不漏重複他的問題：「她什麼時候到的？」雷納德．桑莫斯露出淺淺的笑容。我想那一瞬間，他知道我慌了。「沒錯，扎托斯基先生。你說週六下午有下雪，你姊姊譚米帶著寄養小孩來玩。所以我只是在問你，回想稍早一點的事。瑪姬幾點進到你家？」

「我不記得。」

「唉，這眞的很重要。我大老遠開車來和你說話，就是爲了這個。」他身子向後靠，喝一口水，然後看了看廚房四處。「你慢慢來，好好回想。」

「對不起，」我跟他說：「我腦中一片空白。我完全沒印象。」

他點點頭，這正是他期待的答案。「我知道我讓你爲難了。畢竟我們在說的是你女兒。你的獨生女，對吧？所以這樣好了。父親和父親之間，爲了表示誠意，我重複問題之前，我向你攤牌。我覺得這場大火是瑪姬的主意。我覺得她從某個地方得知，百分之八十的縱火案最終都成了懸案，她認爲有機可乘。於是她說服奧利佛縱火，兩人平分保險金。」

「這是奧利佛說的嗎？」

他搖搖頭。「沒有，先生。」

「那你有什麼證據。」

「老實說，沒有多少證據。但我們在建築物後面空地發現兩組腳印。一組男生十一號鞋，一組女生七號鞋。兩組腳印上都有甲酮。你知道女兒穿幾號鞋嗎，扎托斯基先生？」

「我很久沒替她買鞋了。」

「她穿七號。」

「很多女生都穿七號。」

「沒錯，但奧利佛．丁翰認識的女生不多。他根本不認識任何女生。我找遍他手機，看過他所有聯絡人和照片。你女兒出現之前，他基本上獨來獨往。當然也沒有任何人傳給他床照過。」

我內心一角知道這是實話，但我不想承認。「照片的事我不知道。但她不是罪犯。」

「喔，我覺得我們所有人多少都是罪犯。非法和不道德的事，光譜非常廣。」他在空中劃道弧，解釋他的比喻。「這一邊是傑佛瑞．丹墨和泰德．邦迪[ㄇ]。另一邊是上百

[ㄇ] 丹墨（Jeffrey Dahmer, 1960-1994）是美國連續殺人犯，共殺死、肢解了十七名男子，有食人魔之稱。邦迪（Ted Bundy, 1946-1989）是美國七〇年代連續殺人犯，受害者至少三十人，電影《沉默的羔羊》主角便是以他為原型。

萬個正直公民，他們會開開心心超過速限十公里，因爲他們知道有寬容值，自己絕不會收到罰單。我們全都在光譜不同的位置，你不覺得嗎？我敢說你們家瑪姬會在中間的地方。」

「她從沒惹過麻煩！」

「那不是事實。她不是偷東西被抓過嗎？小時候？」

「每個小孩都會偷東西。」

「但她也有跟人打架。女生來說很少見。」

我搖搖頭。「沒有。她從來沒打過架。」

「我猜你沒聽說這件事。但網路上有影片，你仔細調查一下就能找到。年輕人喜歡分享這類影片。他們會把打架的影片放到YouTube上，十年之後就忘了。但網路絕不會忘記。瑪姬高中時脾氣非常火爆，你不覺得嗎？」

「那時她母親過世。那幾年很辛苦。」

「當然很辛苦，扎托斯基先生。我也爲你感到難過。但大學對瑪姬來說也很辛苦，對吧？姊妹會的事？販賣考試答案？」

「她跟那一切無關。」

「對，對，所有的責任都落在另一個女孩頭上。那女孩後來退學了，潔西卡．史威尼。你知道我前幾天打電話給她，想聽聽看她的說法？她現在住在亞歷桑那州。回到父母家裡。努力讓人生回到正軌。她跟我說，你女兒是個『反社會人格自戀女』。我不熟悉這個詞，所以我回家查了。這類人缺乏同情心和罪惡感。他們沒有親密朋友，只有一堆表面的朋友。他們會操控朋友來達成目的。」

我提醒他，瑪姬完全無罪，幹麼要去聽像潔西卡．史威尼這種瘋子的說法？

「因爲她的說法符合固定的行爲模式。我發現這模式仍在一次次擴大和加速。如果我們現在不阻止她，如果不讓瑪姬得到應有的幫助，再這樣下去怎麼辦？」

我提醒他，她找到新工作了，她的未來一片光明。

「也許吧，」雷納德．桑莫斯說：「但她也可能會繼續做出錯誤的選擇。我覺得可能性非常高。我有次聽醫生說，人腦在二十五歲以前都不算發育完全。這代表只要肯好好幫助她，我們還有時間可以把握。不然她會不斷走上這條路，甚至不知道何時才會停止。」

「她現在走上正軌了。」我跟他說。「她會有光明的未來。」

他嘆口氣，彷彿他總算明白，自己絕對說服不了我。「我來這裡，不是來跟你辯論瑪姬的未來。」他再次點點我廚房桌上的年曆。「我只是來問，她二月七日週六幾點到你家？我建議你回答務必小心。」

他開走之後，我倒了杯酒，想舒緩我雙手的顫抖。接著我走到電腦前，搜尋了德肖恩．威爾森的消息。YouTube上有波士頓當地新聞台的新聞片段，標題寫著「沃特敦消防員英勇救火不幸罹難：令人悲痛」。他的妻子金恩趕到意外現場，新聞主播在餘燼前訪問她。她披著灰色毛毯，懷中抱著嬰兒，淚流滿面。她說：「今天眞的好可怕、好可怕。」我把影片關了，不忍心看下去。

接著我打電話給女兒，告訴她有人來找我。「結束了，瑪姬。他知道所有事情了。」

「你在說什麼？」

「那場火災。手機醫生的大火。」

「爸，我跟那場火災無關。我週末都待在你家，記得嗎？」

她說得好像有第三人在線上偷聽我們對話一樣。誰知道，也許眞的有。

「妳一定要說實話，瑪姬。」

「這就是實話。」

「我會幫妳，我會再請一個律師。」

「我不需要律師，我什麼都沒做。」

「瑪姬，聽我說。他問了關於二月七日的事。他問妳幾點回到我家。」

「然後呢？」

我深吸口氣，彷彿準備潛入水中。「我說妳週六早上到家。剛好在日出之前。大約五點半。」

「你說謊了？」

「我沒有說謊。」

「我是週五到的，爸。快半夜的時候。」

「不對，瑪姬。」

「你已經睡了。所以我從後門進家裡，直接回房睡覺了。」

「夠了，瑪姬。妳該回家了。」

「幹你娘。」

「瑪姬！」

「我幹麼回家？爲什麼？」

「我才能幫妳。」

「這根本不叫幫忙！我就求你一件事。一件事！」

「我們可以解決——」

「不。絕對不要。我不想再見到你。」

「瑪姬，求求妳——」

「滾出我的人生，你聽到了嗎？」

她掛上電話，我去譚米公寓，告訴她發生什麼事，她試著代我向瑪姬聯絡，但全都沒有回音。我們最後接受現實，她會因爲縱火和謀殺遭到逮捕和起訴。結果她竟然只是和公司同事飛往卡波聖盧卡斯，參加爲期一週的銷售會議，並在四季度假旅館度過五天奢華的時光。我不曾收到任何官方解釋，但就我所知（根據審判紀錄），奧利佛・丁翰不願把瑪姬列爲共犯或共謀。他堅持自己是獨自犯案，不承認她也在犯罪現場，因此檢方的證據就只是間接證據。由於奧利佛是保險唯一受益人，法院也順勢起訴他，了結整起案件。他被判十年，關在中度安全管理的監獄，但才關六個月，便死於一場「囚犯糾紛」。

接下來幾年，我漸漸能從瑪姬的角度看整件事。身爲父母，我們總說自己願意爲孩子做任何事——但眞的嗎？CNN新聞台最近有篇報導，有個四十歲的母親從遊輪甲板跳入海中，想去救快淹死的女兒。我唯一要做的是說個無傷大雅的小謊——結果我差點送她入獄。

當瑪姬努力讓她下半生步上正軌，證明自己能在眞正的公司中做眞正的工作，並走出一條正直且成功的道路，我對自己的決定愈來愈內疚。我眞希望自己能回到從前，給雷納德・桑莫斯另一個答案。裝個傻容易多了，我只要說我提早上床睡覺，沒聽到瑪姬何時回家就好。

事到如今，我再度面臨同樣的抉擇。

女兒要犯下人生最大的錯誤時，我能眞心站在她這邊嗎？

還是我要選擇背棄她，並做好覺悟，準備永遠失去她？

3

我淋浴完，穿上乾淨衣服，下樓到客廳。艾碧蓋兒穿著象牙白的蕾絲禮服站在椅子上，雙手高舉過頭，譚米和瑪姬小心整理她衣服的褶邊和袖子。

「我手可以放下了嗎？」她問。

「再五秒，」譚米說：「快好了。」

「我累了！」

「我知道，親愛的，等一下——」

「好了！」瑪姬說。「你可以放鬆了。」

艾碧蓋兒放下手臂，大吐口氣時，我走下樓梯最後一階。

「你來得正好，」譚米說：「你覺得我們的小花童怎麼樣？她看起來很美吧？」

我不得不說，看到艾碧蓋兒，我大吃一驚。我幾乎認不出她來。她戴著夏日雛菊花冠，遮住她平頭的輪廓，禮服上點點亮片隨她動作閃爍。「很美，」我跟她說：「妳看起來像個小公主。」

她臉瞬間羞紅。「喔，法蘭克先生，別說了！」

瑪姬放下針線包，跑到我身旁。「你感覺還好嗎，爸？你頭沒事嗎？」我只瞪著她。我覺得她想假裝昨晚一切正常，彷彿現實都由她決定。「我幫你倒杯咖啡，好不好？廚房還有早餐。可頌、水果沙拉、鹹派——」

「瑪姬，我只想跟妳聊一下。這樣可以嗎？」

「當然可以，」譚米說：「這是你們倆的大日子！今天心情一定很複雜。」她將我們兩人拉過客廳，推出前門。「去外頭聊，我幫艾碧蓋兒收個尾。然後再換她幫忙我穿禮服。老實說，我要穿進去恐怕更麻煩！」

我跟女兒走出小屋，進到森林。我們沿步道走了許久，兩人都不發一語。這就像五月初意外的那通電話，當時她聯絡我，想通知我她天大的消息。我們必須對話，但兩人都不知如何啓齒。

「我會回答你的問題。」她終於說。「我答應你會說眞話。但你要安靜，好好聽我說。」

「他威脅妳嗎？」

「誰？厄爾羅？沒有！當然不是。你昨晚看到的是兩情相悅。」

這感覺不可能。可能兩情相悅這個詞跟我以前理解的不一樣？

「我們在一起一陣子了。」

「多久？」

「快一年。」

「我不懂。妳怎麼會跟一個五十七歲的已婚男子『在一起』？那到底是什麼意思？怎麼可能——」

「爸，我會解釋一切，但我需要你聽我說。不要評論、不要批評、不要說教。只要好好聽我說。你做得到嗎？」

我咬緊牙關，點點頭。她開始說起她的故事。她說她第一年在奇能公司，厄爾羅·葛德納幾乎沒跟她說過半個字。他貴爲執行長，很少認識、甚至注意爲他長時間工作的年輕助理——至少她這麼想。

有一天，她收到午餐的邀請。厄爾羅說這是公司新提案——讓高階主管和初級員工培養指導關係。瑪姬說那是她這輩子聽過最站不住腳的搭訕詞，但她也感到受寵若驚，沒想到他對她有興趣。她說他明明有十幾個人選，每個女孩都會毫不猶豫就同意和他共進午餐。

據我女兒所說，兩人愈來愈親近，而且都假藉工作的名義，例如一起腦力激盪、下班後順便吃晚餐、銷售會議後喝一杯，接著是到芝加哥汽車展共度一週，搭奇能公司私人飛機去慕尼黑、新加坡和雪梨。

「隨時要小心，這點至關重要。」瑪姬解釋。「我們在波士頓或劍橋市都不會獨處。兩人至少要離開麻州，甚至最好是出國才會在一起。我知道這聽起來廉價又老套，但我向你保證，這不是哈維·溫斯坦[的情況。這是一段眞實的感情，一切都建立在尊重上。我們會一起參觀美術館，讀同一本書，也喜歡同樣的TED演講——」

我不得不打斷她。「妳知道妳不是唯一一個，對吧？凱薩琳說他出軌好幾年了。數十個女人。妳只是他最近的新口味。妳只是新的朵恩·泰格！」

「我會提到她，」她說：「你答應會好好聽的，記得嗎？」

我們來到大班樹的空地，高大的樹上有兩個木鞦韆。四周沒有別人，所以女兒坐一個，我坐一個，瑪姬繼續述說她的故事：「我們在一起幾個月後，厄爾羅邀請我來魚鷹灣營地。這地方對他來說非常重要。他所有最棒的想法都來自這地方。他所有重大的發明全在這座湖畔誕生。那是十一月的第一週，他保證樹葉顏色美不勝收。我們週六早上從波士頓出發，抵達新罕布夏州時，他帶我走他喜歡的小路，並能繞過哈普費瑞鎮，不會引起注意。」

但到了營地，厄爾羅發現出事了。第一個跡象是守衛亭是空的。物業經理雨果不在崗位上。厄爾羅開進營地，來到魚鷹小屋，車道上停了另外兩輛車。一輛是他妻子的黑色BMW，一輛是朵恩·泰格的銀色豐田車。

「一看到兩輛車，我就知道事情不對勁。厄爾羅臉色慘白。他從圓環繞一圈折回，開始找藉口，說我們必須下次再來。但太遲了。凱薩琳聽到他車子的聲音，便打開前門。她和艾登站在門口，兩人臉色十分難看。我以爲是因爲我。我以爲是我倆偷情當場被逮。但後來我看向他們身後，門後有第三個人。那人大字形倒在樓梯上，脖子折斷了。如果我們早十分鐘，就有可能阻止一切。」

雨果已在小屋評估情況，計畫如何處理。瑪姬解釋，他過去在剛果共和國曾處理過類似的情況。他向葛德納一家人保證，一切不會有事，他可以讓那女孩和車子消失。但厄爾羅知道琳達．泰格會通報女兒失蹤，她會告訴警察艾登嫌疑最大。他兒子需要第三人的不在場證明。他們需要家人之外的人證明他人不在魚鷹灣營地。於是瑪姬舉起手，自願擔任這角色。

「我們下午四點回到公寓，聊至深夜。艾登對發生的一切感到難過。他覺得我們全會被關進監獄。但雨果保證當地警察不會認眞調查，他沒說錯。如果魚鷹灣營地沒落，城鎮會付出代價。我敢說厄爾羅．葛德納就算光天化日大搖大擺走進哈普費瑞鎮槍殺一人，大家都會裝作沒看見。」

瑪姬和艾登躲在地下室公寓時，厄爾羅和凱薩琳待在波士頓美術館。他們要董事會的朋友幫忙作證和兩夫妻相處了一下午。這段時間，雨果清理現場，將屍體移到不

---

[11] Harvey Weinstein（1952-），美國知名製作人，二〇一七年被指控利用權勢性騷擾和性侵，二〇二〇年被判刑。

明地點。

「他等天黑之後，把朵恩的豐田車開到州有林地，並將她衣物放在步道，以混淆警方調查。」瑪姬大笑。「只要手上資源夠多，想藏這些太簡單了。這就是監獄全是窮人的原因。」

我不敢相信她語氣如此輕浮，根本像在炫耀——她講述湮滅證據的過程，彷彿爲自己所扮演的角色感到驕傲。「這過程當然需要演戲，但我愈來愈擅長了。」這時她表情一變，雙眼睜大，手放到胸口，好像灰姑娘看到神仙教母。她語調起伏，重講了之前的對話：「有時我們聊天，我感覺艾登好像能讀到我的想法。彷彿我們心靈相通。你和媽以前也會這樣嗎？」

我張大眼睛，彷彿被甩一巴掌，她看到我的反應不禁大笑。「喔，爸，拜託！我有這樣說過別人嗎？」

「我以爲妳戀愛了。我爲妳高興。」

「我不曾說過我愛他。你以爲我愛他，但我確實期待著這場婚禮。這場婚禮純粹是門生意。我們對外會以夫妻身分亮相，但私底下，我們沒有承諾。艾登想跟誰睡覺都行。可惜格溫德琳不行，太難過了。我覺得他一直對她有好感。但反正他有錢又帥，會找到別的對象。」

她口中句句話都冰冷殘酷，毫無感情。「格溫德琳被殺了，」我提醒她：「現在妳是謀殺她的共犯。」

瑪姬搖搖頭。「我跟你和譚美一樣，也和這營地其他人一樣。我不知道他們對她做了什麼。我不曾見過誰對她下手。」

「艾登改變主意怎麼辦？」我問。「他一整週看來都十分痛苦。萬一他去找警察自首呢？」

「絕不會發生。他太愛他母親了。他不會想讓她進監獄。這場婚禮是他唯一的選擇。」

「那妳呢？妳會得到什麼？」

「我不是朵恩．泰格，我只能這麼說。四萬五千美元打發不了我。我堅持要訂立婚前協議。結婚關係至少要維持六個月，但不超過一年。在那之後，艾登和我會宣布分居，申請離婚。我們會對分共同資產，包括他頂樓公寓，和奇能公司八萬股的股票。到那時，我向你保證，你這輩子絕對再也不需要去工作了。你可以向優比速公司比個巨大的中指，叫他們全都去死。」

「我喜歡優比速公司，瑪姬。優比速讓我們二十六年來能有穩定收入過日子。」

「好啦，爸，隨便。只要你高興，想幹到死為止都沒問題。我只是說你能有選擇。」

「這段時間，妳會繼續和厄爾羅．葛德納睡覺？嫁給他兒子之後？」

「我沒有要你同意，」她提醒我：「我是要你尊重我的決定。」

從鞦韆上，我們能看到溫德姆湖一角，數十艘鮮豔的帆船徜徉湖面。幸福的家庭一同享受美好的時光——父母、祖父母、叔叔和阿姨。耳中聽著醜陋的眞相，眼前卻是一片美景，我有種強烈的不協調感。

「瑪姬，我們必須離開。」

「我哪都不會去。」

「妳不能這樣。這是扭曲的婚姻。這與妳母親和我相信的一切背道而馳。我們不准妳結這個婚。」

她大笑，短促又尖銳，令人作噁。「喔，你不准？這什麼，珍·奧斯汀的小說嗎？」

「我們離開吧，辭掉妳在奇能公司的工作，一起回家。和我住一起，重新站穩腳步，我保證絕不會向任何人透露。但如果妳拒絕，如果妳繼續這場婚禮，嫁給艾登·葛德納，我會直接去找警察——不是當地無能的警察，是眞正的警察——我會告訴他們一切。」

瑪姬看了看四周，確定沒人在附近，壓低聲音。「爸，拜託不要這樣威脅。我知道你不是認眞的。但別人聽到，可能會誤會。」

「我是認眞的。我不能待在這，眼睜睜看著這一切。」

「你別無選擇。他們有你的吉普車。他們有你的鑰匙。雨果知道昨晚發生什麼事。沒他的允許，你無法離開這裡。就算逃出去了，你要去哪？你的說法無法證實，手上也沒有證據。厄爾羅和凱薩琳捐了數百萬美元給上百家慈善機構，你只是個優比速公司員工。沒人會相信你。」

我說琳達和布洛迪．泰格能證實我的說法。

「真的咧，一個二年級老師和喝醉的清潔工。同一時間，蓋瑞和團隊會開始動作，他們絕對會毀了你。他們會一步步將你摧毀。你會失去工作、房子和名聲。我看過他們搞過其他人，爸，很可怕。」

「這就是我們要承擔的風險。妳不能相信這些人。萬一他們要妳怎麼辦？萬一他們反悔，想把一切怪罪到妳頭上怎麼辦？」

瑪姬十分確定這絕不會發生。「我們花了許多時間計畫這場婚禮，我錄下好幾小時的對話。我、厄爾羅、凱薩琳、艾登，甚至包括蓋瑞。如果他們想搞鬼，我會拉著他們一起下地獄。」

這倒是個新發現。「瑪姬，如果妳有錄音，妳就無所不能了。妳可以把錄音交給聯邦調查局。妳可以當主要證人。」

她回瞪著我，好像我聽錯重點。「如果我向聯邦調查局自首，我什麼都拿不到。我已經投資一整年在這家人身上，只要再過兩小時就能一輩子財富自由。你現在要叫我放棄？」

「我是在求妳放棄。」

「爸，我要說一件事，你聽了一定會很難過，但你必須聽清楚。我絕不會回到斯特勞茲堡的家。那裡太小，太不起眼了。住在那裡太可悲了。你們全都不知道自己錯過什麼。我們現在的世界，比你們任何人想得更大、更不可思議。這就像——我要怎麼說？你甚至不知道你不知道什麼。」她搖搖頭。「我絕不會回去。我寧可有人一槍把我殺了。」

我聽到腳步聲，轉身看到希雅拉．雷文森從步道漫步而來，她頭戴寬簷稻草帽，身穿緊身印花洋裝。「對不起打擾你們的父女時光，但我希望讓瑪格利特知道，造型師來了，他們要幫大家做頭髮，雖然也是可以先弄其他人，但我們覺得瑪格利特可能想排第一個。」

「謝謝妳，希雅拉，」瑪姬說：「我五分鐘後過去。請她等我，好嗎？」

「沒問題，妳慢慢來。」她說完輕拍了我肩膀一下。「別那麼緊張，法蘭克！你今天一定會表現很棒！」

瑪姬等希雅拉走下步道才又開口。「我知道你不高興。但如果你像你所說的那麼愛我，你會尊重我的選擇，穿上西裝，陪我走紅毯，在典禮時說點好話。我唯一要的就只有這樣。你這三年一直說，你會爲我做任何事。好啦，這就是我要的。就在今天，此時此刻，你願意支持我嗎？」

她用這種說法包裝問題，讓我別無選擇。

4

我回到房間，發現行李被動過了。感覺房務進來清理了一切。浴室的嘔吐物消失了，床換上全新的帆船印花被單和毛毯。我所有衣服都摺好放在抽屜。肯定有人全打掃過一遍，趕走所有幽靈蛛，因爲我一隻都看不到了，連松木衣櫃裡都乾乾淨淨。

我打開防塵袋，小心拿出西裝。那是義大利手工量身訂製的美麗西裝，包括銀灰色的西裝外套、同色的背心和無褶西裝褲。白色斜紋布襯衫燙得十分完美，觸感冰涼。我小心將黑色扣子穿過扣眼。配件中有一個夾式領結，但婚禮前幾週，我花了好幾個小時在浴室鏡前練習，現在我能在九十秒內打好眞正的領結。我不確定婚禮上會不會有人注意，但我自己心裡感覺比較踏實。

我扣上袖扣時，手機響起，來電者是：極剪理髮廳。

「嘿，維琪。」

「法蘭克，一切順利嗎？」

「有，有，對不起，一切順利。」

「我一直在擔心你。我以爲你昨晚會打電話給我。那女孩後來怎麼了？」

「他們在她小屋找到毒品。好像叫賽拉嗪。」這句話像黏膠一樣卡在喉嚨，但我仍設法擠出來。「她感覺精神不大好。」

「那朵恩．泰格呢？她怎麼樣？」

「結果只是個誤會，維琪。」我恨透自己說謊，但我絕對無法向她坦承眞相。「我想我只是不習慣跟這些人接觸。因爲斯特勞茲堡只是小鎭？我對很多事都解讀錯了。但現在好多了，誤會都解開了。」

她一定是從我語氣聽出端倪。「你確定？我兒子非常擔心你，法蘭克。他不肯細說。說要堅守記者工作倫理什麼的。但我感覺他對這一切非常擔憂。」

我向維琪保證，陶德搞錯了，一切都很好，最後我不得不提醒她，典禮再一小時開始。「所以我要先換衣服了。」

「好，我不打擾你。」但她沒馬上掛電話，仍留在線上。「你確定一切都很好？」

「我沒事。回家再打給妳。」

「好。祝你致詞順利！」

對，致詞。我掛上電話，打開書桌抽屜，拿出黃色橫條筆記紙，上面是我最後的版本。**我知道她母親在天堂看著我們，她一定會感到十分欣慰。**我終於發現自己致詞爲何寫得如此掙扎，爲何總覺得句句虛假和虛僞。因爲我想內心深處，我不曾相信過自己寫下的任何一個字。

5

兩點鐘，新人和家人一起到溫德姆湖邊沙灘拍照。我原本以爲這是私人的小活動，結果和彩排一樣，數十個賓客在附近閒逛，欣賞典禮前的一切。魚鷹小屋附近甚至有調酒師在調雞尾酒。果然又是鎮上經營餐廳的那人，之前他說過，大家應該要肯定葛德納家族對城鎮的貢獻。他面前已大排長龍，看來生意相當好。

瑪姬和伴娘都在湖邊碼頭上搔首弄姿，一組攝影師連連拍照，旁邊有個攝影師捕捉著全景畫面。一個戴著貓眼鏡框的女人，手拿板夾，大聲指導：「害羞一點！端莊一點！好，現在換挑逗！性感一點！來，各位，更勾引人一點！我要床上會有的眼神！」

大家都說在婚禮上，看女兒穿上禮服，絕對是人生中最特別的一刻。這是身爲父親最終的里程碑，每個父親到這一刻都會無比感動。但我看向瑪姬，只覺得一片麻木。她的多層次蕾絲禮服據說要價一萬五千美元，是由巴黎知名設計師親手打造，但我覺得很單薄，偷工減料，好像萬聖節商店特價的衣服。

我把一張躺椅拖到樹下，坐著看大家拍照。愈來愈多賓客來到草坪。男生都穿著夏季薄西裝，顏色都是中性的顏色，像藍色或淺灰色，女生則穿著更顯眼的亮色禮服。我好奇奇能公司員工知不知道我女兒的祕密。一定會有流言蜚語。大學女生和老闆出國工作總會引起大家八卦和猜測。但每個人似乎都相信瑪姬是罕見的人才，她是靠努力才成爲高階主官。我想如果要信這套說法才能拿得到薪水，沒人會提出質疑。

三人從人群中走出，朝我走來。厄爾羅．葛德納推著輪椅，他妻子坐在輪椅上，他們身旁有個莫名眼熟的男人。

厄爾羅穿著黑色西裝，戴著深色墨鏡，遮住我留在他臉上的瘀青，凱薩琳和前一晚判若兩人。她的妝容細緻，毫無瑕疵，頭髮整潔，造型優雅。她穿著剪裁合身的亮麗禮服，頭戴珍珠耳環，脖子上有一條閃閃發光的鑽石項鍊。除此之外，她還服了藥，以維持神智清醒。她雙手交疊在大腿上，眼神空洞望著整個草坪，四周人來人往，各種活動似乎讓她不知所措。

厄爾羅表現得像是我們第一次見面。「凱薩琳，這位是法蘭克．瑪格利特的父親。他非常想見到妳。」

我覺得她看到我時眼睛一亮，代表她記得我們前一晚的對話。但她只道歉沒早點下樓。「我吃的藥沒什麼幫助，」她氣弱游絲說：「也讓我非常虛弱。」

「醫生叮嚀她待在床上，」厄爾羅解釋：「但她不聽。她說絕不會錯過這場婚禮。」

我正要說別演了，這時第三人開口了，他的聲音我瞬間感到十分耳熟。「很高興妳決定要下樓，凱薩琳。做母親的當然不能錯過兒子的婚禮。」

那人年紀和我相當，頭已禿了，那張臉我知道自己認得。但現在他突然出現，我實在不知道自己在哪見過他。

「法蘭克，我想跟你介紹我的好朋友。」厄爾羅說。「這位是亞曼多・卡斯達多。我相信你們是同事。」

我的老天爺。我一回神，發現自己在和優比速公司執行長握手。「非常高興能見到你，法蘭克。恭喜。」

「謝謝你，卡斯達多先生。」

「叫我亞曼多就好。」

「好。沒問題。亞曼多。」我竟然沒認出他。我集中精神，將過去七十二小時發生的事拋到腦後，專注在當下。「你怎麼會來？」

「葛德納家族邀請我來。當然還有瑪格利特。我們過去幾個月都一起工作，所以我很高興受到邀請。我聽說新娘父親是優比速公司夥伴時，更是二話不說一定要來。榮譽圈成員，對吧？」

「沒錯！二十六年了。」

亞曼多向厄爾羅和凱薩琳稍微解釋了一下榮譽圈的事。他說只有一小群優比速的送貨司機能進入榮譽圈，因為開二十五年車，車子完全沒刮傷根本不可能。「每一天、每一公里累積上去，這需要過人的技術、自律和智慧。大多數人辦不到。」

「我知道我辦不到。」厄爾羅說。「我上週才在機場擦撞到保險桿。」

凱薩琳不自在笑了笑，低頭看著雙手。我覺得她完全沒跟上大家的對話。服務生托著香檳過來，問我們婚禮前要不要小小慶祝一下。亞曼多替大家拿香檳，傳給大家。「我們爲新娘父親舉杯。」他說。「記得，法蘭克，你不是失去女兒，你是多了個兒子，恭喜。」

「說得好。」厄爾羅說。

他將杯子湊到妻子嘴邊。香檳流下她胸口，滴到大腿上，但我們全都假裝沒注意到。我想我已完全接受了現在的情況。我甚至發現如果忘記過去二十四小時，這場婚禮完全符合我夢想中的樣子。天空清澈，陽光閃耀，我女兒和伴娘美麗動人。親家十分親切，歡迎我和譚米進到他們家庭，優比速公司執行長還當面稱讚了我。我唯一要做的就是放鬆心情，品嚐美味的香檳，重複各種老生常談：今天眞是風和日麗。結婚是很辛苦，但很値得。新人將白頭偕老，恩愛一生，展開人生最精采的篇章。

一名攝影師趕來，打斷我們的對話：「我們需要所有家人到碼頭這邊，謝謝。媽媽和兩位父親。大家準備好笑容！」

「我們晚餐再聊。」亞曼多說。「祝典禮順利，法蘭克。一定會很開心的。」

我跟著親家走到沙灘，伴郎、伴娘和瑪姬都在等我們。艾登遲到了，所以攝影師先拍不需要他的合照：我和瑪姬、瑪姬和我跟譚米；當然還有瑪姬站在中間，我和厄爾羅．葛德納站兩邊的合照。「笑開一點，法蘭克！」攝影師大喊，一次次按下快門。「開心點！喔，太完美了！這樣太好了！」我們拍完之後，我要服務生過來，拿起第二杯香檳，我發現要想撐過典禮，恐怕我就能跟凱薩琳．葛德納比酒量了。

二點三十分，厄爾羅去找伴郎，問艾登這麼慢在搞什麼鬼。沒人給他滿意的答案。這一小時沒人看見他。他們試著用手機傳訊給艾登，他再三保證自己在路上了。

拿著板夾的女士說沒關係，她說剩下的照片可以典禮後再拍。「新郎需要時間很正常。」她安撫我們。「我想艾登是直接去圓形會場了，他現在大概在納悶我們在哪。」

我覺得這不大可能，但時間一分一秒過去，所有人都同意我們必須去會場了。我跟著人群擠上草坪，看到艾碧蓋兒爲我女兒清出一條路，在新娘前「進場」。譚米側身擠到我身旁。「你看起來非常帥，弟弟。我很高興你終於享受其中。」

「我覺得新郎不會來了。」

「他當然會來。不要觸霉頭。」

「他跑了，譚米。」我說出我的想法，心情一陣輕盈，心中大石彷彿移開。「我覺得他終於想通，頭也不回跑了。」

「喔，你覺得他直接開車從前門逃走嗎？穿過雨果和他特種部隊的防備？別蠢了，法蘭克。」一名攝影師走在我們旁邊，捕捉生活照，我姊姊保持著愉快的笑容。「他會在圓形會場等我們。」

但她錯了。我們抵達戶外劇場，艾登依然不見人影，典禮再二十分鐘開始。現在所有人都在傳訊息給新郎，但沒人收到回應。厄爾羅和蓋瑞去魚鷹小屋，雨果用無線電聯絡團隊，要求他們搜索整座營地。我很意外沒人說要去艾登的工作室。他老是躲去那裡，遠離魚鷹灣營地的紛擾。「你發現我的小祕密了，」他之前對我說過：「大多數人甚至不知道有這地方。」

我默默鑽進樹林，獨自前往他的工作室。我兩天前才跟著艾登和格溫德琳來到營地的邊緣，仍記得路線。走了好幾分鐘，我確認一下時間，趕緊加快腳步。現在大約兩點四十五分，我發現如果我的直覺錯了，如果艾登**不在**工作室，我絕對趕不回圓形會場。我會錯過陪我女兒走紅毯的機會。

我終於抵達小屋，發現門沒有鎖。我走進工作室，艾登不在裡面，但我感覺這裡不只我一人。一張張黑白的肖像畫看著我，表情詭異害怕。我停在螺旋樓梯前，望向地面的洞。底部閃爍著微弱的光線。

「艾登？是你嗎？」

「不要下來，法蘭克。」

「大家都在找你，蓋瑞、雨果、攝影師——」

「管他們去死。」

我不知道要怎麼回答。我原地轉一圈，環視工作室，看一下所有畫到一半的作品。我認出其中一張畫是格溫德琳。她雙眼略微向下，目光害羞投向觀看者，嘴角掛著微微挑逗的笑容。

「我要下來了，艾登。」

「拜託不要。」他聲音顫抖，彷彿全身都在出力。「直接走吧。別告訴任何人我在這裡。」

「艾登，我只是想跟你說話，好嗎？你不需要走完這場婚禮。我知道你對警方說謊是爲了保護你母親。那是件光榮的事。大家都會理解你爲何這麼做。但瑪姬也說了謊。你們兩人都一樣有罪。所以如果你取消婚禮，她也無法傷害你。她無法左右任何事情。」

「如果你覺得她無法左右任何事，你是不夠認識她。」

「相信我，我比任何人更懂她。我有好幾年不願看清事實。」

我在美國陸軍學到的狀態意識中，有個最基本的道理：絕不要進入只有單一出入口的黑暗地下室。但我知道若不是面對面，我絕對無法說服艾登，所以我忽略直覺，走下樓梯。樓梯梯面短淺，空間狹窄，我不得不緊抓著中間的鋼桿，身體不自然彎曲，才走到底部。我來到一個狹小的前廳，面前有道圓形金屬門，像銀行金庫入口。門後是條隧道，兩邊都是高大的金屬架，這麼多年來仍堆滿了補給品。架上有各種生鏽的大罐頭，像燉番茄、奶油玉米、豬肉和豆子、鮪魚肉和綜合水果。腐爛的紙箱上面的斑駁字跡寫著：餅乾——求生——萬用，有個巨大桶子上面標示著飲用水，還有許多一九五〇年代家用產品，像衛生紙、清潔劑、肥皀和電池。另外還有書，像幾本小說、使用手冊和幾套百科全書。整個避難空間瀰漫著二手書店般舒服的霉味。

隧道另一頭，走道變寬，像是客廳一樣，那裡有沙發和桌椅，還有四張軍事風格的上下鋪床。艾登坐在桌子主位，身穿黑西裝，彷彿歡迎我來參加正式晚宴。桌子上，他正前方有個打開的金屬盒，裡面放了把黑色的柯特手槍。畢竟防空洞就是要抵禦外人侵略，建造者肯定會爲最糟的情況做準備。

「不要再靠近了，法蘭克。你應該待在上面。」

「跟我說話，艾登。你現在在想什麼？」

他不肯看我。我看一眼手槍，但我不確定槍有沒有上膛。槍放在潮溼發霉的地下室六十年，不知道還能不能發射，或子彈是否有用。但我也並不眞想知道。

「你是這營地我唯一能相信的人。」我告訴他。「如果你出事，我覺得我在這裡就不安全了。」

「你不會有事，法蘭克。我剛才去了你的小屋一趟，在你行李箱裡留了個禮物。」

「什麼禮物？」

「你之後就知道了。那能讓你保命。別擔心。」

他語氣無比悲傷，萬念俱灰，彷彿已無意活著走出地下室。

「艾登，聽我說，我朋友的朋友在替《華爾街日報》工作。聽起來他們已經在調查你家人。我敢說他們知道能幫助你的人。」

「法蘭克，如果我聯絡《華爾街日報》，你女兒會惹上非常大的麻煩。」

「我不擔心她。現在我只擔心你和桌上的槍。能請你幫我把盒子關上嗎？」

他搖搖頭，目光仍不肯和我相交。他臉紅紅的，剛才顯然一直在哭。

「我有個主意，艾登。現在，所有人都在等你回去圓形會場。我們利用這機會，逃離這裡。」

「什麼意思？」

「我是說離開魚鷹灣營地。永遠不再回來。」

他輕笑幾聲。「說得倒容易。我相信雨果已經高度警戒。我們絕不可能躲得過他。」

「鐵絲網呢？有哪個地方有破嗎？我們可以鑽出去？」

「就我所知沒有。我們可以去看，但外圍隨時都有保全在巡邏。」

「從湖有辦法嗎？」

「你想游泳？」

「我們可以開走你父親的船。我們一到湖上，他們便阻止不了我們了。現場有太多目擊者。湖上又有無數帆船。我們會越過湖，找個城鎮落腳，我會打給泰格家的人。」

「那些人恨我。他們不會幫我們。」

「如果我跟他們說實話，他們會幫忙。你父母毀了他們的生活。他們有權知道眞相。」

我看得出他同意我說的，但也很害怕。

「聽著，艾登，如果你不想爲自己努力，也不想爲泰格家人努力，那爲格溫德琳努力一下怎麼樣？她喜歡你。她關心你。她希望你爲自己挺身而出。結果你看他們怎麼對她。我知道你一定非常難過。」

他仍不肯看我，但他點點頭，我知道我慢慢說動他了。

「如果她還活著，她會希望你把槍放到一旁，跟我一起上樓。」

「你說得對。她會這樣。」

「但我們現在動作要快點。趁大家還沒離開圓形會場。」時間已是三點十分，如果我們要成功，可能要用跑的。雖然我們身穿西裝，腳穿牛津皮鞋，可能會很可疑，但搶得先機的話，我們一定逃得出去。「你準備好了嗎？」

艾登考慮一會才回答。「我告訴格溫德琳結婚只是一場表演。我說只會延續一年。同時我能自由和其他人見面。但她不肯接受。她太講究原則了。她說她不想跟我有任何關係。除非我放棄所有的錢，說出眞相。」

這時艾登起身，拉好外套，好像他終於下定決心。他關上手槍盒蓋，鎖上盒子，放回架子上層。

「我知道一條捷徑，」他說：「有條步道能穿過樹林，通往船屋。」

「我們快走吧。」我告訴他。

我跟著艾登走上螺旋梯，越過工作室，但我們來到門口時，我聽到工作室門廊傳來腳步聲，發現自己失算了。

時間確實是三點十分，但在葛德納的世界裡，時間已是三點二十五分。過了這麼久，他們早已搜遍營地。艾登打開門，迎面見到的不只父親和蓋瑞·雷文森，還有雨果。

「艾登！你在這裡幹麼？」他父親氣急敗壞。「三百個賓客都在等你！」

他兒子馬上轉身跑回螺旋梯。我撲過去阻止他，但動作太慢了。我叫他的名字，但他只快步衝下防空洞。

厄爾羅將怒火轉到我身上。「你在幹麼？你怎麼不待在圓形會場？」

我不理他。我跑到螺旋梯上面，朝地下室大喊。「艾登，等一下，拜託──」

這時我們全聽到了──「砰」一聲巨響，迴盪在地下室堅固的水泥牆間。我知道婚禮就此取消了。

6

一小時內，工作人員已在疊椅子，清空桌子。他們抖開三百條摺好的餐巾。收拾所有餐具，並將各種器具分類收入塑膠收納盒中。晚餐盤、沙拉盤和麵包盤都疊到推車上。桌布掃到箱子裡，準備送洗熨燙。他們請賓客將中央花飾帶回家，不要浪費花朵，而背後潛台詞很清楚：請儘快離開，讓家人擁有片刻寧靜，默默哀悼。

賓客來到我身旁慰問時，他們用的詞是「可怕的意外」。我想這是最有禮貌的說法：我們全都假裝艾登立下婚誓的前一刻前去防空洞是爲了清理一把古董手槍。但賓客一背對我，便聚在一起，交換消息。大家心照不宣，艾登多年來都有看心理師，他生性孤僻，喜歡獨來獨往。他有「藝術家氣質」。他繪畫的主題一直令人不安。當然他最親密的朋友才因用藥過量過世，顯然讓他十分痛苦，將深深的悲傷埋藏在心底。大家不小心便會忽視各種警訊……

奢華巴士將住旅館的賓客送回城鎮，四點三十分，小屋全淨空。我仍穿著西裝，手抓著魚鷹大街上的長椅，看賓客將行李拖上車。他們一心一意避免和人目光相交。沒人知道該說什麼。這麼糟糕的情況，無論說什麼話都不合適。

少數願意和我說話的人之一是亞曼多．卡斯達多。他坐到我身旁，給我一張名片，上面有他個人的電話，他請我打給他。「你想找人說說話，我希望你能打給我。我會等你打來，法蘭克。」

我不想和任何人討論這件事，尤其是亞曼多．卡斯達多，但我很感謝他。「謝謝你。」

「瑪格利特會撐過去。」他保證。「有你的愛和支持，你女兒不會有事。」

這我不大確定。我離開圓形會場之後一直還沒看到瑪姬，但我聽說她在小屋某處，和艾登父母一起私下哀悼。可是我不想過去。

槍響之後，雨果馬上要我們待在樓上，讓他下去螺旋梯查看。他說他一人下去比較安全。厄爾羅和蓋瑞都同意，但我還是跟雨果下去了。時至今日，我仍希望自己沒下去。我永遠記得我們在地下室看到的畫面。艾登大字形癱倒在地，腦漿從牆上流下。但不知何故，他身體仍活著，他仍在動。我掏出手機想打九一一，但雨果一掌拍掉我手機。「別傻了。」

我想將手機撿起，他將我推到牆邊，手刀重擊我下背。我感覺全身像被電擊。要不是雨果在我身後，扭住我手臂，將我抵在牆上，我會全身軟倒在地。他逼我聽完艾登最後幾口駭人的喘息聲。雨果冷靜低聲說，只要一分鐘就好。那感覺像是我人生中最長的一分鐘。時至今日，我有時在酒吧或餐廳聽到陌生人清喉嚨，都會瞬間重回那個地下室，臉貼著冰冷磚牆，全身動彈不得，無能又無力。

他最後一口氣終於結束後，雨果放開我，讓我跌坐到地上。他大聲告訴厄爾羅和蓋瑞，現在能安全下來了，但兩人動作都慢吞吞的。我想他們已知道結果，所以他們只進來一半，避開最不堪的畫面。厄爾羅臉上沒有一絲後悔。他一臉厭煩，好像只是來看到地下室積水了。他只轉向律師問：「現在怎麼辦？」

蓋瑞思考一會，研擬出計畫：「雨果必須打九一一，讓官方紀錄上有這通電話。昨天的事件後，我想警察會很意外我們這麼快又出事。但幸好這次，我們說法簡單多了：艾登婚禮遲到，我們四人下來找他，發現他了結了生命。我們不知道原因。我們全都驚魂未定。」蓋瑞目光掃過厄爾羅、雨果和我。「我們一致同意嗎？」

厄爾羅點點頭，雨果回答：「當然了。」我問：「有別的選擇嗎？」

「你說什麼，法蘭克。」

「我是問如果我不同意的話，會發生什麼事？警方會發現我的屍體倒在艾登旁邊嗎？還是我會像朵恩．泰格一樣失蹤？這種事何時會結束？」

蓋瑞不理會我的問題。他覺得這不重要。「現在圓形會場有三百個人在等我們。我們要去解釋剛剛發生了一場可怕的意外。我會向瑪格利特說這消息，如果凱薩琳夠清醒，我也會告訴她。雨果報警之後，我們會請賓客離開。同時，你們兩人最好把事情談清楚。你們有十分鐘收拾心情。」

我們跟他們上樓。雨果和蓋瑞已走出工作室，但我停下腳步，環視艾登的畫作，厄爾羅和我一起留下。這一刻，我唯一能紀念艾登生命的方式就是停下來欣賞他的作品。一幅幅普通人的黑白肖像畫，包括護理師、老師、廚師和公車司機。他們臉上充滿皺紋、疤痕和瑕疵，和魚鷹灣婚禮上的賓客截然不同，我想也許這就是重點。

「我不懂你怎能心安理得，」我跟厄爾羅說：「你兒子是個好人。非常有才華。現在他死了。全都是因爲你。」

他聳聳肩，態度輕鬆，顯然我說的話對他毫無影響。「事實有點複雜，法蘭克。你想知道嗎？還是你不想了解，只想批評？」

我不敢相信他竟想爲自己辯解，但他還是開口了：「十五年前，我有機會投資一家新創公司，那家公司叫返祖基因。它後來倒了，被23andMe基因檢測公司擊垮，因爲兩家基本上概念一樣。你只要吐個口水，送到實驗室，他們會告訴你個人DNA的祕密。執行長給我一堆樣品，能和朋友分享，我心血來潮決定爲兒子檢驗。當時他大概才十歲，我很好奇他遺傳了我哪些基因。結果答案是零。許多人聽到可能會很驚訝，但我不會。我心裡一直在懷疑。那孩子和我長得一點都不像。我們的個性天差地遠。他從小就膽小謹愼，怕東怕西的。發現他不是我的兒子，我其實鬆了口氣。我決定把他交給凱薩琳照顧，專心工作。」

「有人跟艾登說嗎？」

「我不知道。我絕對沒說。」

「所以你直接疏遠他，卻不解釋原因？這對艾登公平嗎？」

「我不曾停止經濟上的援助。他的藝術作品可負擔不起豪華頂樓公寓，相信我。」

「你欠他的不只如此。你應該要像個負責任的父親，或告訴他眞相。結果你只是讓他困惑，不知道爲何父親恨他。」

厄爾羅把一切當耳邊風。「我不會有罪惡感，法蘭克。搞出這些麻煩的人不是我。我沒有打破朵恩・泰格的頭。但你女兒確實有涉案，所以如果你關心她，我建議你照著我律師的指示做。蓋瑞工作能力非常好，如果你願意，他會代你家人處理一切。」

我知道他說得對，我知道我必須再保留葛德納標準時間一會，附和官方說法。但我也知道瑪姬和這家人關係已斷絕。婚禮取消了，她現在自由了。她能隨心所欲去任何地方，做任何事，也能離開魚鷹灣營地，永遠不再回來。

這也正是我打算做的事。

7

兩名警察聽完我的說法，記下證詞，但兩人都沒問多少問題。他們似乎只想確認我的記憶和厄爾羅與蓋瑞是否一致，便讓我走了。整段對話花不到十五分鐘。

等我走回小屋，草坪已空無一物，工作人員清除典禮的一切。一切都消失了，彷彿這週末的事情不曾發生。黑鳥小屋的門鎖上了，我用手機才進到裡頭。我喊著譚米和艾碧蓋兒，但意外的是，小屋空無一人。

我上樓到房間，換下西裝，小心將每一件衣物放回防塵袋，然後穿上卡其褲，套上T恤和一件輕薄的刷毛運動衫，因為我知道等等要開一整晚車回家，想穿得舒服一點。

我的行李箱仍放在下鋪床上，我拉開拉鍊。行李箱裡有個老舊的牛皮信封，裡面有十張一百美元鈔票。我想這一定是艾登提到的禮物，但我不懂這有什麼意義。他保證這份禮物能保護我安全，但一千美元能有什麼保護？

我研究信封，尋找祕密記號或別的線索，但什麼都找不到。錢有一種二手書店的老舊霉味，所有鈔票都是一九五三年之前印製的，所以我猜是地下防空洞私藏的錢。

也許艾登對錢很天眞，他覺得一千美元對我這種工人階級的蠢蛋來說，能實際改變生活。想到這我就一肚子火，差點把信封留在小屋。但最後一刻，我把信封扔回行李箱，然後把所有髒衣服都堆上去。

四點半，我提著行李箱到魚鷹小屋。我從廚房進去，六名警察聚在配菜和沙拉自助吧前。餐飲人員爲婚禮準備的食物都仍放在那。蓋瑞請警察外帶回家給朋友和家人，以免餐點浪費。但我一到，他們突然不再說話，避開目光，好像從我的不幸中得利，他們感到羞恥。

我找到瑪姬和譚米，她們躲在客廳，關上大門，並拉上窗簾。就像警察，我一進門她們馬上停下對話。瑪姬身穿波浪形的白色蕾絲禮服，幾乎占據整座沙發。她手裡拿著一張衛生紙，旁邊也放一盒衛生紙，但她妝容依然完整，雙頰一滴淚都沒有。

「警察說我們可以走了。」我解釋。「妳們願意的話，可以和大家道別，我會在外面等。」

「你想走了？」譚米問。

「結束了。大家都走了。」

「賓客走了。我們是家人。這是家人要聚在一起，支持彼此的時候。」

「我一點也不支持這一切，譚米。三個人死了，我唯一保持沉默的原因是因爲她。」我指向瑪姬，因爲我說不出女兒的名字。「我會等二十分鐘，讓妳收拾行李。但時間到時，無論妳準備好了沒，我都會出發。」

譚米知道我很認眞，於是她起身。但瑪姬沒有動。

「待在這裡對妳來說沒有意義了。」我跟她說。「結束了。婚姻告吹，代表沒有婚前協議書。妳什麼都沒了。」

瑪姬表情在說，這句話仍是未定數。「確實要改變計畫，」她說：「但我還有許多事要跟厄爾羅討論。你和譚米可以離開，但我要再留下來一會。」

我擔心如果我把瑪姬留在魚鷹灣營地，她永遠都走不了。她會永遠和葛德納家族綁在一起。但我累到無力再對抗了。我無法一遍遍重複吵同一件事。我一整天都沒吃東西，背又痛得要命。我只想躺下來，閉上雙眼睡覺。

結果我現在還必須開六小時車，回到狹小、寒酸又絕望的世界，那是我女兒以前稱之爲家的地方。

瑪姬擁抱我們倆，答應隔天會打電話報平安。接著她說她要上樓換衣服。「我請他們改了三次衣服，結果從沒合身過。」她提起裙襬，走到門廳，我們看她爬上樓梯，消失了蹤影。

「好啦，」譚米小聲說：「我去收東西。」

「不要忘記妳的股票。」

她身子縮一下，好像我打她一巴掌，我眞希望自己能收回這句話。「你知道我心裡已經夠難受了。」她說。「你沒必要讓我更痛苦。」

「對不起，譚米，我不該說那句話。」

她拿了股票，與高采烈叫我們睜一隻眼閉一隻眼，我有生氣嗎？有。但如果我們的財務狀況互換，我會做同樣的事嗎？百分之百會。譚米這輩子都在替別人擦屁股。她總是不被珍惜，不受重視，薪水也過低。相當於五年薪水的股票能改變她的生活，我不會因此譴責她。

「我以爲艾登接受一切了。」她說。「我以爲結婚是他的計畫！哪怕是一點點，如果我知道他會……會——」

我摟住她，讓她知道自己不需說完。「沒人怪妳，譚米。這營地會讓人腦袋一團亂。這地方到處都是錢——這裡會讓人說出或相信瘋狂的事。我們只要趕快遠離這地方就好。艾碧蓋兒在哪？」

「她在我們的小屋。」

我說我剛才才從小屋過來。「她不在那裡。妳最後看到她是什麼時候？」

「在圓形會場。聽到消息時，我叫艾碧蓋兒回小屋，然後我跟著瑪姬來這裡。」

「那是妳最後一次見到她？」

「事情發生得太快。我都搞亂了。」

「妳去收東西。」我說。「我會找到她。」

我找遍營地，去了沙灘、碼頭和船屋。然後我走到大班樹，艾碧蓋兒曾從這棵樹跳到我肩膀上，壓傷我的背。

我實在找不到，只好去她最後出現的地方——舉辦結婚典禮的圓形會場。舞台已清空，弦樂四重奏也離開了。花朵清空，長椅上空無一人，只剩後排一個人影。在婚禮會場待到最後一刻的是個女孩，夏日雛菊花冠歪歪扭扭戴在她頭上，她大腿上放著一小籃花瓣。她面對舞台，靜靜等待，彷彿內心懷抱一絲希望，期盼典禮仍會進行。

我坐到她身旁。「嘿，艾碧蓋兒。」

「哈囉。」她聲音細微沙啞，難過萬分。我現在才發現她在哭。她當然在哭。大家都答應她會有一場童話般的婚禮。她將見證兩人立下人生中最重要的誓言，盛大宣告對彼此的愛、信任和承諾。現在艾登死了，大家都走了，到了週一，艾碧蓋兒會離開譚米的公寓，去和身分不明的照顧者生活，他們會不會好好照顧她都很難說。

我知道帶她來是個錯誤。

我說：「我們要開車回家了。」艾碧蓋兒伸手揉眼睛，點點頭。「我的意思是，我們要走了。」

這句話又讓她哭了。她很難爲情，雙手掩住臉，背對我。「對不起，法蘭克先生，我只是——」

她臉上全是淚水和鼻涕，其他是什麼我也不知道。我脫下運動衫，用柔軟的刷毛內襯輕輕擦乾她雙頰。她彎身向前，用衣服擤鼻涕，然後道歉。我跟她說沒關係。我說：「擤乾淨。」她又大聲擤了幾次，深吸口氣，最後她哭完了。

「譚米有跟妳說發生什麼事嗎？」

「她說出了一場意外。」

我點點頭，因爲這確實是她唯一該知道的。「我很抱歉出了意外，艾碧蓋兒。」

「我覺得好難過。」她彎下身，咬緊牙關，好像肚子痛一樣。「我是說，我感覺心好痛。」

其他婚禮賓客已繼續過生活。他們返程回家，回歸現實，魚鷹灣營地這裡卻有一人分擔著我所有的痛苦和悲傷，甚至比我更難受。

「我也很難過。」我說。「對不起讓妳經歷這一切，艾碧蓋兒。」

我手放到她膝蓋，她靠到我身上，彷彿融化了一般，我們默默坐了良久。我不時感到手機振動。我姊姊四處找著我們，並傳了許多訊息。但我懶得去看。我感覺艾碧蓋兒需要有人全心陪伴，而現在能陪她的人是我。

我不記得我們坐了多久，但過一會，我發現太陽漸漸落下。不久便是日落時分。我覺得艾碧蓋兒可能睡著了，但我清喉嚨時，她馬上動了動。「我們必須走了。我們離開之後，感覺會好一點。」

「你眞的這麼覺得嗎？」

「我很確定。明天早上妳會感覺好一點。再隔一天，感覺又會好一點。現在我們只需要撐過去。」

艾碧蓋兒點點頭，將刷毛運動衫推回我大腿。衣服上都是鼻涕和鼻屎，我把衣服翻過來，綁在腰上。然後我站起，但她不肯妥協。

「來嘛，」我跟她說：「我們一定要走了。」

她舉起雙手，要我抱她。我不覺得我的背撐得住，但我答應她試試看。我牽著她的小手，讓她站到長椅上。接著我摟住她的腰，讓她靠坐到我腰際。我很訝異她身子一點都不重。我空出的手拿起她的花籃，我們走下步道，前往魚鷹小屋。艾碧蓋兒一手勾著我肩膀，另一手搔著側腦。

「還在癢？」

她點點頭。

「我以爲瑪姬叫醫生來了。」

「她說她會叫。」

「但沒人過來？」

艾碧蓋兒搖搖頭，又抓了幾下，才把頭靠到我肩膀上，我們一起走回營地。

V

臨別贈禮

1

隔天下午，我開車到斯特勞茲堡的男裝服飾店去還西裝。粉紅頭髮、穿著眉環的孩子（賣我昂貴配件套組的那位）站在收銀台後頭。「嘿，歡迎回來！一切都順利嗎？」

我維持禮貌嘟噥幾聲便趕快走了。面對他的問題，我心裡的答案是：我真的不知道。我前一晚載著譚米和艾碧蓋兒從新罕布夏州回家。半夜送她們到家，十二點半我才躺到自己床上，整個人精疲力盡，卻又亢奮到睡不著。我一直在等手機響起，等瑪姬通知新消息和後續。雖然她保證不會有事，但我仍一直掛心。我中途一定睡了一會，但隔天我一早便醒來，馬上拿起手機看——仍沒有訊息。

我試著做些家事。我進到瑪姬的舊房間，將床單拆下，放到洗衣機去洗。我知道她說她絕不會回家，但我想先準備好，以免她改變主意。我還完西裝之後，開車到超市，用推車裝滿她最喜歡的食物。中途我一直檢查手機，確認沒有錯過任何一通電話。下午接近傍晚時，終於有人打給我，我肚子糾結，但我看螢幕才發現是維琪，她從極剪理髮廳打來。我不想接，但我知道必須向她說明。

「對不起打擾你了，法蘭克。我希望你沒在忙？」

她說她聽說了噩耗，她打來致哀。看來事情已上了新聞，她在Facebook上讀到了。我想無論是哪個科技富豪的兒子，在婚禮前一分鐘飲槍自盡，演算法和網紅絕對會幫你散布消息。

「瑪姬怎麼樣？」

我不知道該怎麼回答。我不想對維琪說謊，但我很確定不能說實話。

「她非常不知所措。」

「當然了。她可能嚇傻了。」

「我希望能幫她忙。但我不知道該怎麼辦。」

維琪問我何時會回賓州，我說我已經到家了，我一整天都會待在家裡。

「喔，法蘭克，你怎麼不早說？你今晚想見面嗎？晚餐時聊一聊這件事？」

「我想先不要吧。」

「你可以來我家。我家有很多東西吃。我可以煮點什麼。」

天啊，這是我夢寐以求的事。我迫不及待想告訴她一切。但當然，我絕不能告訴任何人真相。尤其是她。

「我現在可能不好聊。」

「你不想聊我可以理解。我都尊重，法蘭克。你經歷了非常悲傷的事。但你知道，我覺得心理上，你可能需要一點情感上的支持。」

我知道如果不掛電話，我可能會答應她。我會衝到她家，一五一十告訴她一切。所以我跟她說，她不是專業的心理師。

「這有什麼關係？」

「我覺得妳不該給我建議。妳沒有諮詢方面的訓練。妳只是幫我剪頭髮的。」

我知道這句話傷害到了她。從她反應（或說因爲她毫無反應），我感覺得到。我們在電話中沉默許久。

「我不只是幫你剪頭髮的，法蘭克。如果你早點問我，我會願意參加婚禮。如果你不是等到最後一刻才問。我要工作不是我的錯。」

「我必須掛電話了，維琪。對不起。」

我掛上電話，走到冰箱前，我用磁鐵貼了好幾張她的名片。我將名片全拿下，扔到垃圾桶，以免我忍不住想回她電話。我至少要再一個月才需要剪頭髮，我知道我可以開車去另一家極剪理髮廳，那家在兩個城鎮外的波科諾山區。

2

大約一小時後，優比速公司主管打來慰問。他提醒我還有一堆有薪病假。他建議我用一用，陪伴女兒度過悲傷。我向他保證，許多朋友都陪伴著瑪姬，此時對我來說，最大的幫助是讓我回到工作崗位。我承諾早上會去報到，照常開我週一的送貨路線。

好，如果我有留意外面世界的話，我會注意到天氣預報說有熱浪。紐約市和費城市長已宣布國家進入緊急狀態，呼籲市民待在室內，補充水分，照顧年長鄰居。這時我通常會用冰桶裝滿冰塊，切好西瓜和幾顆臍橙，但週一早上，我只像平常一樣，帶著火腿起司三明治、一顆蘋果和滿滿一保溫瓶的水。

我到裝卸貨區時，才發覺這不是普通的一天，經理都在發遮陽帽和涼感袖套，並多發幾瓶礦泉水。優比速大多數的車都沒有空調，所以經理提醒所有人調整步調，多停下休息。幫我搬貨的韓國年輕人叫俊，我如往常在一旁閒晃時，他警告我要小心。「你今天有很多狗糧，法蘭克。」在我們這一行，「狗糧」指的是重得要命或奇形怪狀的網購貨物，像床墊、數箱影印紙、組裝家具和超大包狗糧（驚不驚喜！）。我感謝俊的提醒，並多給他一點小費，因爲把所有狗糧搬上車，對他來說也很辛苦。

我八點半離開物流中心，九點已全身是汗。貨車外悶熱到令人窒息，高掛的豔陽讓貨車有如無窗的金屬烤箱愈來愈熱——簡直教人無法忍受。我每次走到後頭拿包裹，脈膊便瞬間飆高，汗水從額頭流下，刺痛雙眼。俊說得對，我的貨物裡有一堆狗糧。我九個客戶因應熱浪，買了窗型冷氣，我必須搬著巨大的貨箱一路走過郊區住宅的超長車道。我的背還撐得住，但搬第三或第四台冷氣時，我覺得手臂和手掌都快抽筋了，這是中暑的初期症狀。於是我停到麥當勞休息，吹著餐廳空調，喝大杯的柳橙汁，讓體溫恢復正常。現在還不到早上十一點，我還有一百三十九件貨物要送。

我希望工作能讓我別去想瑪姬的事，但我一直在替她擔心。她仍在魚鷹灣營地嗎？艾登死了，她要住哪裡？凱薩琳．葛德納很快便告訴我眞相——但她向外人坦白犯罪事實怎麼辦？譚米說有錢的罪犯總是無罪開釋，但我能列出近期好幾個反例：傑佛瑞．艾普斯坦、哈維．溫斯坦、比爾．寇斯比。葛德納家族乍看是無所不能，但我可不敢把話說死。我開過四向交叉路口，導航電腦嗶嗶作響，警告我錯過一個彎，並指示我走新路線。不過是一瞬間分心，我今天要多工作六分鐘。

十二點半，我手臂又開始抽筋，我心跳飛快，像卡在N檔的引擎。我知道我應該停車，休息一會，但卻找不到地方停車。我開在二線道的高速公路，路兩旁是州有林地的山溝。我開這條路上千次了，但那天的森林看來詭異又陌生。擋風玻璃彷彿替景色套上濾鏡，讓色彩變得更加濃郁。我當時沒發現，但我可能是在這一刻失去意識。

後來我看到遠方有一輛車停在路邊，警示燈閃爍著。那是一輛亮紅色的本田車。路肩空間不大，所以半輛車占據了我的車道。一個女人跪在車子後面，轉著千斤頂，將車子左後輪抬高。一個男人站在附近，手上拿著備胎，我熱昏的腦袋認出那兩人是朵恩・泰格和艾登・葛德納（這不就是他們認識的場景？在路邊換輪胎？）。我放慢速度，開到對向車道繞過他們。我伸出脖子，想好好看清楚兩人的臉，並讓貨車繼續向前滑行。

我左前輪開出柏油路，落入長滿雜草的山溝，鬆軟的泥土馬上陷下。我手中的方向盤一偏，貨車向側邊倒下。擋風玻璃前的一切呈順時鐘旋轉，彷彿世界繞著我打轉。後來玻璃破裂，我伸手護住臉。安全帶卡住我胸骨，將我固定在座位上。我雙手握拳，準備撞擊，所有貨物從貨架落下，在貨車廂不斷滾動，像烘衣機裡的襪子。

3

我在醫院病床上醒來，我手臂斷了，鼻子斷了，肋骨也裂了三根，還有輕微中暑症狀，但幸好沒有其他人受傷。車禍最大的傷害是我的貨車和二十六年無車禍的駕駛紀錄。工會代表前來訪視時，向我保證我絕不會丟了工作。後來公司總部穿著西裝的人前來訪視，他態度相對模稜兩可。我問及我和公司的未來時，他只回答：「總之車禍調查仍在進行中。」

同一天，斯克蘭頓當地報社的記者也來了。她的報導主要是關於送貨司機可怕的工作處境。她的立場是，優比速公司管理階層多少要爲我的車禍負責，貨車沒有冷氣差點害死我，但我跟她說，她全都搞錯了。我堅定地說，我有受訓在極端溫度下工作，車禍全是因爲我自己疏忽，我笨到犯下大錯，絕不會責怪別人。

醫生讓我待在神聖救世主醫院三個晚上，許多人來看我，像司機、理貨員和倉儲的工作夥伴，還有譚米（她帶了手機和充電器來）。我有兩個最喜歡的客戶，他們在當地新聞中看到我車禍的消息，也都趕來探視。

直到整整四十八小時後，我才聽到瑪姬的消息。我以爲她會趕回家來看我，結果她只從波士頓打電話來，因爲她在幫葛德納家族辦艾登追思會。她說那是一場小活動，只有親密的家人會參加，我和譚米不需要出席。也許是因爲吃了止痛藥，但我跟她說我沒事。「只是一點小擦傷，不用擔心。」

隔天我右手臂打上重重的石膏，綁著吊帶回家了，二十六年來第一次，我發現自己無所事事。我想看電視，但我的老天爺，白天電視頻道是怎麼回事？我小時候，電視播的都是無腦的情境喜劇和《價格猜猜猜》節目。現在不斷播放《戰痘醫師》和《渣男島》。有線新聞台更糟糕，所有愛國人士都恨加州，所有進步人士都恨佛州，所有人都恨國會。每一檔節目都讓我血壓飆升，我關上電視，相信這愚蠢的世界已不斷沉淪。

亞曼多．卡斯達多再也沒和我聯絡，但我猜他有默默影響了我的車禍判定。委員會完整檢視了我的車輛感應器、電腦和行車紀錄器，投票決議讓我「帶薪休假至退休」。意思是我接下來三年仍能領基本薪水，直到退休那一刻——但我絕不會再爲優比速公司坐上駕駛座。

我聽到消息時，差點哭出來。過去這二十六年，我一直幻想著自己最後一天工作的畫面，但我從沒想像過工作生涯會這樣結束。我在無窗的二樓會議室，六名律師、高層和工會代表坐在硬背椅上，看我簽署無數份棄權書和免責聲明。

在這之後，我早上再也沒理由起床了。我不需做任何事，精神反而墜入黑暗的深淵。我不再回應訊息和電話，不再清掃屋子——並花超多時間盯著手中的蠢手機。我有天下午把時間全浪費在思索那場車禍。我一遍遍反覆地想，試圖找出我究竟是哪一刻失去控制。我記得自己發現路邊男子長得和艾登．葛德納一模一樣，我想停下來問他問題：他知道我女兒沒事嗎？他為何留給我一千美元？我仍把塞著百元鈔票的信封收在抽屜櫃，因為存到銀行，我心裡會有罪惡感。

八月底週二早上九點半，我姊突然打電話叫醒我。她得到一個在波科諾松林照顧阿茲海默症患者的工作，需要我照顧艾碧蓋兒幾天。

「幾天？」

「照顧到開學就好。新工作時薪五十美元，我絕不會拒絕。」

離開魚鷹灣營地後，我都沒見過艾碧蓋兒，我最後聽說她回去和生母一起生活。不過肯定出了什麼狀況，因為一週後，艾碧蓋兒搬去庫茨敦的一座果園，那是個家庭農場，六到八個寄養小孩睡在一起，他們下課會一起幫忙做家事。但看來她在那裡也過得不大順利，因為現在艾碧蓋兒回到了我姊姊的公寓。

「我不行，譚米。」

「為什麼？你今天要幹麼？」

答案是沒有。但我腦袋糊成一團，想不出個好藉口。「我還綁著吊帶。我手臂斷了怎麼照顧小孩？」

「你不用抱她。她又不是嬰兒。」

「我不行。對不起。」

她掛上電話，所以我以爲大勢已定，頭向後躺，繼續睡覺。但二十分鐘後，我聽到譚米打開我家前門。我跌跌撞撞走到客廳，艾碧蓋兒已拿著鉛筆盒和數讀雜誌站在那。她穿著球鞋和短褲，揹著後背包，好像剛抵達夏令營。

「嘿，法蘭克先生。」

「譚米在哪？」

「剛走了。她說七點三十分會回來。」

「七點三十分，今晚嗎？」

「應該是吧？對不起，我不知道。」

艾碧蓋兒看起來和我印象中不大一樣。她的頭蝨全解決了，頭髮留長了，現在的髮長介於平頭和鮑伯頭之間，毛絨絨的，有點尷尬。她卸下背包，但只放到地板上。好像她不確定要放哪，也不知道自己該坐哪。

「妳可以坐沙發，」我跟她說：「我坐躺椅。」

她走去坐下，中途被木板絆了一下，那是我仍未組裝好的手工咖啡桌。我爲屋裡亂七八糟道歉，並拉開窗簾，讓光線照入。結果屋內看起來更髒亂。我一直沒打掃家裡，家具上都是咖啡和中式外賣的汙漬。我將電視遙控器給艾碧蓋兒，跟她說我們可以看她想看的。「或妳可以去外頭玩，但不要靠近火車鐵軌。」

她去散步，觀察一下社區，二十分鐘後便回來了，說外頭都沒有人。以前常看到這街區的小孩騎越野腳踏車，四處閒晃，但我猜他們現在都待在室內上網。艾碧蓋兒打開電視，我們白天看了探索頻道的鯊魚紀錄片，片中獨家訪問了海洋生物專家和鯊魚襲擊倖存者。有時艾碧蓋兒會去解數讀。她無聊時，我隨便給了她一捲紙巾畫畫。她肚子餓時，我給她錢，要她去加油站買熱狗和椒鹽餅乾，因爲我不想煮飯。

隔天也差不多是這樣過，但下午我在躺椅上睡了一會，等我睜開眼睛，艾碧蓋兒不見了。電視螢幕上，鯊魚無聲潛行，穿過紅色迷濛的海水，尋找牠的下一餐。我原本在想艾碧蓋兒是不是又去加油站買熱狗，卻在瑪姬房中找到了她。她翻著我女兒的抽屜，靜靜看每一樣東西。我從門口看著她，她摸著舊運動獎杯，然後一件件翻著摺好的毛衣。最後她跪到一籃子的動物玩偶旁，拿起一隻大熊。那是十五年前，我們去費城附近的購物中心時，瑪姬在絨毛工作坊做的大熊玩偶。

「妳想要的話可以給妳。」我說。

艾碧蓋兒沒發現我在看。她嚇一大跳，大熊落到地上。「眞的嗎？」

「籃裡的東西妳都能拿去。隨便妳。瑪姬永遠不會回來了。」

我說出口才發現這是眞的。婚禮後的一個月，我女兒的工作帶著她去了全世界，像新加坡、倫敦、洛杉磯，但不曾把她帶回斯特勞茲堡，甚至連我出了車禍，摔斷肋骨住院，她也沒回來。

我打開衣櫃，比著衣架上色彩鮮豔的洋裝。「這些衣服也任憑挑選，自己拿。」

艾碧蓋兒對衣服毫無興趣，但她將柳編籃拖到客廳，開始盤點玩偶：海棉寶寶、好奇猴喬治和一大堆豆豆娃。她面露驚奇，仔細看了每個玩偶，再把它們放到沙發上。電視上仍播著《鯊魚週》節目，但我把電視關了，看艾碧蓋兒玩玩偶。從魚鷹灣營地之後，我沒見過她這麼興奮。我突然好想逃出臭氣薰天的家，把一切拋諸腦後。我站起身，抓起吉普車的鑰匙。

「來吧。」我跟她說。

「我們要去哪？」

「我不知道，去哪都好。」

第一天下午，我們在附近繞一繞。我載她去我優比速貨車撞車的高速公路，讓她看我是從哪裡衝下路邊。我們開車繞過聖路克教堂，我跟她介紹我和柯琳結婚的地方。接著繞去義大利餐廳西歐維歐，讓她看我們舉辦婚宴的餐廳。我沒想到艾碧蓋兒會有興趣，但她問了一連串的問題：我們請了多少賓客？我們第一支舞的歌曲是哪一首？到底什麼是義大利料理？最後一個問題考倒我了。都長到十歲大了，怎麼可以沒吃過義大利菜？於是我們走進餐廳，我對服務生解釋情況。她很樂意把餐廳特餐全做成小份，像馬鈴薯麵疙瘩、烤麵包、燉飯、千層麵、帕馬森起司雞和甘藍菜苗。我們吃到肚子塞不下了，這時艾碧蓋兒說她從沒吃過提拉米蘇，也從沒吃過義式冰淇淋，所以我們也都點了。看她這麼快樂，讓我也好快樂。老實說，我感覺這頓飯像整個夏天唯一有意義的事。

所以隔天我試著再做一次。我們列出一大張清單，寫下她從未經歷過的事，然後我們剩下的夏天都一起體驗。我們去參觀水晶洞穴和巧克力工廠。我們去楓影餐廳吃晚餐，那是美國最大的北歐式自助餐廳。我們也去了將軍殿，那是日本鐵板燒餐廳，他們會在你面前料理所有食物。我們甚至開到費城，讓她看她第一場大聯盟棒球賽。雖然路途遙遠，但能重回到路上感覺很好，我將窗戶搖下，音樂調大，開車奔馳。

暑假最後幾天，我想做一件眞正特別的事，我帶艾碧蓋兒去德拉瓦水道國家遊樂區的獨木舟店。自從瑪姬長大之後，我再也沒去過了，但那地方和我記憶中一模一樣。他們能租借各種船隻，並能載我們去河邊，甚至有賣棕色紙袋裝好的三明治、蘋果和果汁。不到一小時，艾碧蓋兒和我搭上一輛黃色大校車，車裡全是吵鬧的青少年。我手臂仍打著石膏，所有人看我的眼神都像我瘋了。校車司機問我打算怎麼划船，我解釋艾碧蓋兒會負責划。

德拉瓦河又長又寬，平時流速都很慢。如果你想在白色浪花中激鬥，恐怕會大失所望。但如果你是十歲的孩子，才剛開始划船，這裡最適合學習。我教艾碧蓋兒三十分鐘後，她已自信地划著船，帶我們繞過巨石和橋墩。中午我們找了座小島停船吃三明治，那裡已有許多家庭。我在垂柳陰影下找到一個好位置，艾碧蓋兒和幾個孩子在水邊玩耍。

出乎意料的是，我發覺自己好希望夏天永遠不要結束。

4

但夏天還是結束了，譚米說我終於解脫了，再也不需要麻煩我。但我仍繼續幫忙，希望讓姊姊生活輕鬆一點。艾碧蓋兒上學後參加了數學社團，我都會準時送她去；還帶她去看小兒科醫生，將她疫苗打好打滿。我找了個好牙醫幫她補蛀牙，他幫我們轉介給矯正醫生，醫生檢查她的牙齒時無比驚奇，彷彿看到從醫生涯的最大挑戰，最後他宣布：「她需要戴很多牙套。」接著我花一週時間打電話申請賓州醫療補助計畫，求他們負擔這筆支出。他們一直叫我去找更便宜的醫生，但我想把事情做好，所以最後我付了大半的費用。我才不要讓哪個混蛋亂弄她的牙齒。

十月時，我們三人已培養出固定的生活規律。一天下午，我姊姊工作出狀況，她請我去接艾碧蓋兒下課，於是我開吉普車去接她，帶她回譚米的公寓。艾碧蓋兒大字形趴在客廳地上寫作業時，我做了塔可餅當晚餐。我們洗完碗，一起看一下Netflix。我們看了料理節目，一群白痴想動手烘焙，結果弄得一場糊塗。最後我帶她上樓睡覺，讓她自己看半小時的書，然後來到她房間說：「要關燈了。」

「再看五分鐘？」她問。「拜託？」她在讀奇幻小說《貓戰士》，並發誓再十頁就結束了。

「五分鐘，」我同意了：「但譚米回家時妳最好睡著了，不然我就死定了。」

艾碧蓋兒朝我比大拇指，繼續讀她的書。我轉身要走時，注意到她化妝檯上方的牆上釘了一張地圖。

她最近特別喜歡布置，房間裡貼滿迷宮、塡字遊戲、數讀題目、迪士尼電影海報和從雜誌光滑頁面剪下的廣告。而在雜七雜八的東西之間，有一張地圖。那是一小張溫德姆湖的地形圖，剛好是魚鷹灣前方約一平方英里左右的大小，上面全是波紋起伏的等高線，一個個數字標註著地勢高低和湖水深度。

「艾碧蓋兒，這是什麼？」

「夏日營地。」

「妳從哪拿到的？」

「艾登給我的。」

「什麼時候？」

她聳聳肩。「我們從新罕布夏州回來時，我在行李箱發現的。地圖塞在側袋。我想艾登知道我喜歡地理，所以他想給我。」

我仔細看那張地圖，那看起來像是大張地圖的影本，那種地圖通常是船員或漁夫的導航工具。有人在上面用鉛筆畫了圖，畫出船屋、L型的碼頭和魚鷹小屋。但最明顯的是湖面上有個鮮紅色的X，湖中有個不規則的凹陷，深度是五十二公尺。

「妳怎麼知道是艾登給的？」

「後面有寫字，」艾碧蓋兒說：「你想看的話，可以從牆上拿下來看。」

我小心將地圖拿下，轉到背面看訊息。

這總有一天會派上用場。別怕，該用就用吧。——艾登。

艾碧蓋兒看我一臉困惑，便說出她的想法。「我覺得是藏寶圖。」

「眞的？」

「有朝一日，我要回去魚鷹灣營地，去找那個X。我會買潛水服，看下面有什麼。你應該跟我一起去。」

「妳有給誰看過這個嗎？譚米看過嗎？」

艾碧蓋兒搖搖頭。「她說我們不該提魚鷹灣營地的事。她說如果國土安全部知道那裡發生什麼事，我們全都會有麻煩。」

我覺得我要吐了。我知道自己接下來必須小心說話。「艾碧蓋兒，聽我說。我覺得妳誤會了。我覺得艾登不是想把地圖給妳。」她露出狐疑的表情，我馬上解釋：「我覺得艾登是想給妳錢，我想他是想要給妳一千美元。」

她以爲我在開玩笑。「眞好笑，法蘭克先生。」

「不是，我說眞的。」我繼續解釋。我跟她說，艾登留了一千美元在我行李箱，因爲他不知道艾碧蓋兒和我交換房間。「妳住在主臥房，我住在兒童房。所以他把錢放在我行李箱，把地圖放在妳行李箱。」

「眞的假的！太扯了吧？一千美元？」這時她把書扔到一旁，穿著睡衣站在她床墊上。「你還留著嗎？」

「有。我一毛都沒花。」

「那你願意跟我交換嗎？」

我覺得她沒想到我會說好，但我表示這樣才公平。我皮夾裡有八十四美元，我把錢全給她，並答應她會把剩下的錢存到戶頭裡。我跟她說，如果銀行還沒完全數位化，我會想辦法幫她弄一本紙本存簿，這樣她就能看自己有多少錢，未來也能再存錢。艾碧蓋兒將鈔票展開，眉開眼笑，好像樂透彩廣告中的得主。但我地圖卻拿都拿不穩，因爲我雙手開始發抖。

5

「燒了吧。」譚米說。

那天晚上，艾碧蓋兒睡著之後，我姊工作完回來。我們坐在她廚房桌前，桌上放了兩杯無咖啡因咖啡，地圖攤在我們之間。我盯太久時，波浪形的等高線彷彿都在搏動，好像文件有輻射一般。

「你不能留著，法蘭克。太危險了。你要麼燒了，要麼交給聯邦調查局。我知道你不會交給聯邦調查局。」

我回想琳達和布洛迪．泰格，以及他們在高山溪狹窄的家。我想安慰自己，艾登的死一定讓他們得到一絲安慰，也讓事情告一段落。但我希望他們找回女兒的屍體，好好將她埋葬。我愈想腦中愈是一團亂，我必須停下提醒自己，我最關心的依舊是瑪姬的安危。

所以我一回家，便走到後院，倒了一袋煤磚到烤肉架裡。我倒入燃油，點了根火柴，然後等煤炭溫度夠熱時，才把地圖從口袋拿出。我想確定這張地圖完全消失，不想讓鑑識人員從烤肉架中找出蛛絲馬跡。但我準備要把地圖扔進火焰時，不禁猶豫起來，思考自己是不是扔掉了一個機會。

這是我最後的機會。我能告訴女兒我有多信任她。告訴她，我從過去的錯誤中學到多少。要說此刻最誰需要葛德納家族的把柄，一定是瑪姬，而不是我。我將地圖重新摺起，放回口袋。然後我將烤肉架蓋子蓋上。時間已接近十一點，但我還是打了瑪姬的電話。她接起之後，說自己在燈塔山大樓的頂樓公寓。她解釋她仍住在那裡，葛德納家族說她盡量住沒關係。

「怎麼了？」她問。

她語氣輕鬆愉快，好像我們是每天說話的父女，而我可能只是打來借杯糖而已。

我說我需要私下告訴她一件事。這事她絕對不能告訴厄爾羅、蓋瑞或任何人。「我可以相信妳，不告訴別人嗎？」

「你在說什麼？」

「妳一定要先答應我。拜託。」

「好，我答應你。什麼事？」

「妳記得艾碧蓋兒嗎？譚米的寄養小孩？」

「有頭蝨那個？當然記得。」

「她在行李箱找到一樣東西。艾登死前，他留給她一張地圖。溫德姆湖的地圖。上面有個X記號，標記在湖水中間。我覺得是——」

「等一下、等一下、等一下。」突然之間，她認眞起來。「你必須重頭說。艾碧蓋兒爲什麼會有溫德姆湖的地圖？」

所以我只好解釋整件事，告訴她艾登不小心將地圖放錯行李箱。「他想保護我。讓我有辦法對抗葛德納家族。」

「所以地圖一直掛在艾碧蓋兒房間？任何人都看得到？」

「沒事，瑪姬。她才剛來這裡，還沒交很多朋友。」

「那社工呢？他們不會到公寓查看她生活嗎？」

「相信我，我是唯一知道地圖意義的人。我原本打算把地圖燒了，直接不管了。但後來我想也許應該給妳。或許往後妳用得上。如果妳回家，我可以拿給妳。」

「好，我想親眼看看，可是我週三要飛馬德里，要出門十天。」

我不想拿著這地圖十天。所以我說那我可能乾脆把地圖燒掉算了。

「還是你來波士頓？」她說。「你明天有事嗎？我們可以在這裡見面。我看露西雅有沒有空準備什麼。你喜歡她煮的菜，記得嗎？」

6

我準備了過夜的小包，裡面裝了換洗衣物和牙刷，但我沒訂旅館。我不確定需不需要。我記得頂樓公寓有間客房，我希望瑪姬能邀我住下來。也許我們會聊一整晚。也許我們早上能找到一間鬆餅屋，一起去吃鬆餅。

這些想法太蠢了。我現在懂了。父母親自欺欺人起來，簡直沒有極限。

週二接近傍晚，我越過薩基姆大橋，循著熟悉的路回到燈塔山大樓。這次，我直接把吉普車停在寬闊的員工停車場，越過街道，進入大廳。又一次，美麗的奧莉維亞在櫃台工作，她露出溫暖的笑容，歡迎我來。「眞高興見到您，扎托斯基先生，」她說：「一路上都順利嗎？」

「非常順利，奧莉維亞。謝謝妳。妳需要看我的駕照嗎？」

「喔，不用，先生，您已經登記過了。編號D的電梯在您身後。祝您愉快。」

我進到熟悉的電梯，裡面一樣全是黑色金屬，沒有按鈕，電梯再次像有生命一般啓動。螢幕數字亮起，顯示經過的樓層：2、3、5、10、20、30、PH1、PH2、PH3。接著門終於打開，我又來到公寓，瑪姬在等我。她盛裝打扮，一身亮麗的無袖禮服，耳戴鑽石耳環。「爸！你到了！」

她頭髮變更長了，比我記得又黑了兩個色階。她一定是在婚禮之後又染黑了。穿著細跟高跟鞋的她，幾乎和我一樣高了。她輕輕擁抱我，怕壓到我的吊帶。我將她摟緊一些，向她保證我手臂已經復元。醫生這週末會把石膏拆了，所以她可以正常擁抱我，不用怕弄斷什麼。

公寓已重新裝潢。格局依舊，有同樣的巨大窗戶，俯瞰城市天際線。但所有家具都是新的，黑白肖像畫不見了。畫作換成幾張波士頓美術館的精美複製畫。帆船和裝在花瓶的鮮花那一類的。

「不掛人臉了？」

她大笑。「感謝老天，對不對？那些畫每次都讓我起雞皮疙瘩。」她回想起來，打個冷顫。「我很樂意把那些畫收起來。」

我發現自己又穿得太隨便了。我穿著毛衣和牛仔褲，這是因爲石膏很厚，讓我幾乎別無選擇，但瑪姬穿得彷彿要出席奧斯卡頒獎典禮。「我不知道我們要出門吃飯，」我跟她說：「妳說我們在這裡吃。」

「我們在這裡吃啊。你打扮沒問題。大家都在露台上。」

我跟著她走過客廳，我心一沉，發現厄爾羅．葛德納和蓋瑞．雷文森在外頭露台，他們手中拿著波本威士忌，靠在欄杆上。瑪姬打開玻璃門，他們擠出假笑，向我打招呼。

「法蘭克．扎托斯基！」厄爾羅說。「手臂還好嗎，兄弟？我們聽說你出了一場大車禍。」

我不理他，轉向我女兒。「他們在這裡幹麼？」

「這跟我們所有人都有關，爸。我覺得我們一起合作比較好。所有事情都攤開來說。」

我發現雨果也在場。他站在露台另一頭，假裝沒看到我來。他面無表情，不露聲色望著天際線。

希雅拉倒在一張沙發上，臉朝下，閉著雙眼，輕輕打呼。她已脫下高跟鞋，洋裝裙襬被拉起，露出一截丁字褲。

「她怎麼了？」我問。

「喝太多雞尾酒。」蓋瑞解釋。他露出深情的笑容，抓來一塊毛毯抖開，小心披在妻子身上。「體重只有四十四公斤，喝酒眞的要慢慢喝。」

我忍不住轉向厄爾羅，關心他妻子的事。「凱薩琳好嗎？她今天也要跟我們一起用餐嗎？」

他像是對我感到失望，好似我開了個低俗的笑話。「這一年對她來說很辛苦，法蘭克。她失去了獨生子。」

「但你沒待在家照顧她，反而來這裡見我。我眞是受寵若驚。」

我再也不管了，或像年輕的奇能公司員工說的，我他媽一點都不在乎了。厄爾羅感覺不受我酸言酸語影響，但雨果緊繃起來，好像只要有人一聲令下，他就會把我從露台扔下。

「法蘭克，我是來向你致意的。你找到的訊息，對許多人有極大的價值，我知道你有其他選擇。」

「我是拿來給瑪姬的。不是要給你或其他人。我在這裡全爲了她。」

玻璃門拉開，露西雅滿面笑容走出來，她穿著白色主廚服，我覺得我看出她眼中的一絲同情。我想她在廚房默默工作時，一定偷聽到許多對話，她可能背負著許多醜陋和不愉快的祕密。也許她一直都知道婚禮是場鬧劇，我女兒打從一開始就對我說謊。因爲她似乎理解，來到這裡對我來說多難受。「很高興再次見到你，法蘭克。你要喝點什麼嗎？我們有啤酒、雞尾酒，或看你想喝什麼。」

沙發上，希雅拉翻到側面，毛毯滑落地面，丁字褲和屁股全露向城市天際線。露西雅鎭定自若，裝作沒看到。

「謝謝妳，露西雅，但我只會待一分鐘。我只是來打個招呼，就不麻煩妳了。」

瑪姬維持禮貌，稍微挽留我。「爸，你確定嗎？她要做她最有名的烤鴨。烤鴨要準備七十二小時，簡直是人間美味。」

我說錯過眞的非常可惜，但我必須回斯特勞茲堡。

「那下次吧。」露西雅說，我覺得她比我更早知道，我絕不會再踏入這間公寓了，也絕對無法再嚐到露西雅的廚藝。等她回到室內，關上門，我才拿出地圖，交給我女兒。

「艾登說這能給我保護。他想給我一點優勢。但我絕不會拿去做任何事，瑪姬。我只希望妳幸福，所以這乾脆交給妳。」

「謝謝你，爸。我眞高興。」

我女兒看了看地圖，交給厄爾羅和蓋瑞，他們朝雨果比了比，叫他也來看。他們不怕用手拿，我後來才明白爲什麼。厄爾羅直接將地圖拿到火爐，小心點燃。地圖過一會才著火，火焰將它吞噬，化爲灰燼。沙發上，希雅拉翻身平躺，睡夢中輕聲說：「不要、不要、不要——」

厄爾羅輕輕拍手，表示問題已解決。「法蘭克，你確定不喝點什麼？現在外頭交通很瘋狂。你不如留下喝杯啤酒。」

我不想再多待。我眞不想在這些混蛋面前和瑪姬道別，但她讓我別無選擇。「三年前，妳要我幫忙，我讓妳失望了。我一直感到內疚，所以我希望這次能彌補妳，瑪姬。我只希望妳過得好。」我腦中有千萬個念頭，有無數話想說，但我發現時間只夠我說最後一句話：「如果妳厭倦了一切，如果妳不想再待在這裡，妳永遠可以回家。

任何時候，妳需要找個地方，我都會等著妳。」

「我知道，爸。謝謝你。讓我抱你一下。」

她走向前，雙手抱住我，我當然希望這不是我最後一次見到她，但我意識到這可能是了。

我眞的是一點都不懂。她內心一角是個喜歡讀《晚安，猩猩》的孩子，喜歡玩擁抱怪物的孩子，喜歡草莓鬆餅加多一點鮮奶油的孩子。童年的她曾在盛夏時分，大笑跑過草坪灑水器，說有多可愛就多可愛。我不知道那孩子怎麼了。我不知道我哪裡做錯，或怎麼搞砸了，但我知道無論未來發生什麼事，我永遠會愛著她。我感覺自己快哭了，於是我抽開身子，我不想讓厄爾羅看到我落淚。好了，法蘭克。別哭。我和她道別，聲音像耳語一般：「我愛妳，瑪姬。好好保重，好嗎？」

「好，爸。路上小心。」

我轉身走向露台玻璃門，這時聽到蓋瑞清了清喉嚨。「法蘭克，還有一件事。」他手從口袋拿出一本小筆記本。「那女孩現在住哪？」

這問題彷彿停在半空中，我內心激動，一時無法理解。「什麼女孩？」

「艾碧蓋兒．格林。發現地圖的女孩。」

「她跟我姊姊住一起。」

雨果拿平板電腦給蓋瑞看。「妳姊姊仍住在康諾佛路十八號一〇六室？」

「對，但爲什麼要問？」

蓋瑞手揮了揮，迴避問題。「只是問一下。」

「問什麼？」

我望向厄爾羅和瑪姬，兩人都不願回答。「發生什麼事？」

這時蓋瑞終於開口：「就我們了解，艾登把地圖給艾碧蓋兒。可能如你所想是不小心的，但也可能是故意的。也許他希望艾碧蓋兒拿到地圖，也許他曾告訴她別的資訊。老實說，我們不知道。但這就是問題所在。」

「她才十歲。」我提醒他們。

「非常聰明的十歲孩子。」蓋瑞說。「對細節的記憶力非常好。你姊覺得她能參加《危險邊緣！》問答節目。」

「人小耳朵尖。」厄爾羅說。「她週末可能聽到各式各樣的傳言。」

瑪姬提醒我，我們剛到新罕布夏州時，艾碧蓋兒甚至見過布洛迪．泰格。「布洛迪跟你說是艾登殺死朵恩．泰格，把她屍體藏在營地。三天之後，艾登給艾碧蓋兒一張營地地圖，上面畫了個X。她遲早會聯想在一起。」

「然後呢？她才五年級。她睡覺都還要抱玩偶。」

厄爾羅以平靜的聲音開口，表示一切都不會有事。「我們只是想及早把事情控制住，法蘭克。最重要的是，你是家人，我們相信你。我們知道你希望瑪格利特好。同樣的原因，我們也相信譚米。但那女孩是外人，是未知的變數。她最後一定會將拼圖拼在一起。有朝一日，她長大之後，居無定所，未婚懷孕，毒品上癮，她可能會拿這個資訊去賣。所以我們的挑戰是，要怎麼阻止這件事發生？」

厄爾羅解釋一切時，我發現雨果在用手機打訊息。「你在幹麼？」

他不理我，逕自打完訊息，傳了出去。「你不需要擔心，扎托斯基先生。你已做出最重要的貢獻。你讓我們了解問題所在。我們會處理剩下的事。」

沙發上，希雅拉睡醒了，她坐起來，咂了咂嘴，像意外吃了隻蟲。「對不起。」她喃喃說，然後低頭望向雙腿，將裙襬拉好。

「不用道歉，」蓋瑞向她說：「妳只是愛睏而已。」

她兩指伸進嘴中，小心拉出一根毛髮，睡眼惺忪看著。「這絕對不是我的頭髮。」然後她搖搖晃晃走到露台邊，將毛髮扔出欄杆，看風將它帶走。所有人感覺都毫不在意，彷彿這舉動完全正常。

「瑪姬，我需要妳翻譯這段對話。我們到底在說什麼？」

她說這不需翻譯。「我覺得你很清楚這段對話在說什麼。」

「妳覺得沒關係？」

「我當然不喜歡。我們沒人希望這件事發生。但我理解為何必須如此。」

我想直到這一刻，我才徹底明白自己永遠失去她了。在這之前，我都願意說服自己。但這件事？實在太過殘忍野蠻，道德淪喪，墮落邪惡——

「我們大家不如保持樂觀吧。」蓋瑞繼續說。「下週奇能愛心基金會會以艾碧蓋兒的名字捐贈巨額善款給寄養機構。這筆錢會用來設立獎學金，資助二十五個清貧年輕女生上大學。這代表有二十五名小小艾碧蓋兒能擺脫貧窮，迎向更美好的未來。」

我聽到一半就不聽了。我想像接下來會發生的事。艾碧蓋兒每天放學回家都要穿過車水馬龍的十字路口，安排肇事逃逸，機會多的是。

也許事情會發生在公寓。凶嫌意圖竊盜，卻失手殺人；也許烤麵包機短路，造成一場意外大火。

也許她會直接失蹤；也許警方會在譚米公寓後方樹林找到她的運動衫。

「爸？」瑪姬在我面前彈手指。「你聽到蓋瑞剛才說的嗎？關於獎學金的事？」

「這一切什麼時候會發生？」

蓋瑞保證我完全不需擔心。「等你回到家，一切就結束了。」

他語氣充滿自信，像經驗老道的律師，向緊張的客戶承諾一切都不會有事。他們的計畫已在進行。我抵達之前，事情早已決定。我忍住衝動，不讓自己馬上拿出電話，打給譚米、警察或任何人。

厄爾羅彎身靠近我，雙手握在一起，觀察我的表情。「法蘭克，你還好嗎？有什麼事想跟我們討論嗎？」

我逼自己模仿他。我知道我必須冷靜，以他理解的方式反應。突然之間，我好希望剛才有請露西雅幫我倒杯酒，這樣我就能拿著酒杯，讓大家不會只注意我的表情。

「我根本不想帶她去參加婚禮，」我提醒他：「全是譚米的餿主意。我跟她說那是個錯誤。」

「我記得，」厄爾羅說：「我印象中，你感覺非常不高興。」

「沒錯。她一開始就不該出現在那裡。我其實不在乎你們怎麼解決問題。」

厄爾羅放鬆了些。「太好了，法蘭克。感謝你的諒解。」

「但如果要我接受，我要拿五千股。」

我一度擔心我要得不夠多，數字低到不具說服力。但等蓋瑞出聲反對，說我沒資格談條件，我才發現自己正中紅心。

「我姊姊只是出席婚禮，你就給她一千股，」我提醒他：「我今晚老實把地圖帶來。我很樂意空手離開這裡。但你如果要我接受最後那件事，如果你要我承受，我需要五千股。存進證券帳戶，明天之前完成。」我轉向瑪姬，說明我的理由。「妳知道這會重重打擊妳譚米姑媽。她會崩潰。」

「她不會有事，爸。還有好多孩子在排隊，等著代替艾碧蓋兒。」

「不對，瑪姬。政府會失去對她的信任，絕不會再讓她照顧寄養小孩。他們會取消她的執照，她永遠不會原諒自己。而我必須處理爛攤子。你知道我不會棄她於不顧，告訴他們，五千股很合理。」

我女兒若有似無露出一絲微笑，我從她表情認出我許久沒看到的態度：尊敬。多年來第一次，我終於讓她打從心底欽佩我。

「我確實覺得很合理，」她說：「但決定權不在我。」

「妳他媽說得對。」蓋瑞說。

「我來處理。」厄爾羅告訴他。「五千股不是小數字，法蘭克。」

他又望著我雙眼，想衡量我有多堅持，我不敢移開目光，我甚至沒有眨眼。這一刻將決定一切，這是考驗彼此的關鍵時刻，我最大的優勢是，厄爾羅一直都懶得好好認識我。

所以我能裝模作樣。

最後他拿起波本威士忌，聳聳肩。「這麼多股，我無法一天之內轉帳。我們會做些預防措施，以免引人起疑。給我們七十二小時轉給你，可以嗎？」

所以意思是，他相信我。但話說回來，他當然相信我。對厄爾羅．葛德納這種人來說，我的反應完全合理。在他的世界裡，所有關係都是交易——你占優勢時，很自然會運用優勢，獲得最大利益。來合作的都是傻子，輸家才在意尊嚴。

「好，七十二小時。」我說。

他露出笑容。「好啦，我想這頓晚餐比我預期來得稍稍貴了點。你確定你不想留下來吃飯？」

我說我開回斯特勞茲堡還有很長一段路，回去之後，還要處理更多事。「但我走之前想上個廁所。」

瑪姬說要帶我去，但我告訴她，我記得廁所在哪。他們繼續待在露台，我進門越過客廳，沿著短走廊經過化妝室和衣櫃，一路進到主臥室浴室。門半開著，我走進去鎖上門。有人剛才淋浴過，鏡子和瓷磚都是水珠。

我馬上拿出手機，打給我姊姊。「嘿，法蘭克，你——」

「譚米，聽好。艾碧蓋兒不安全。」

「什麼？」

「帶她離開妳公寓。現在就走。去住旅館，別告訴任何人妳去哪，聽懂了嗎？」

「不懂！完全不懂！我為什麼——」

「地圖，譚米。他們知道她看過地圖了。他們怕她會多嘴。有人現在要去公寓了。」

我姊姊叫艾碧蓋兒，請她下樓穿上運動鞋。「我們要出去兜風，小朋友。」我馬上聽到她衝進廚房，拿皮夾、鑰匙和大衣。「這全是我的錯，」她低聲說，「你說得對，法蘭克。我當初應該要聽你的。接下來怎麼辦？」

「出門就對了，」我跟她說：「我會儘快跟妳聯絡。」

她還有許多問題，但我沒時間解釋。我掛上電話，伸手去掀馬桶水箱蓋。我只有一隻手，動作笨拙又尷尬。我用前腿頂住水箱蓋，以免不小心滑掉，接著我小心跪下，將蓋子放到瓷磚地上。黑色塑膠袋仍用膠帶貼在水箱底。我打開鏡櫃，尋找銳利的工具，我原本希望找到剪刀，但最後只找到尖銳的鑷子。我一直刮，把塑膠袋刮破，然後用手指挖開。裡面有個薄薄的金屬盒，大概支票簿大小。那是有人用來備份電腦的東西。

我第一次來公寓時，懷疑艾登在這裡偷藏東西，不讓我女兒知道。但瑪姬婚禮那天，她向我坦白了。她說她錄下好幾小時和葛德納家族的對話，包括厄爾羅、凱薩琳、艾登，**甚至蓋瑞。如果他們想搞鬼，我會拉著他們一起下地獄。從頭到尾**，在公寓偷藏祕密的一直是瑪姬。我要把她的祕密帶走。

我把錄音放到口袋，注意力重新回到陶瓷水箱蓋。我想撕掉剩下的塑膠袋和膠帶，清除這東西的痕跡。但只用一手，動作笨拙又辛苦，時間也不夠。我動作必須加快了，於是我一手抓起水箱蓋，匆匆忙忙站起，就在這一刻，溼滑的水箱蓋從我手中滑落。

水箱蓋落到地上，碎成碎片。

我全身僵住，動也不敢動，只能等著有人從走廊快步趕來，等著瑪姬、雨果或任何人出現。他們一定全聽到了。

除非他們全待在露台上。城市的喧囂自大樓四面八方傳來，充耳都是噪音。我在浴室中沒聽到任何聲響，又過幾秒，我才終於稍微安心，覺得自己應該暫時不會有事。只要我趕快離開的話。

我不可能把地板清乾淨。陶瓷碎片眞的太多了，地上全是白色粉塵。於是我直接打開浴室門，結果迎面發現希雅拉站在走廊上，用手揉著眼。

「你有生理食鹽水嗎？」

「什麼？」

「隱形眼鏡用的。我眼睛好乾。」

我打開鏡櫃，想讓她注意力放在櫃子上，但她已張大眼睛盯著馬桶水箱和地上的碎片。「怎麼了？」

我找到一瓶眼藥水，塞進她手中。「妳可以點這個。我會把門關上，給妳一點隱私。」

我回到客廳，發現瑪姬微笑站在露台門口。「都好了嗎？」

「我想是吧。」

厄爾羅和蓋瑞跟著她進到公寓，瑪姬按下電梯按鈕。我們四人尷尬聊著傍晚的交通。厄爾羅說如果我早點出發，有機會躲開尖鋒時間。我觀察電梯的動靜，想聽到馬達、齒輪和滑輪的聲音，但我什麼都聽不到。雖然按鈕已亮，但我又按了一下按鈕，並朝我女兒微笑。

「我太太在哪？」

「在浴室。她隱形眼鏡不舒服。」

彷彿說人人到，希雅拉從昏暗的走廊走出，她穿高跟鞋搖搖晃晃，一手撐著牆，以免跌倒。

「她在這啊。」厄爾羅說。

下方電梯終於開始上升，輕微的機械聲在電梯井迴盪。

「我的隱形眼鏡痛死我了。」希雅拉說。「我想去睡一下。」

「去睡客房。」瑪姬說。「床都鋪好了。」

希雅拉點點頭。「我想我就睡那裡。謝謝妳。」她轉身離開，準備沿走廊到公寓後面，這時她補了一句：「對了，妳爸弄破妳家馬桶了。」

瑪姬、厄爾羅和蓋瑞全轉過來看我，我大笑，想裝作希雅拉又沒頭沒腦亂說話而已。「有人眞的要好好睡一覺。」

希雅拉比我想得意識更清楚，她瞇眼瞪我。「我是認眞的，瑪格利特。別怪到我頭上，因爲不是我弄的。那是他弄的。看到他身上的粉塵了嗎？」

瑪姬看向我褲子。我膝蓋上沾有粉塵，像糕點用的糖粉。「爸？她在說什麼？」電梯傳來機械搖晃和震動聲，但電梯門依然沒打開。「你對馬桶做了什麼事嗎？」

事到如今，我仍無法對她說謊。厄爾羅或蓋瑞的話，我當然辦得到。但瑪姬不行。我們給予孩子最重要的東西只有眞相。她一定從我眼中看出答案，因爲她轉身跑去看了。

「瑪姬，別這樣！」我說。「我要走了！」

但電梯門仍沒打開。厄爾羅說電梯五點總是很多人用，因爲低樓層員工都下班了。「停車場會像動物園一樣。」

「那也要我下得去才行。」我開玩笑說，希雅拉從客廳另一邊瞪著我。她坐到沙發上，等瑪姬回來，證明她沒說謊。

電梯門叮一聲終於打開，瑪姬從公寓深處大喊：「爸！等一下！不要走！」

我假裝沒聽到她。「晚安，各位。」

「別讓他走！」

我不知道雨果從哪冒出，也不知道他怎麼這麼快，但他突然站到我和電梯之間。

「扎托斯基先生，你女兒在叫你，你沒聽到嗎？」

瑪姬衝進客廳，她眼神瘋狂，無比驚慌。「還給我。」

厄爾羅一臉困惑。「還什麼？」

我發現自己讓她進退兩難。她要先承認錄音存在，承認她一直背著厄爾羅和蓋瑞偷錄音，才能要我還她。

「他偷走我的東西。一個硬碟。裡面有私人資料。」她看向我腰際，透過褲子看到金屬盒的形狀。「現在就在他口袋。」

「而且他打破妳家馬桶，」希雅拉大叫：「我就跟妳說吧！但你們沒人聽我說，因爲沒人認眞看待我。」她抬高頭，閉上雙眼。「所以你們全都他媽去死吧。」

雨果手原本按著電梯門，現在鬆開，我看著電梯門關上，心如死灰。他說：「你可以搭下一班，扎托斯基先生。現在可以把口袋的東西拿出來嗎，麻煩你？」

我雖然辛苦練就了狀態意識，但此刻卻失效了，我居然笨到讓自己無處可逃。蓋瑞站在我左邊，厄爾羅和瑪姬站在我右邊，雨果站在我正前方，等我聽從他的指示。他手伸進大衣，掏出黑色手槍，隨意垂在身側，意在威嚇。就我看來，這舉動完全不必要。我知道他就算沒有武器，也能制服我。我仍記得他在防空洞裡，怎麼將我壓在牆上，讓我聽艾登嚥下最後一口氣。我手伸進口袋，拿出硬碟。

「就是那個！」瑪姬說。

她伸手要拿，但雨果請她退後。「現在放慢動作，我希望你把東西拿給葛德納先生，」他告訴我：「然後我們會拿台電腦，一起看硬碟內容。」

但我不願意交給他們。我知道這小巧的金屬盒是我保護艾碧蓋兒唯一的希望。只要我握有他們的祕密，他們就不敢害她。雨果舉起槍，指著我，要我照他指示做。

「別做傻事，」厄爾羅告訴我：「無論你在想什麼，你都沒聽明到——」

他被一聲尖叫打斷。露西雅從廚房走出，端著一大盤烤鴨，但她一看到槍，便嚇得大聲尖叫。菜盤落地，發出啪啦一聲巨響，我右手臂揮向雨果，厚重的石膏砸上他的臉，將他鼻子打個稀爛，像被壓扁的熟草莓。他手中的槍脫手而出，向後跌倒，雙手摀住臉，鮮血從他指間噴出。一瞬間的猶豫中，我和露西雅交換眼神——我發誓她完全知道自己在幹什麼，她犧牲了她七十二小時的精緻料理，給我一個機會。

我跑下走廊，經過衣櫃、化妝室和主臥室的門。我知道大樓有消防規定，一定有第二條路能離開公寓。廚房和客廳都沒有出口，所以一定是走廊尾端的那道門——那道門中間裝設著金屬平推門鎖。我推開門，發現自己在寬闊的樓梯井最上層。牆上噴漆寫著 PH3，旁邊有個簡單的火災警報器，上面設有 T 形拉桿。我拉下拉桿，刺耳的警報馬上響起，在封閉的水泥空間迴盪。我跑到 PH2 的火災警報器旁，也拉了拉桿。

等我跑到四十樓，大樓員工已依序走進樓梯中，他們穿著外套，抱怨著又一次無意義的火災消防演練。我擠過他們，想儘快下樓，每一步都感覺更安全。我們不是在魚鷹灣營地了，現在回到現實世界了，做出任何行動都必須付出代價。像雨果這種國際逃犯，我覺得他不會任意在人潮洶湧的樓梯間開槍。

我們一一踏進人滿爲患的大廳，四處都是公司員工和面露不悅的住戶。櫃台裡頭是可憐的奧莉維亞，她正面對群眾的怒火，電話也響個不停。透過玻璃外牆，我看到消防車和兩輛警車駛來，警示燈閃爍，車上警鈴響徹雲霄。我的石膏和毛衣流下一條條鮮血。我突然感到右手臂隱隱抽痛，不知手是不是又斷了。

我擠過大廳，走出大樓，外頭廣場上人更多。一、兩百名員工聚在一起取暖聊天。有人看向高樓層，觀察有沒有黑煙，更多人心不在焉盯著手機。三名消防員穿著亮黃色大衣，衝過我身旁，消防靴重重踏上廣場階梯。第二輛消防車已駛進停車場，警示燈閃爍，警鈴如雷，喧囂聲中，我覺得自己聽到瑪姬在叫我。

「爸！爸！爸！」

可能是我想像，我不確定。我不敢轉身確認。警鈴愈來愈大聲，大家用雙手摀住耳朵，擠向大樓，躲避震耳欲聾的警鈴。

「爸！爸！爸！」

我獨自在人群中逆流而上。我是唯一反方向朝警鈴聲走的人，後來我耳朵嗡嗡作響，再也聽不到她的聲音。

不要轉身，法蘭克。

繼續走，不要回頭。

7

極剪理髮廳九點關門，我一直到十點十五分才回到斯特勞茲堡。我的油箱早已見底，引擎彷彿靠蒸汽在運轉，但我太害怕了，不敢停下加油。我知道我不能浪費任何一刻。我開進商場的停車場，把吉普車停在卸貨區，跑過墨西哥燒烤餐廳門口的滑板族，有六個青少年在殘障坡道玩招。理髮廳前的掛牌轉成「已打烊」，但感謝老天，我從窗外看到維琪，她拿掃把掃著地上的頭髮。她已將門鎖上，我手敲玻璃，吸引她注意。她沒抬頭便大聲說：「我們打烊了。」

我敲得更大聲。「維琪，是我，法蘭克。」

她愣一下，然後繼續掃地，假裝這對她沒差。「你早上再過來，我們七點半便會有理髮師在。」

「維琪，拜託。我需要跟妳說話。」

「喔，這我就搞不懂了。畢竟我只是剪你頭髮的人。」

「我不是那個意思。對不起，我不該說這種話。可以求求妳打開門鎖嗎？」

「我關門之後，不能讓客人進理髮廳。這會違反公司規定。」

她現在來到櫃檯區，整理桌上的時尚雜誌，小心把最新的《Vogue》《Elle》、《InStyle》呈扇形排開，給明天的客人看。維琪穿著黑色毛衣，衣服上有個橙色的南瓜燈籠，印著BOO!的字樣。她的理髮廳充滿萬聖節的裝飾，到處都是骷髏、蝙蝠和科學怪人的紙片。

「瑪姬做了很可怕的事，維琪。我不想告訴妳，因爲我覺得很丟臉。我不想說謊，所以我乾脆把妳推開。但我現在眞的很危險，我需要妳幫忙。我現在甚至不能回家。我家不安全。可以求求妳打開門嗎？」

我大吼大叫，引起了滑板族的注意。他們都停下，不再翻板，並偷聽我們的對話。一個穿鼻環的女生借我手機，建議我打九一一。我向她揮手，有禮跟她說：「不用，謝謝妳。」我還不想通報警方。我在高速公路已打給姊姊，她保證她和艾碧蓋兒很安全，她們待在旅館房中，等待我下一步的指示。

「維琪，拜託。」我拿起硬碟給她看。「我想放個東西給妳聽，好嗎？用妳的電腦？妳聽完之後，我想妳會懂我爲什麼最近這麼奇怪。這能解答妳所有疑問。」

我現在引起她注意了。維琪是個聰明又充滿好奇心的人。她曾告訴我，她最喜歡的歷史言情小說故事全都充滿祕密和謎團。她拿著一大串鑰匙過來，打開門鎖，開一條縫讓我進來。然後她再次鎖好門，拉下窗戶的百葉窗，關上葉片。

「我們的電腦是十年前的舊機器了，」她警告：「上週當機，我們十月的預約都不見了，所以不要期待太高。」

我們走到客人結帳付錢的櫃檯後面。維琪拿了條ＵＳＢ線，一端插入電腦，我把線另一端插入硬碟。螢幕出現一個小視窗，通知我們有新裝置，並請我們等待。上面的迷你沙漏不斷旋轉。維琪打量我一陣，我驚覺自己好臭。我慌忙開車回家，時速一百三十公里，不斷在車陣左右穿梭，流了一身臭汗。我十分疲倦，口乾舌燥，毛衣上有點點血跡。「天啊，法蘭克，你發生什麼事？」

結果我發現維琪說的是我的頭髮。我跟她說，我去在波科諾山的另一家極剪理髮廳，新理髮師叫魯斯德，他在監獄學的理髮。

「剪成這樣，你乾脆自己剪還比較好，」她說：「你就用個碗罩住頭，把邊邊剪乾淨就好。」

檔案視窗出現在螢幕上，我看到硬碟裡有約二十幾個檔案。每個名字都不一樣，都是一串字母、數字、日期和時間，但維琪似乎看得出順序。

「你在找哪一個？」

「我不知道。」

她點了第一個檔案，一個小小的播放器出現在螢幕上。檔案有八分七秒，一播放我便認出對話的聲音：

艾登：所以我們是打算要多久？
瑪姬：兩年。
艾登：兩「年」？
蓋瑞：一年應該就夠了。
艾登：還是太久了。
厄爾羅：那你覺得呢？
艾登：三十天。像在賭城結婚一樣。
瑪姬：三十天沒人會相信。
艾登：反正我不接受一整年。對不起。我寧可坐牢。
蓋瑞：會坐牢的不只你。你的決定會影響很多人。
厄爾羅：兒子，這跟你想的不會一樣。我跟瑪姬這一年會經常出國。一個月一、兩次，你們會一起公開露面。除此之外，你平常都很自由。
艾登：事實上，我會是有婦之夫，還是娶了你的女朋友，爸。我是這裡唯一一個覺得這安排是他媽有病的嗎？

「等一下、等一下、暫停。」維琪伸手停下錄音。「誰要娶爸爸的女朋友？那是艾登嗎？」

「對。」

「那誰是那個女朋友？」

我猶豫半晌，維琪終於自己想通了，雙眼睜大。接著我點開下一個檔案，急著想聽下一段對話。

瑪姬：……後來我打給我爸。

厄爾羅：然後呢？

瑪姬：還算順利。他很高興聽到我的消息。他說會來婚禮。

厄爾羅：很好。大家會期待他到場。

瑪姬：但他希望這週五來波士頓。見見他的女婿。但艾登在耍脾氣。

厄爾羅：怎麼了？

瑪姬：他說他已經有計畫了。

厄爾羅：什麼樣的計畫？

瑪姬：我不知道。我有試著讓他輕鬆一點。我說我們可以在公寓，我會請露西雅來煮飯。最多兩、三小時。但他一直找我的碴。

厄爾羅：跟他說這很重要。

瑪姬：他說我們的約定不包括這頓飯。

厄爾羅：過來，大美女。一切不會有事。我會要雨果去跟他說。

瑪姬：雨果會說什麼？

厄爾羅：別擔心。妳儘管去計畫晚餐的事。我保證艾登會到場。

後面還有更多，但我分心了。我想起我第一次到公寓，記得那天艾登遲到，整頓晚餐過程他都很不開心，還似乎不願和我說話。

瑪姬警告我不要問他瘀青的事。

維琪按了鍵盤空白鍵，把對話暫停。她一直保持沉默，但她再也忍不住了。「你一定要幫我，法蘭克。我需要一點背景知識。這些人在聊什麼？」

「我會告訴妳全部的事，」我答應她：「但我們必須先打給你兒子。」

8

七個月後，艾碧蓋兒在小學音樂劇《美女與野獸》中首次登台。她扮演湯匙（應該說，她扮演一個被魔法變成湯匙的城堡僕人）。她只有一首歌，有十分鐘的舞台時間，但她排練了好幾週，好像她是主角一樣。開演之夜七點鐘，布幕拉起，我和幾個父親自願來到後台，幫忙推沉重的布景。我很驚訝自己心情十分緊張。我眞心希望這場表演完美。排練了一整週，我已記得每首歌的歌詞，我每次停紅燈，都會情不自禁以口哨吹起旋律：**請上座，請上座，你的需求是我們的承諾……**

維琪和譚米坐在第三排，旁邊留有艾碧蓋兒生母的座位，但不出所料，那可憐的女人並未出席。我知道這聽起來很糟，但我許久之前便不再怪罪她了。維琪告訴我們毒癮恐怖的破壞力，我現在了解要完全復元有多辛苦。艾碧蓋兒和生母未來能否時常相處，其實很難說。但我和譚米爲這孩子付出一切，不可能讓她回到寄養制度裡。我姊去年提出收養申請，並在跨年夜簽好所有文件。

我想共同簽署，但賓州不允許姊弟共同監護，所以法律上，我必須當法蘭克舅舅。但我還是堅持每天和艾碧蓋兒見面。她下課和週末的時間，都由我負責照顧，讓我姊姊能稍微休息。艾碧蓋兒的戲劇老師徵求壯漢推布景時，我第一個舉手。

開演之夜十分成功。演出最後，演員獲得全場起立鼓掌，每個人都要舞台人員也出來謝幕。我怕孩子絆倒，忙著將巨大的紙製木頭拖入側台，所以錯過了謝幕。但我後來在後台找到艾碧蓋兒，我們一起走到學校停車場，老師和父母在那辦了一場慶功宴。

天氣總算回暖，今年第一次夜晚這麼舒適。所有孩子都享受著溫暖的春夜，他們繞著黑板跑跳，不用穿著外套，也不用戴手套，只靠手工餅乾、杯子蛋糕和布朗尼來補充熱量。自助冰淇淋甜筒隊伍排得好長，但我和艾碧蓋兒還是決定排隊，爲了打發時間她跟我分享從數學社團聽到的新笑話：別跟 π 聊天，因爲 π 會沒完沒了；在冰箱裡想保暖的話要去角落，因爲那裡永遠是九十度；拍照時記得在頭上比「二」，因爲平方之後一定會變正。最後一個我甚至聽不太懂，艾碧蓋兒只好暫停笑話，開始解釋給我聽。

她拿到冰淇淋，情不自禁跑了起來。一大勺巧克力碎片冰淇淋滾下甜筒，落在柏油路上，發出難過的啪唧一聲。我伸手去拿她的空甜筒說：「吃我的。跟我換。」

艾碧蓋兒拒絕了。她說這樣不公平。

「拜託，我想換，」我跟她說：「反正我最喜歡的部分就是甜筒餅乾。」

我又哄她一會，才終於讓她換了，接著她小心翼翼越過停車場，去找她朋友。

維琪看到發生的事，走過來找我。「你最喜歡的部分是甜筒餅乾？眞的假的？」

我聳聳肩，給她看艾碧蓋兒的甜筒，裡面沒有全空。底部仍有不少巧克力碎片冰淇淋。「這對我來說就夠了，」我跟她說：「這個量剛剛好。」

我們和其他父母盡情聊天，看孩子慶祝。艾碧蓋兒吃完冰淇淋，和其他湯匙與叉子演員爲大家加演一段〈請上座〉。他們勾起手臂，像火箭女郎ㄇ一樣踢著雙腿，尖聲唱著歌詞，絲毫不覺尷尬。

慶祝會結束前，學校校長走來。他是唯一穿西裝、打領帶來看表演的人。我知道有許多父母討厭他，有的家長總在處處挑毛病，嫌老師、嫌課程、嫌設備、甚至嫌午餐的品質。但我覺得他做得很好。

「我想感謝你今晚自願幫忙，」他說：「你是艾碧蓋兒的父親，對吧？」

我知道對學校教職員一定要講清楚，以免遇到醫療緊急狀況。「其實，我是她舅舅。」

「你不是法蘭克．扎托斯基嗎？」

ㄇ 火箭女郎（The Rockettes）是美國舞團，成立於一九二五年，自一九三二年以來，每年聖誕節會在紐約無線電城音樂廳演出。

「我是，但譚米．扎托斯基是我姊姊。我們沒有結婚。」譚米在遊樂場上和一群母親聊天，我指著她。「她去年領養了艾碧蓋兒。」

他感覺有點尷尬，並爲自己搞錯道歉。我看得出來，他常面對非常敏感的家長，所以我跟他說沒關係。「艾碧蓋兒很愛你的學校。所有老師都非常稱職。」

我不確定校長有沒有聽到我的讚美。他似乎仍對自己搞錯耿耿於懷。「我可以給你看個東西嗎？」他問。「你有空的話？」

維琪和我跟隨他走過停車場，進到教室大樓，爬上樓梯，走到一條昏暗的走廊。我們停在公告欄，上面貼滿照片和名人的介紹。有「第一名的歌手碧昂絲」「第一名的四分衛杰倫．赫茨」和「第一名的魔術師林良尋「」」。校長解釋，五年級生要爲每個人心目中的偶像寫一篇傳記——只要能激勵我們積極向上的人都可以。接著他指向一張我坐在獨木舟上的照片，文章標題寫著「第一名的爸爸法蘭克．扎托斯基」。

「這就是我搞錯的原因。」他解釋。

我沒戴老花眼鏡，所以我瞇眼才看得清楚：

以下是關於我父親的趣事：他以前是美國陸軍的軍人。他打過波斯灣戰爭。他為優比速公司工作，開車超過一百五十萬公里，負責送你需要的東西。他很會划獨木舟、做起司三明治，還把我房間的蟲抓出去。他也很會照顧我。

「艾碧蓋兒搞錯關係的話，我們可以和輔導主任安排時間。她非常擅長引導敏感的對話。你會希望她聯絡你嗎？」

我不敢回答，怕自己哽咽。我比了比，想告訴他我喉嚨卡了一塊甜筒，幸好維琪幫我回答。

「法蘭克覺得沒關係，」她說：「他會自己跟艾碧蓋兒說，讓她知道沒問題。」

校長看來鬆了口氣，一場危機就此解除，他說他要回去慶功了。但他請我們留下來，讀完整篇作文。「是我們這批孩子裡寫最好的其中一篇。她拿到A^+。」

ㄇ 杰倫・赫茨（Jalen Hurts, 1998-）是美式足球四分衛，現效力於費城老鷹隊，生涯屢經挫折，但靠著不屈服的精神，一次次證明自己。林良尋（Shin Lim, 1991-），新加坡裔美國和加拿大籍魔術師，在美國達人秀節目中贏得冠軍。

9

柯貝茨維爾聯邦監獄是低度安全管理的矯正機構，靠近紐約賓漢頓市。離我家車程大概兩小時。那是新監獄，成立不到五年，專門關非暴力罪犯。犯人不會關在鐵欄中，牢房像大學宿舍，和獄友同住。每個房間都有對外窗，看得到戶外。那裡有各式各樣的工作，時薪六十美分，每週還有園藝、烘焙、美容、金融、網路設計和寫作課程。這裡當然不像西維吉尼亞州奧德森聯邦監獄那麼好，大家都說關在那裡是「小菜一碟」，瑪莎．史都華「對聯邦調查人員說謊後，就是待在那裡五個月。但據說比起其他美國監獄，柯貝茨維爾聯邦監獄更爲乾淨和安全，聽到這些，至少讓我不至於睡不著覺。

會客時間八點半開始，但我七點鐘就已經開車排在大門外長長的隊伍中，因爲所有網路論壇都建議我早點去。一進門，我把駕照拿給兩個獄警檢查，一隻漂亮的黑色拉布拉多大步走來聞我的吉普車，確認是否藏有毒品。我友善向狗打招呼，獄警馬上制止我。「不要讓狗分心。」他說。「牠在工作。」

一進到監獄內，我又繼續排隊。一名獄警檢查我衣服，確認符合標準（沒帽子、

T恤沒印冒犯圖文，最重要的是沒有獄友身上的橘色）。我走過金屬探測器，雙手高舉，讓人簡單搜身。監獄人員專業到令人驚訝，看過電影和電視節目之後，我已做好心理準備，但獄警都十分禮貌，無一例外。每個人都會說「是，先生」「不，先生」和「謝謝你，先生」。我不知是不是他們認得我名字，或知道我女兒的事，所以才給我特別待遇。但就我看來，他們對所有人都一樣有禮。

等了約一小時，我終於來到標示「報到處」的櫃檯前。我拿出駕照和探監單，交給坐在壓克力玻璃窗後的兩名獄警。他們都和我年紀相仿，關係自在又親近，像老夫老妻，或是一起工作非常、非常久的兩名員工。一人將我的資料輸入電腦，另一人看著駕照照片，和我本人比照。這時她一定注意到了我的出生年月日，因爲她微笑對我說：「生日快樂。」

「謝謝妳。」

我原本期待她說完會調侃我，但她是真心祝福，表現得像生日來探監是再正常不過的事。我看到還有許多父母也一起在排隊，所以我想是挺正常的吧。我感覺又像是

□ Martha Stewart（1941-），美國知名富商和專欄作家，曾被譽為「美國生活大師」和「家政女王」，創辦雜誌並主持個人節目，後因內線交易被起訴。

回到魚鷹灣營地了。我進到另一個詭異的新世界，充滿陌生的規定和潛規則。

男獄警按了按鍵盤，嘆口氣，搖搖頭。「對不起，扎托斯基先生，但你的名字沒有在她的名單上。」

我已有心理準備。我知道美國監獄會請犯人列一份名單，名列其上的家人、朋友、律師和牧師才能在會客日來訪。你不能直接跑來隨便探訪犯人。但這正是我想做的事。

「我已經在網路填申請了。」我跟他說。

「對，我有看到你的安全許可。但需要瑪格利特把你加到名單裡，這樣我們才知道她眞的想見你。」他聳聳肩，表示無能爲力。「你可能要跟她說一下，下次再來。會客日是週一、週三或週六，早上八點三十到下午三點。」

他從櫃檯將我的駕照推回來，但我不肯拿。我在論壇看了很多討論，柯貝茨維爾聯邦監獄的獄警「人都很好」「做事有彈性」「有時會把你當有血有肉的人」。

「對不起，我搞錯了。我是第一次來。」

「規定都在網站上。」

「我早上四點半起床，才避開交通尖峰時間。我一路從斯特勞茲堡開車來的。」

「告訴瑪格利特，她必須去典獄長辦公室，把你加進她的訪客名單裡。我保證下一次，你就沒問題了。」

他已望向我身後的下一個人，但我又努力最後一次。「我知道，但我七點就在這裡等了。我們今天有什麼辦法嗎？」

「不行，先生。」

「你可以打給她牢房，跟她說我來了嗎？」

「犯人沒有電話。對不起，但你就眞的不在她名單上。」

另一名獄警感覺想反駁。她張開嘴，好像想提供解決辦法，於是我轉向她。「沒有其他家人來探視她。只有我而已，妳能有什麼辦法嗎？」

她看了看手錶。那是天美時的數位手錶，和我的款式幾乎一模一樣。「這時間，所有女犯人都在操場，進行晨間運動。我去看找不找得到她。」她站起身，叫另一名獄警安排一張桌子給我。

他搖搖頭，很訝異她願意多做超出工作範圍之外的事，並給我指示：「走到第十八桌坐下。不要坐其他桌。不要和其他犯人和訪客對話或比手勢。如果你要去上廁所，舉手詢問獄警。如果你想投販賣機，舉手詢問獄警。會面前後可以和犯人有禮擁抱，但禁止其他肢體接觸。你明白我剛才解釋的規定嗎？」

「明白。」

「門在右手邊。祝你今日愉快。」

我走進會客室，裡面顏色明亮愉快，大面窗戶灑入大量自然光。這裡讓我想到神聖救世主醫院的自助餐廳，裡面有各式各樣的販賣機，汽水、咖啡、薯片，甚至有三明治。我越過房間，來到十八號桌，並偷瞄一眼其他訪客，想辨認這些人之間的關係，像犯人和配偶、犯人和小孩、犯人和律師。「只要再七個月，親愛的，」我聽到一個女人說：「再七個月，這一切就結束了，你會回到家裡。」會客室另一邊，有個嬰兒在哭，令人驚訝的是，在場許多人一起垂頭禱告，他們說著英文、西文和我認不得的語言。

我坐到十八桌前。會客室有一台大電視播著《今日秀》，電視已調成靜音，並開了字幕。主持人艾爾・洛克在訪問一名二戰老兵，年老的他成了TikTok明星，上節目分享自己的人生智慧：「我覺得小孩不該硬是被放在模子裡，」他說：「我們必須讓他們自由發展。」會客室設有好幾個電子時鐘，提醒訪客時間，但每個鐘的時間都不一樣。有的時鐘是十點零五，有的是十點零六，還有的是十點零三。但《今日秀》上顯示的實際時間爲十點十九分。

我等待時，電視頻道播出明星克里斯・普瑞特和奧布瑞・普拉薩「宣傳克萊斯勒汽車反應爐的廣告，反應爐內採用了全新改良的奇蹟電池無窮版。雖然去年的爭議影響了他們，但奇能公司依然又一年突破銷售紀錄。客戶似乎不在意聯邦調查局兵分四路，同時突襲魚鷹灣營地、燈塔山大樓公寓、葛德納家族劍橋市的家和奇能公司研究中心。探員團隊逮捕了厄爾羅、凱薩琳、蓋瑞和瑪姬，但最後當然只有我女兒入獄服刑——妨礙司法公正罪，再加上協助謀殺，判處三至五年有期徒刑。凱薩琳・葛德納在西棕櫚灘的海濱康復中心「接受治療」，厄爾羅和蓋瑞花幾百萬美金獲得假釋，如今仍逍遙法外，他們不斷上訴，利用金字塔頂端的特權，鑽盡法律每一個漏洞。我不期待他們受到公平的懲罰。但朵恩．泰格的屍體已從溫德姆湖底撈起，她母親和舅舅終於能將她好好安葬，得知此事，我心裡滿安慰的。更好的消息是，雨果迅速遭到逮捕，並遣送回剛果民主共和國首都金夏沙，因數十起侵犯人權的罪名等待審判。許多人猜測，他會是二〇〇七年以來，剛果共和國首位被判處死刑的犯人，但我對此不敢抱持太大的希望。

報到處的女獄警回到會客室找我。她神色憂鬱，彷彿急診室外科醫師來宣布壞消息。「我在操場找到瑪格利特，告訴她你在這。但她決定不見你。」

我很抱歉自己讓她爲難。我起身說：「謝謝妳幫我問。」

「你可以寫信給她。」她建議。「在信裡告訴她你的感受。讓她知道你願意支持

---

11 克里斯．普瑞特（Chris Pratt, 1979-）是美國演員，二〇一四年演出《星際異攻隊》星爵一角，知名度大增。奧布瑞．普拉薩（Aubrey Plaza, 1984-）是美國演員，代表電影作品為《歪小子史考特》。兩位演員都是以《公園與遊憩》（*Parks and Recreation*）電視劇打開知名度，並在其中飾演情侶。

她。」她想幫上忙，這點我由衷感謝。所以我沒告訴她，過去幾個月，我已寄給她無數封信，更別說生日卡片、聖誕卡片和各種卡片。卡片裡會附上寫滿的信紙，但沒有放零用錢。監獄禁止信件中夾藏現金。

「我見過許多和你一樣的父母，」女獄警繼續說：「所以別感到孤單，好嗎？因爲你不是唯一一個。」

我走出監獄，踏入陽光下。時間尚早，早晨天空清澈，無比美麗，我突然出現一整天的空檔。今晚維琪爲我準備了一場特別的晚餐派對，邀請了我在優比速公司幾個朋友。譚米和艾碧蓋兒也會來，吃完晚餐，我想我們會玩比手畫腳、猜猜畫畫或其他派對遊戲。我們向來都這樣一起慶祝生日。我生命中擁有許多親朋好友，我知道自己很幸運。但我也知道，在某一刻，我會環視桌前，想起身邊少了誰。

我越過停車場，打開吉普車門，轉身望了監獄最後一眼。那是棟宏偉的三層樓水泥建築，透過樓梯間的對外窗，能看到一部分室內。我看到十幾個女犯人穿著橘色連身服，排成一列，依序走上樓梯。我特別注意到，幾乎每個女犯人都會轉頭望向窗外，瞄一眼牆外的世界。她們年紀和種族都不同，但全都有一樣的衝動。大多數人望向地平線，望向遠方八十一號州際公路，但偶爾會有犯人和我四目相交，看我是不是她認識的人。

「不好意思，先生？」

一名獄警走向我。她是個年輕女生，大概和我女兒差不多年紀，身穿藍色有領襯衫，打著黑色領帶，頭戴黑帽。

「你會客結束了嗎？」

「對。」

「那我必須請你離開停車場。十一點會有另一組訪客，他們會需要停車位。這樣他們才能進去見親人。」

我手錶時間才十點三十二分，但這孩子是那種一板一眼的獄警。我喜歡她特別向我解釋規定。她鐵面無私，但很公平。有人好好將她撫養長大，教育她。我向她道歉，打開吉普車門，坐到車內。

這時我又回望窗口。犯人仍在排隊經過。我猜早上運動完後，所有人都要回牢房。我數了大概四十個女人，全監獄犯人也不過一百個左右。我下了吉普車，喊住獄警。「不好意思？獄警小姐？可以通融我一件事嗎？」

她停下腳步，轉身面對我。

「可以讓我在這再多待五分鐘嗎？」

致謝

我想感謝所有幫助我籌劃這場婚禮的人，尤其是Rick Chillot、Mike Russell、Doogie Horner、Grace Warrington、Jill Warrington、Steve Hockensmith、Ian Doescher、Kelly Chancey、Patrick Caulfield、Dave Murray、Grady Hendrix和Michael Koryta。

婚禮一定要有花朵，書中每一部搭配的恐怖花朵圖案是出自Alweina Design和Will Staehle之手。Will還設計了令人毛骨悚然的北美版封面。

當我急需安靜之處寫作時，David Borgenicht將他辦公大樓的鑰匙交給我，且拒收租金。少了他的善良和慷慨，我無法完成這本書。

我的優比速公司送貨司機Ian在忙碌的行程中抽出時間，熱心回答我所有問題，希望他會原諒我任性發揮創意的部分。

這場婚禮每每讓我不知所措時，我的編輯Zack Wagman總能爲我帶來平靜和自信。感謝他的熱情、鼓勵和許多編輯上的聰明建議。也感謝Flatiron/Macmillan出版團隊的其他成員，尤其是Cat Kenney、Marlena Bittner、Katherine Turro、Maxine Charles、Megan Lynch、Bob Miller、Keith Hayes、Nancy Trypuc、Malati Chavali、Steve Wagner、

Brad Wood、Michelle McMillian、Morgan Mitchell，以及在幕後製作、銷售和行銷通路每一位才華洋溢的夥伴。還要感謝英國Sphere/Little, Brown的出版團隊，特別是代理出版人Tilda Key，她的建議細膩聰明，讓故事變得更好。

我很幸運有Doug Stewart當我的文學經紀人。我無法想像誰能比他更有見識，並努力不懈爲我爭取機會。還要感謝他的助理Tyler Monson和Maria Bell，以及Szilvia Molnar、Amanda Price和Caspian Dennis，他們在世界各地分享我的故事。另外還要感謝Rich Green，但他可能沒空讀這些致謝詞，而是認真在跑另一場馬拉松吧。

最後在這場婚禮上，容我向妻子Julie Scott舉杯，敬我倆的這二十四年。也敬我們美麗的孩子Sam和Anna。另外敬我的父母、兄弟和整個大家庭。他們全都支持我寫這本書，（也幸好）靈感絕不是來自他們！

Eurasian Publishing Group
圓神出版事業機構
用心與你對話・網野無限寬廣
寂寞出版社
Solo Press

www.booklife.com.tw　　reader@mail.eurasian.com.tw

Cool 055

喜弒臨門

作　　者／傑森・雷庫拉克（Jason Rekulak）
譯　　者／章晉唯
發 行 人／簡志忠
出 版 者／寂寞出版股份有限公司
地　　址／臺北市南京東路四段50號6樓之1
電　　話／（02）2579-6600・2579-8800・2570-3939
傳　　真／（02）2579-0338・2577-3220・2570-3636
副 社 長／陳秋月
副 總 編／李宛蓁
責任編輯／朱玉立
校　　對／李宛蓁・朱玉立
美術編輯／林雅錚
行銷企畫／陳禹伶・朱智琳
印務統籌／劉鳳剛・高榮祥
監　　印／高榮祥
排　　版／陳采淇
經 銷 商／叩應股份有限公司
郵撥帳號／ 18707239
法律顧問／圓神出版事業機構法律顧問　蕭雄淋律師
印　　刷／祥峯印刷廠
2024年12月1日　初版
2025年1月　　2刷

The Last One at the Wedding

定價 460 元　　ISBN 978-626-98768-7-7

你要接受你不能再相信自己的腦袋，
而且還必須明白，你的腦袋是你最可怕的敵人。
它會誘導你下錯誤的決定，推翻邏輯和常識，
將你最珍貴的回憶扭曲成不可思議的幻想。

——《詭畫連篇》

國家圖書館出版品預行編目資料

喜弒臨門 / 傑森．雷庫拉克（Jason Rekulak）著；章晉唯　譯.
-- 初版.-- 臺北市：寂寞出版股份有限公司，2024.12
400 面；14.8×20.8 公分. --（Cool；55）
譯自：The last one at the wedding
ISBN 978-626-98768-7-7（平裝）

874.57　　113015977